講談社文庫

天翔る

村山由佳

講談社

目次

天翔る
あまかけ

第一レグ　突風

1

「……りも。……まりも！」

呼ばれて目を覚ますと、布団の足もとに蓮司《れんじ》が立っていた。休みの日なのに、めずらしく早起きだ。

「あのな、まりも。父ちゃんはこれから遊園地へ行こうと思うのよ。お前、一緒に行く？」

「いく！」

バネ仕掛けのように飛び起き、まりもは父親の腕にぶら下がった。なんて素敵な一日の始まりだろう。大好きだったミッフィーの絵本みたいだ。

「よし、じゃあ早く顔洗ってこい。朝メシ食ったらすぐ出かけるべ」

炊飯器からはすでに蒸気が上がっている。味噌汁《みそしる》もガス台の上で温まっている。お膳の上には、鮭と卵焼きと、ほうれん草のおひたし。ふだんの朝食は〈下の家〉でみんな一緒に食べるのだが、休みの日だけは二人がゆっくり寝ていられるようにと、前の晩のうちに祖母が用意しておいてくれる。おばあのおかずは作り置きでも充分に美味《おい》しい。

「ごちそうさまでした！」

向かい合った父にならって神妙に手を合わせると、まりもは椅子《いす》から飛び降りて簞笥《たんす》へ走り、ジーンズと白いタンクトップの上に、いちばん好きな赤いチェックの半袖《はんそで》シャツを着た。二年生になったばかりの頃におばあに買ってもらったものだから今では少し小さいのだが、気に入っているのでついこればかり着てしまう。ふと思いついて、ゆうべテレビに出ていたアイドルがしていたみたいに、ボタンを留めるかわりにおなかのところできゅっと結んでみる。なかなか具合がいい。これなら、もうしばらく着られそうだ。

「歯ぁ磨いたか？」

「いま磨く！」

慌てて洗面台に飛びつき、歯ブラシを口につっこんでかき回す。水に濡れた口もとをシャツの袖で拭《ぬぐ》いながら、父のあとからアパートの階段を駆け下りた。

一階の端の部屋には、このアパートの大家でもある蓮司の両親が暮らしている。他よりは少し広めの部屋だ。

「おじいとおばあは？」

「ほっとけばいいべや。たまの日曜ぐらい、まりもと二人きりがいい」

「しょうがないなあ、父ちゃんは」まりもはあきれて言った。「子どもじゃないんだから、ヤキモチなんか焼いたらダメしょ」

蓮司がげらげら笑いながら、まりもをワゴン車の助手席に押し上げてくれた。

物心つくより前から、まりもには父親しかいない。母親は、娘が三つになる前に男と家を出ていった。当時、長距離トラックの運転手をしていた蓮司が北の果ての稚内《わっかない》から戻ってみると、当座の生活費ごと姿が見えなくなっていたのだ。後からわかったことだが、相手はパートをしていた焼肉店の雇われ店長だった。しばらくたって離婚届だけが送られてきた。

これからは自分が遠出をするたびに、小さな娘を祖父母のもとに残していかなければならないのか。蓮司は悩んだ。もちろん祖父母は喜んで孫の面倒を見ると言ってくれたが、彼は結局、それまで世話になっていた運送会社の社長にわけを話して辞めさせてもらい、代わりにその口利きで鳶《とび》の仕事に就いた。慣れないうちは勝手がわからず体もきつかったが、きついのは長距離運転手も同じだ。少なくとも朝晩必ず娘の顔が見られる。そう思うだけで満足だった。まりものためと言いながら、寂しいのは蓮司のほうかもしれなかった。

日中を〈下の家〉すなわち一階の祖父母宅で過ごして育ったまりもは、小学校に上がってからは毎朝、蓮司と一緒に家を出るようになった。

学校から帰ると近所の子どもらと遊んだり祖父に宿題を見てもらったりしながら過ごし、蓮司の帰りを待って、家族四人で夕餉《ゆうげ》を囲む。それから二階へ上がり、父娘ふたりで風呂に入って背中の流し合いをし、布団を敷いて寝る。それが、ここ三年間の変わらない日課だった。

父の堅くてぶ厚い胸に背中を預け、後ろから抱きかかえられるようにして眠りに落ちる時間が、まりもは何よりも好きだった。この父さえそばにいてくれれば、何も怖くなかった。

市内の中心へ向かう道は、日曜日とあって混んでいた。途中、渋滞に巻き込まれながらもようやくたどり着いた先は、しかし、まりもが想像していた遊園地とは様子が違っていた。

観覧車もジェットコースターも見当たらない。かわりに巨大なスタジアムがそびえ、ものすごい人数がそこへ向かってぞろぞろ歩いてゆく。見れば、大人の男たちばかりだ。子どもの姿はほとんどない。

「父ちゃん」

「あ？」

「ここ、遊園地じゃないしょ」

「そうかあ？」

蓮司は人を食った顔で娘を見おろした。

「まあ、言ったら大人の遊園地だわ。まりもが遊べるようなとこも、あっちにちゃんとあるからな、あとで連れてってやる。先にちょっとだけ父ちゃんに付き合え」

「ええー」

「そういえばお前、馬を近くで見たことあるか？」

「馬？」

手をつないで歩きだしながら、まりもは首を横にふった。

「ないよ」

「この先にいっぱいいるぞ」

「うそ、ほんとに？」

「父ちゃんがまりもに嘘つくわけねえべや」

おどけたように言って、蓮司はニカッと笑った。

「でっかいんだぞう、馬ってやつは。つやつやしてて、真っ黒い目が優しくってさ。走ってるとこなんか、神様みたいにきれいなんだわ。まりも、見てみたくないか？」

「見たい！　どこにいるの、ねえ」

「待ってな、もうすぐだから」

歩いていくと、やがてパドックが見えてきた。

緑の芝を囲む楕円形《だえんけい》の赤いトラックを、色鮮やかなゼッケンやメンコを着けた馬たちが曳《ひ》かれて歩く。蹄鉄《ていてつ》の音が折り重なって響く。ひと脚ごとに長い首が上下し、肩や尻の筋肉が盛りあがるのを、まりもは呆気《あっけ》にとられて眺めた。油を塗ったように底光りする体軀《たいく》に、夏の日射しがてらてらと照り映《は》えている。

「よく見とけや、まりも。どれが強そうかよーく見といて、好きなの一頭選べ。父ちゃんも選ぶから」

人だかりの前へ出て柵《さく》にしがみついたまりもは、次々に現れてはトラックを一周してゆく馬たちを一頭一頭、食い入るように観察し始めた。どの馬も、とてつもなく強そうに見える。

ほんとうだ、と思った。父ちゃんの言ったとおりだ。走らなくても、ただ歩いてるだけで、神様みたいにきれいだ。

と、ふいに頭上から、何か灰色の小さなものがばたばたと落ちてきた。まりもの前を通過しかかっていた馬が驚いて横っ飛びしそうになるのを、両側から曳き綱を持っていた男たちが慌てて押さえこむ。

赤いトラックの上に落ちてきたそれは、よく見ると、まだ羽がぽしょぽしょとした鳥のヒナだった。飛ぶ練習でもしていて力尽きたのだろうか。いま暴れた馬が、鼻の穴をふくらませ、うずくまったままのヒナを大きく迂回《うかい》して通り過ぎてゆく。

だが、その後ろから一人の男に曳かれてやってきた漆黒の馬は、驚きもしなければ避けもしなかった。何の迷いも見せることなく、まっすぐに歩いてくる。その通り道の先にヒナがいる。小石のように固まってしまって動こうともしない。

「あぶない、踏まれる！」

まりもが思わず叫んだ、とたんに、目の前で黒馬が止まった。前肢《まえあし》のひづめとヒナの間は二十センチもない。後ろから来る馬が苛立《いらだ》つのも知らんふりで、流れるように首を下げ、鼻面を寄せてヒナの匂いを嗅《か》ぐ。ブルルル、と噴いた鼻息に吹き飛ばされ、ヒナは金縛りが解けたかのように助走をつけて飛び立っていった。

見物人の間から失笑に近いざわめきが起こり、馬たちが再び歩きだす。

「ねえ」

まりもは、隣に立つ蓮司のシャツの裾《すそ》を引いた。

「今の、なんていう馬？」

「あん？」

「今の真っ黒な馬、なんて名前？」

「ええと、ゼッケンは何番だったかな」

「見てなかったの？　４番でしょ、４番！」

４番か、と電光掲示板を見あげた蓮司が笑いだした。

「〈ヤミヨノカラス〉だってよ。はは、ちげえねえわ。けど、あれじゃあ勝てねえだろうなあ」

「なんで？」

「なんでって、ありゃあいくらなんでも気性がおとなしすぎるべ」

まりもを促《うなが》して馬券売り場へ行くと、蓮司は自分の予想分を買い、娘を見おろした。

「どの馬にするか決めたか？」

まりもは頷《うなず》いた。

「4番にする」

「はあ？　4番って、あのマックロケッケか？」

「ヤミヨノカラスだよ！」

「いやあ、あいつは無理だって。勝てねえって」

「いいの。『好きなの選べ』って言ったしょ。あの馬にする！」

しょうがねえなあ、お前はいっぺん決めたら頑固だから、と苦笑いしつつ、蓮司は馬券を一枚買ってまりもに渡した。

「ほらよ、しっかり握っときな。なくすなよ」

できるだけ前へ前へ行こうとするまりもが、父親の手を引っぱって人混みをかき分けるのを、ある者は舌打ちをし、ある者は苦笑混じりによけてくれる。娘のおかげで、気がつけば蓮司はゴール板のすぐそばに陣取っていた。芝のコースに陽光が反射する。緑の針が目に突き刺さるようだ。

返し馬が終わり、騎手たちが向こう正面のゲートへと馬を導いてゆく。巨大ビジョンにその様子が映し出されるのを、まりもは父の前に立ち、固唾《かたず》を呑《の》んで見あげた。

会場が不気味に静まり返る中、ガシャン！　とゲートが開き、馬たちが飛びだす。横並びの一列だ。うわあああ、と沸き起こる大喚声を押し分けて、遠くからかすかに、どおおおお、と地鳴りのような音が響く。それが馬たちのひづめの音だとわかった時、まりもの両腕に鳥肌が立った。

目をこらすと、4番の黒馬は真ん中へんの馬群の、しかも後方にいた。コーナーを回るうちに、団子のようだったかたまりが前後にばらけて伸びていく。4番はさらに後ろへ下がった。もはや、先頭や後続の集団を捉えている画面には映っていない。

「よし……来い、よし！」

蓮司の見込んだ馬は好位につけているらしいが、まりもは、ただ一頭しか見ていなかった。無言で両のこぶしを握りしめ、第四コーナーを回る馬たちを凝視《ぎょうし》する。二番目と三番目の馬が、先頭を行く馬を捉えにかかる。頭ひとつの差で抜きつ抜かれつしている。

と、観客席が大きくどよめいた。

巨大画面を見あげたまりもは、あの黒馬が走りながら大きく円周の外側へふくれるように飛びだすのを見た。

なんで！　と声をあげそうになる。徒競走だってスケートだって、内側を行くほうがずっと早いにきまってるのに！

ところが、前が空いた4番は、そこからぐいぐいと順位を上げてきた。いきなりターボエンジンが発動したかのような爆発的な伸びだ。

「おい、マジかよ」

蓮司がぽかんと口をあける横で、まりもは飛びはね、声を限りに叫んだ。

「行けー！　やっつけちゃえー！」

空気の膜を鼻面で切り裂きながら、4番が大外から弾丸の勢いでつっこんでくる。すさまじい末脚《すえあし》だ。真っ黒な胴体はほとんど上下することなく、脚だけが常に予想よりも一歩先の地面を捉えてさらに前へ前へと馬体を運んでゆく。ストライドがさらにどんどん伸びる。おそろしいほどの底力だった。まるで一頭だけ違う生きものが紛《まぎ》れ込んだかのようだ。

観客の興奮は最高潮に達した。最後の直線を近づいてくる馬たち。その馬群を見つめるまりもの小さな身体が、かちんこちんに強《こわ》ばる。

「来い！」

いつしか蓮司までが一緒になってこぶしを握り、叫んでいた。

「よし来い、来いッ、そのまま来い！」

4番のスピードはまったく落ちなかった。一頭、また一頭。信じがたいほどの追い上げでとうとう先頭の馬までをあっけなく抜き去ると、なんと、後続に二馬身もの差をつけてゴール板を駆け抜けたのだ。

どよめきが、塊《かたまり》となってぐらりと空へ沸きあがった。競馬場全体が底から持ちあげられたかのようだった。

怒号と歓声の中、馬券の紙吹雪が舞い、父娘の上にも降り注ぐ。

「うおおおお！　ちきしょう、負けたああ！　したけど勝ったああ、すげえぞまりもおおお！」

興奮してわけのわからないことを叫んでいる蓮司のそばで、まりもはただただ茫然《ぼうぜん》としていた。

これが、馬か。

馬という生きものか――。

帰り道、まりもはほとんど口をきかなかった。

遊園地のことなどとっくに頭から飛んでいた。芝とダート、二重の走路に囲まれた大きな広場の中には家族連れでも楽しめるような遊具があれこれ用意されていたが、まりもは完全に興味を無くしていた。そんなもので遊ぶくらいなら、いつまでも馬を、馬だけを見ていたかった。

助手席の窓からぼうっと外を眺めている娘を、蓮司は横目で気遣《きづか》わしげに見やった。

「まりも」

「うん？」

「大丈夫か、お前」

「なにが」

「熱でもあるんじゃないだろうな」

ないよ、と、まりもは言った。

「そっか。したらさ。今日、父ちゃんと競馬場に行ってきたってこと、おじいとおばあには言うなよ」

「なんで」

「お前、叱られるの好きか？」

「きらい」

「俺もだ」

「わかった」

「あと、学校の先生にも内緒だぞ」

「なんで」

「また来たくないのか？」

「来たい」

「じゃあ黙っとけ」

「わかった」


その晩、仕事の現場がよく一緒になる設備屋が、蓮司の家に呑みに寄った。

水道配管作業の手際のよさでは定評のある山野井《やまのい》は、蓮司よりもだいぶ年輩で、ついい半月ほど前に長女のところに初孫が生まれたばかりだった。

外で呑めば、よけいな金がかかる。コンビニの焼鳥と軟骨、それにおばあの作った塩辛でもあればアテは充分だ。奥の部屋で宿題をしている子どもを気遣い、男たちは酔いが回ってきても終始低い声で話をした。

やがて風呂から上がったまりもがピンクのパジャマ姿で出ていくと、山野井は、垂れた目尻に盛大に皺《しわ》を寄せた。

「宿題は終わったかい」

「うん」

「うるさくしちゃって、ごめんなあ」

「べつに。全然うるさくなんかしてないしょ」

ませた口調で言い、冷蔵庫から牛乳のパックを出してグラスに注ぐ。その背中を見て、山野井はますます眦《まなじり》を下げた。

「ちょっと見ない間に大きくなったなあ」

「ヤマさんとこだってすぐですよ」

「そうか。まあ、そうなんだろうな」

「もうしばらくでいいから、ちっこいまんまでいてくれと思っても、勝手にどんどん大きくなっちゃうんです。こいつだっていつまで俺と一緒の布団で寝てくれるか」

ははは、と山野井が苦笑いする。

「なあ、まりもちゃんは大きくなったら、どうすんだ」

「どうするって?」

「なんかしらこう、あるべや。大人になったら何になりたいとか、将来の夢みたいなもんがさ」

口のまわりに牛乳の白い輪をつけたまま、まりもは首をかしげた。少し考えてから、ええとね、と言った。

「今まではなーんもなかったんだけど、今日、できたんだ」

「ほう？　なんだい」

「馬に乗る人」

「はああ？」

素《す》っ頓狂《とんきょう》な声をあげたのは蓮司のほうだった。

「あっちゃあ……。参ったなあ、おい。今日いちんちでいきなりそれかい」

「だめ？」

「いや、だめってことはねえけどさ」

「けど、女の騎手は難しいべや」

と山野井が口をはさむ。

「キシュって何」

「したから、馬に乗る人だわ」

「女のキシュはいないの？」

「いや、いることはいるけど、大舞台に出てきて活躍してんのはいねえなあ」

まりもは、大きく息を吸いこんだ。

「したら、あたしが最初のそれになるよ」

蓮司が高らかに笑いだした。

娘の腕を引き寄せて隣に座らせ、そばにあったタオルで、まだ濡れている髪をわしわしと拭く。

「よっしゃ、わかった、まりも。何にでも、お前がなりたいもんになれ。そンで、いっぱい稼いで父ちゃんたちを養ってくれ。けど、とりあえず騎手の話はだな……」

わかってるってば、と、まりもは先回りして言った。

「おじいとおばあには内緒、でしょ」

2

病院の夜勤が明けた朝は、頭の後ろがどんよりと重たい。昼夜二交代制なので、八時間の日勤に対して、夜勤は夕方から翌朝まで十六時間にも及ぶ。

早くシャワーを浴びて髪を洗いたい。硬く張りつめた地肌を熱いお湯でほぐしたい。靴のヒールを引きずるようにしてマンション入口の数段を上がると、大沢貴子《おおさわたかこ》は、ずり落ちかけたバッグを肩にかけ直した。

郵便受けを確認し、投げ込みチラシだけを備えつけのゴミ箱に捨てる。どうせ読まないダイレクトメールでも、女の独り暮らし、宛名のあるものを迂闊《うかつ》に捨てるのは怖い。

エレベーターの扉が開き、貴子は郵便物を手に乗り込んだ。狭い箱の中で向き直り、行き先階のボタンを押したところへ、若い男が小走りに飛び乗ってくる。

「すいません、五階を」

貴子は黙ってうなずき、言われたボタンを押してやった。

鉄の箱がのろのろと上昇していく。右後ろに立った男の視線を、うなじのあたりにちりちりと感じる。

扉に細長くあいた網入りガラスの窓が真っ暗になり、明るくなると同時に二階のフロアが見え、それが目の下へさがってまた暗くなり、三階の明るさが見えてはまたさがっていく。

ようやく四階で扉が開くと同時に、貴子は急いで下りた。一階からずっと無意識に止めていた息を吐き出す。手前から二つめのドアに鍵を差しこんでいると、上の階からさっきの男が廊下を歩く足音が聞こえてきた。部屋に入り、中から再び鍵をかける。心臓が早鐘を打っていた。

どうしてこうなのだろう、と情けなくなる。しばらく大丈夫だったのに。ずいぶんよくなったと思っていたのに。

もしかすると、さっきのあの男の匂いが原因かもしれない。安物の整髪料の匂い。過去の記憶に直結する匂いだ。

ふだん、男性患者と一対一で話すのは平気だし、検温などで個室へ入っていく時もまず意識したことはない。相手が医者であれ男性看護師であれ、勤務中ならば普通に話せる。看護の専門学校を卒業し、看護師免許を取って今年で八年。めったなことでは動じないだけの技術と精神力は身につけてきたつもりだった。

それなのに――ひとたびプライベートとなると貴子は、知らない男性と狭い空間を分けあうのが苦痛でたまらないのだった。

とくに、相手の立ち居ふるまいが少しでも粗暴だったり、力や言葉で他を支配するようなところを覗《のぞ》かせたり、あるいは男としてこちらに何かしらの興味を持っていると感じたりすると、それだけでもう駄目だった。過剰反応とわかってはいても、心臓が勝手に動悸《どうき》を速め、じわじわと汗が噴きだしてくる。理性ではどうしようもない。

(でも……これでも前よりはましになってきたんだから)

壁にもたれ、ゆっくりとした呼吸をくり返すうちに、脈拍がだんだんと元に戻ってくる。

（だいじょうぶ。よくなってる。だいじょうぶ）

昔は、一人でバスに乗ることもできなかった。見知らぬ男性と隣り合って立つことさえ怖かった。それに比べれば、今は多少なりとも努力の成果が表れてきている、はずだ。以前だったら、ああしてエレベーターに男性が乗ってきた時点で反射的に飛び下りてしまっていただろう。

焦っちゃいけない、と自分に言い聞かせる。苛立って自暴自棄になってしまうことがいちばん良くないと、カウンセラーの先生も言っていたではないか。男の人が怖いからといって、女性としての未来まで、要《い》らないチラシみたいにゴミ箱に捨てるわけにはいかない。いつかきっと、誰かを心から好きになって、その人の子どもをたくさん産んで、誰もが羨《うらや》むような幸せな家庭を作って——そうして、あいつらを見返してやるんだ。娘に向かって「お前なんかどうせ一生そのまんまだ」と言い捨て、一番辛い時に味方してくれなかったあの人たちを……。

最後にひとつ大きく深呼吸をすると、貴子はもたれていた壁から離れた。なんとか気持ちを切り替えようと、バスタブにお湯を満たす。

世の中には、ひたすら考え抜けばどうにかなることと、今考えたところでどうにもならないことの二つがある。後者については、とにかく一旦横へ置いておかなくては、日常が健全に進んでいかない。物事に対するそういう姿勢は、貴子が看護師という仕事を通じて身につけた一種の技能であり、また哀しい習い性のようなものでもあった。

お湯が溜《た》まるまでの間に服を脱ぎ、ジャケットやスカートの皺を伸ばしてハンガーに吊るす。玄関を入ったとたんにすべてが見て取れるほど狭いワンルームだが、曲がりなりにもバスタブとミニキッチンが付いているのが、ここを選んだいちばんの理由だった。

夜勤明けの常で、今日から明日にかけては二日連続で休める。

熱いお湯に浸かって疲れをほぐし、とにもかくにもぐっすり眠ろう。午後になって自然に目が覚めたら、志渡《しど》さんのところへ行こう。

牧場《ランチ》で待つ馬たちのことを思い浮かべると、貴子の口もとにようやく薄い微笑が浮かんだ。

札幌《さっぽろ》から北へ車を走らせること約四十分。石狩湾《いしかりわん》を一望のもとに見晴るかす丘の上に、志渡銀二郎《ぎんじろう》の営む乗馬牧場、〈シルバー・ランチ〉はある。

志渡が以前の勤め先だった日高《ひだか》から引っ越し、貴子もこちらへ通うようになってから、そろそろ一年になるだろうか。馬の乗り方を教わるのはもちろんだが、ランチの作業を手伝いながら志渡と話すのが楽しくて、月に数度、休みのたびに車を走らせるようになった。

国道から脇へ入り、轍《わだち》の深くえぐれた砂利道《じゃりみち》をがたがたと上ってゆくと、やがて丘の向こうから紺碧《こんぺき》の水平線が現れる。視界いっぱいにひろがる空と海。季節によって、天候によって、また午前と午後の光の角度によって、青の色合いや奥行きはさまざまに変わる。何度来ても、見飽きることがない。

砂利道は途中から敷地へと呑みこまれてゆく。入口には、古い木の電柱を再利用した大きな門柱が立っていた。鳥居から横棒を一本取り払った形のそのゲートには、ぶ厚い黒い板に白文字で〈SILVER RANCH〉と大書した横長の看板がぶら下げられている。

貴子はいったん車を下り、木製のゲートを開けて車を通し、もう一度下りてゲートを閉めた。風であおられて開いたりしないように、鎖《くさり》もかけておく。これは志渡が、ランチを訪れるすべての人に徹底してもらっていることだった。

放牧場や馬場の周りには丈夫な埒《らち》をめぐらしてあるものの、万一のことがあった時、馬が敷地の外へまで出てしまっては近隣に大きな迷惑がかかる。よその作物を荒らしたり、誰かに怪我《けが》をさせたり、あるいは国道に出て逆走でもしたらと考えるだけでおそろしい。志渡がこの土地で牧場の経営を成功させていくためには、まず地域に受け容《い》れてもらうことが肝要だ。どれだけ注意してもし過ぎることはない、と貴子は思う。

再び車に乗り込み、クラブハウスを目指す。

緑の丘の上、真っ青な海を背景に、二頭の馬が日を浴びている。まっすぐに首を立ててこちらを見ている栗毛《くりげ》の馬は、額から鼻面へかけて走る白い筋、流星が特徴のジャスティスだ。その後ろで、車の音など知らんふりのまま草を食べている真っ白な馬はファルコン。芦毛《あしげ》の馬のほとんどは、若いうちは体じゅうにグレーの斑点があるものなので、ファルコンほど白い馬はそれだけで相当の年齢と思っていい。そういった知識を少しずつ教えてくれたのも志渡だった。

クラブハウス前の広場に乗り入れる。志渡のランドクルーザーの隣に白い車が停まっているのを見てドキリとしたが、ナンバープレートを見ると、持ち主は地元の人間のようだ。貴子はほっとして肩の力を抜いた。これがレンタカーを表す〈わ〉ナンバーだったら、最低の休日になっていたところだ。

海へ向かってなだらかに傾斜した牧草地のあちこちに、馬たちが何頭かずつかたまって草を食《は》んでいる。

クラブハウスに誰もいなかったので厩舎《きゅうしゃ》のほうへまわってみると、足音を聞きつけたのか、ボーダーコリーのチャンプがひと声吠《ほ》えて駆け寄ってきた。厩舎の陰から志渡の日に灼《や》けた顔がのぞき、貴子を見るなり破顔して手をふってよこした。

志渡と初めて会ってから、もう二年半がたとうとしている。

東京から遊びにきた看護学校時代の友だちとその彼氏と一緒に、日高までドライブに出かけたのが夏の終わり。今どきの若者らしく、あまり男を感じさせない彼氏は、恋人の友だちに対しても当たりが柔らかで、おかげで貴子はへんに身構えることなく運転に集中することができた。

最近ゲームセンターのヴァーチャル競馬にはまっているという彼氏のたっての望みで、往年の名馬たちのいる牧場を訪ねてまわった午後、遅い昼食をとったレストランであれこれ盛りあがっていると、オーナーが話を聞きつけて言った。

〈馬もさあ、ただ見てるだけじゃ面白くも何ともねえべさ。せっかく東京からこんなとこまで来たんなら、ちょっくら乗ってみればいいしょ。俺の知り合いがこのすぐ近くで乗馬を教えてるんだが、なんも難しいことないって言ってたよ。おとなしい馬ばつかしだから、ほんの十分かそこら柵の中で練習したらもう、子どもでもすぐに外へ出て行けるって。連れてったお客さん、みんな大喜びで帰ってくって〉

乗った馬を誰かに曳いてもらうのではなく、自分で自由に馬を動かせる、それも狭い柵から外に出て野山を散歩できると聞いて、貴子たちはすっかりその気になり、オーナーの書いてくれた地図をもとにその場所を訪ねた。それが、志渡が当時インストラクターをしていたホテル併設の乗馬施設だった。

三人とも馬にまたがること自体が初めてだったから、志渡の初心者への教え方が他と比べてどうなのかはわからない。ただ、相手が客だからといってとくべつ愛想がよくなるわけでもなく、乗馬に関しては厳しさすら感じさせる態度で教えるべきことを教えようとする志渡のやり方は、貴子にとっては至極納得のいくものだった。このひとは信頼していい、と直感で思った。

友人たちが帰った翌週、こんどは一人で日高を訪ねた。そんなことを思いついたばかりか行動に移した自分に、当の貴子がいちばん驚いていた。

少しだけ馬に乗せてもらって帰るはずが、午後いっぱいをそこで過ごし、四十五分のレッスンを二鞍《ふたくら》受けて、馬という生きものにもだいぶ慣れた。なかなか筋がいいと言われて嬉《うれ》しくなり、志渡の「またおいで」という言葉に当たり前のようにうなずいていた。

何が起こったのだろう、と貴子は思った。ひらけた場所で会うとはいえ、相手はまごうかたなき男性なのだ。

しかも志渡という人間は、すでに外見からして鬱陶《うっとう》しいほど男くさかった。歳は四十代の初めだろうか、背はさほど高くないが肩幅があり、真顔の時は目つきが鋭いせいで近寄りがたく見える。どうしても言うことをきかない牡馬《ぼば》を蹴りあげて従わせるところも目にしたし、立ち居ふるまいは荒っぽく、そばに寄ればおそらく汗と土埃《つちぼこり》の入り混じった匂いがするだろう。どこをとっても、貴子がいちばん敬遠したいタイプであるはずだった。

にもかかわらず、彼女は志渡に対して一切の嫌悪を抱かなかった。抱いたのは、あえて言葉にするなら、郷愁、に近いものだった。生まれ故郷の東京に対してはもちろん、残してきた家族を思ってもついぞ湧いたことのない、懐《なつ》かしさとも愛惜ともつかない気持ちが、志渡のそばにいると身の裡《うち》をひたひたと満たすのを感じる。それがど

さ〉

うしてなのかを知りたくて、三度、四度と日高に通った。

〈馬の扱いに関してはみんな、それぞれに自分の考え、自分のやり方ってのがあってさ〉

乗る前の馬装の手順を示しながら、志渡は言った。

〈みんな違うこと言うし、みんな自分のやり方が一番だと思ってやってる。したけどさ、俺、思うんだよね。こやったら絶対に間違いだってことはあるかもしれないけど、絶対に正しいことってのはないんじゃねえかなって。何しろ相手は口きけねえしさ、しかも同じ馬は一頭もいねえしょ。こっちはただ、経験をもとに、永遠に手さぐりしてくしかないんだわ〉

貴子の休みはたいてい平日だったので、他に客が来ることはめったになく、小一時間かけて馬の乗り方を教わったあと、馬場の脇に建てられたクラブハウスでコーヒーを飲みながらいろいろな話をした。打ち解けてみると、意外なことに志渡は話し好きで冗談好きだった。

身なりに関してはなかなかの洒落者《しゃれもの》でもあり、作業でたまたま汚れた場合をべつにして、着ているものが不潔だった例《ため》しはない。常にこざっぱりとしたウエスタンシャツに洗いざらしのジーンズ、ベルトには大きな銀のバックル、足もとはローパーと呼ばれる踵《かかと》の低いカウボーイブーツ。愛用の帽子はサドルメーカーのロゴが入った黒いキャップだが、客を先導して馬に乗る時などはわざわざテンガロンハットを目深《まぶか》にかぶって雰囲気を出す。そういったいでたちの志渡が、鞍の上にひょいと体を押しあげて馬を自在に動かし始めると、クマザサの生えた日高の原野がまたたく間に西部の荒野であるかのように見えてくるのだった。

〈こういう仕事は、こっちがいろんな意味でホストを演じなきゃなんないとこがあってさ。このホテルへ来てくれたお客さんにどんだけ気持ちよくなって帰ってもらうかが大事なんであって、そうすると、いわゆる男のプライドなんてもんが時に、どうしようもなく邪魔んなることがあるんだわ。ま、しょうがないもね〉

もちろん貴ちゃんに対してはそんなの一度も考えたことないけど、などと、志渡はいまひとつ真意のつかみにくいことを言った。

やりたい仕事であろうがなかろうが、給料をもらっている以上、雇い主の期待に添う結果を出すために努力するのは当然だ。志渡は淡々とそんなふうにも言ったが、はたしてそれが、おのれの器をすでに見切った者のあきらめなのか、それとも将来を見据えた上で一時的に態度を留保しているだけなのか、いったいどちらなのだろうと貴子は思った。相手の言葉の表面だけを受けとめず、奥にあるものを探ろうとしてしまうのは、子どもの頃からの貴子の癖だった。

何度目に訪れた時だったか、話し込んでいるうちに外が暗くなってしまったことがある。

〈よっしゃ。晩メシ食いにいくぞ〉

強引とも聞こえる誘い方をされても、不思議といやではなかった。

ほんとうに、いったい何が起こったのだろう。

恋愛ではない、と貴子は思う。誰に訊《き》かれても、志渡に対する感情は恋ではないとはっきり答えられる。かといって、父親に抱く類《たぐい》の思慕とも思えなかった。父、という存在に対して何であれ温かな幻想を抱いた覚えなど、貴子には生まれてこのかた一度もなかった。

転機が訪れたのは、去年の春だ。

志渡を雇っていたホテルが、日高での営業をやめることになった。中標津《なかしべつ》にある系列ホテルに同じ条件でどうかと誘われた彼だったが、結局それを断り、三頭いた馬をすべて引き取って独立するほうを選んだ。

〈考えてたよりちょっとばかり予定が早まったけど、今を逃したらまたいつチャンスが巡ってくるかわかんないし。しょうがない、こうなったら肚《はら》くくるしかないしょ〉

石狩湾を望む今の土地は、いつかその時が来たら、と何年も前から目星をつけていた場所だった。前の持ち主が半ば道楽で馬を飼っていたおかげで、敷地内には、傷んではいるがまだ使える厩舎や納屋がそのまま残っていた。

今現在、〈シルバー・ランチ〉には、馬が大小とりまぜて十一頭いる。志渡があのホテルから引き取った外乗用《がいじょうよう》の三頭と、彼を信頼する人々からの預託馬《よたくば》が六頭、加えて、大型犬くらいの体格のミニチュアホースが二頭。そのほかに、黒ぶち模様のボーダーコリー、チャンプもいる。志渡が一人で見ることのできるぎりぎりの大所帯だった。


長い舌をたらしたチャンプが、とびきりの笑顔で貴子を見あげながらついてくる。厩舎へ近づいていく彼女を迎える志渡もまた、見ているほうが恥ずかしくなるほどの顔でずっと笑って待っていた。

思わずふきだしてしまった彼女に、

「何、どうしたの」

と訊く。

貴子は黙って首を横にふった。まさかこんなことで、犬は飼い主に似るだなんて言えはしない。

「お邪魔します。今日もお世話になります」

「なんもなんも、こちらこそ」

と志渡はおどけて言った。

「お客様ですか？」

「うん？」

「あの白い車」

「いや、あれは浅野《あさの》先生の……そうか、貴ちゃんは初めてだっけね」

志渡に促され、厩舎にそって作られた小道を奥の馬場へ向かう。二人のあとをチャンプがおとなしくついてくる。

「昔っから世話んなってる獣医の先生なんだわ。いつもはほら、山田《やまだ》くん呼べば何とかなるんだけど……」

「どうかしたんですか」

志渡が答えるより先に、目の前がひらけ、角馬場が見えた。短いほうの辺が四十メートル、長い辺が八十メートルある長方形。丸太と板材で丈夫な埒をめぐらせた中に、たっぷりの深さで細かい砂を敷き詰めてある。練習中に馬が肢を傷めないための措置だ。

その馬場の中央に立つ一頭の馬と人影に、貴子は目をこらした。

あれは、ラッキーセブン。この牧場でいちばん体が大きくて、正直なところ女性には乗りにくいほどなのだが、濃い栗色の体に黒いたてがみを持つ美しい鹿毛《かげ》の馬だ。

そのラッキーのアゴの下に長い曳き綱をつけて、初老の男性が追い運動をさせている。右手に見せるためだけの鞭《むち》を持ち、後ろから追うようなそぶりを見せてやると、馬は曳き綱の許す長さの中で円を描くように速歩《はやあし》や駈歩《かけあし》をする。しばらくぶりに人を乗せる馬のこわばりをまず取る時や、故障していた馬にリハビリをさせる時、あるいは駈歩にまだ慣れていない乗り手を安全に練習させる時などによく使われる方法だった。

「ラッキー、怪我ですか」

柵のそばで立ち止まって訊いた貴子に、志渡は曖昧《あいまい》な首のかしげ方をした。

「というほどじゃないと思うんだけどさ。今朝乗って運動させてたら、なんかこう、バランスがおかしいのよ。いつものあいつじゃないんだわ。ただ、いくら見ても、どこに故障があるのかがわかんない」

「志渡さんが見ても、ですか」

「うん。乗って観察しても、下りて歩かせてもわかんない。どの肢を触っても痛がらないし、正直お手上げでよ。俺が見てわからないんじゃ、山田くんに来てもらってもおんなじだし、それで久しぶりに浅野先生に電話したんだわ」

ラッキーセブンが頭を下げたり上げたりしながら円運動をする、その中心に立つ浅野も、動きにつれてゆっくりと回る。目は馬だけに注がれていて、貴子や志渡のほうなど見もしなかった。馬に関わる男たちが皆そうであるように、浅野もまた、なめし革を燻《いぶ》したような肌をしている。キャップからはみ出た白髪とのコントラストが不自然に見えるほど日焼けした肌に、年齢以上の皺が深く刻まれていた。

しばらくたって、ラッキーセブンに速度を落とさせ、さらに常歩《なみあし》で何周か歩かせてからゆっくりと止めてやると、浅野は近づいていって長い首を撫《な》で、ねぎらうようにぽんぽんと軽く叩いた。綱を短く束ね、馬を曳いて二人のところへ来る。

貴子は声を張って言った。「こんにちは」

「お？　おう、こんちは」

ほんとうに初めて目に入ったように、浅野がおよそ遠慮なく貴子をじろじろと眺める。それから、志渡のほうを見た。

「ずいぶん若いおねえちゃんだな」

「うちの大事な会員さんでね」志渡がニヤリとした。「そのわりには何から何まで手伝ってもらってるんだけど……。貴ちゃん、こちら浅野先生」

「初めまして、大沢貴子です」

「ああ、どうも。よろしく」

キャップのつばをつまんで会釈《えしゃく》した浅野は、馬を値踏みするのと変わらない目つきで貴子を観察したあとで、ふうん、と言った。

「どうですか、先生」

志渡が声をかける。

「うーん、べっぴんさんだな」

「違いますって」

「あ？」

「馬のことですよ。ラッキーの」

「ああ、すまんすまん」

動じもせずに、馬に向き直る。

「なるほど、俺が呼ばれたわけがわかったよ。こりゃ難しいな」

「でしょ。こういう歩き方する時は普通、飛節《ひせつ》か繋《つな》ぎに問題があるはずなんだけど」

ひょいと柵をくぐって中に入った志渡が、後肢《あとあし》の関節からひづめまでをぐっぐっと順繰りに握りながら言う。

「こうやって触ってもさっぱり痛がらないしょ。わけわかんねえんですよ」

「けど、トモかと思えばそうでもなさそうだしなあ」

「それも疑ってみたんですが、たぶん違いますね」

「トモ？」

思わず訊いた貴子に、志渡が教えた。

「ここの、尻から腿《もも》にかけての、肉が盛りあがってるとこ。見てわかるとおり、大きな筋肉が集まってるしょ。馬が痛いとこかばってびっこひいてると、つい肢の下のほうかと思いがちだけど、もっと上のほうに問題があることも多いんだわ。それで疑ってもみたんだけど」

「あのう……」貴子は、思いきって言った。「左の腿の内側ってことはないですか」

「え？」

「素人《しろうと》がよけいなこと言ってすみません。間違ってるかもしれません。でも、さっきから見ていたら、何となくそこをかばってるんじゃないかって気がして」

志渡が、真顔になる。

貴子はたちまち後悔した。トモがどの部分かさえわからない客が、わざわざ呼んだベテラン獣医の前で口出しをするなんて、志渡は自分の面子を潰《つぶ》されたと思ったかもしれない。なんて浅はかなことを……。

「ごめんなさい」

と言いかけた時、志渡が少し身をかがめて、ラッキーセブンの腹の下へと手を差し入れた。

左後ろの腿の内側をまさぐり、筋の上からそっと圧迫する。馬が、首を上下に二、三度ふり立てる。もうあとほんの少し、強めに押す。馬は明らかにいやがり、よけるように後半身だけ左側へ一歩動いた。

「おえっ？」浅野がおかしな声をあげた。「そこかい、おい」

自分でも手を差し入れて、左右の内股の筋の張りなどを慎重に確かめたあとで、浅野は貴子を見て言った。

「べっぴんさんよ、たいしたもんだわ。どうしてわかった」

「どうして、って……うまく説明できないんですけど」考え考え、言葉を選びながら貴子は言った。「ただ、私、看護師をしているもので」

「およ、ナースさんかい。へえぇ」

「馬の体のことはまったくわかりませんけど、人体の構造はずっと勉強してきましたから、そのせいかもしれません。人と馬とではぜんぜん違う構造をしていても、体のどこが悪い時にどういうふうにかばうか、みたいなことは、まあ何となく理論というより全体のバランスを見ていると感じることがあるのだ、と言ってみると、浅野はうなずいた。

「その感覚は大事だよ。あんた、なかなかいい目をしてる」

とにもかくにも浅野が気を悪くしないでくれたことに、貴子はほっとした。だが、志渡はさっきからほとんど口をきかない。

「べっぴんさんの言うとおり、おそらく内股だろう。しばらくはよくマッサージして、負担をかけないように気をつけて乗るようにしてやりゃあ、そんなに気にしなくても大丈夫だ。すぐ元気になるしょ」

湿布用の塗り薬も置いてってやるからな、と言って、ずしりと重たいプラスチック瓶をなぜか志渡ではなく隣に立つ貴子に手渡し、浅野は帰っていった。白い車が向こうのゲートのところで停まり、しっかりと戸締まりを確かめた上で遠ざかっていく。

その車が坂の下のほうに見えなくなってから、貴子は言った。

「志渡さん。ごめんなさい」

「え？　なんで」

志渡が驚いた顔でこちらを見る。

「私、差し出がましいこと言って……」

「何言ってんの。大手柄でしょや」

「それは、偶然そうだったけど……ほんとにごめんなさい」

すると志渡は、ふたたび真顔になった。

「あのな」

「……はい」

「俺はさっきから、ぜんぜん別のこと考えてたんだわ」

「別のこと？」

うん、とうなずくと、志渡は言った。

「貴ちゃん、本気で馬を勉強してみないか？」

3

まりもが小学五年生の秋のことだった。

夜、風呂を済ませて布団を敷いていると、蓮司が思い出したように言った。

「そういえば、お前のクラスに石本博美《いしもとひろみ》って子いるべ」

まりもの心臓が、ざわっとした。

「いるよ」

どうして？ と、用心深く訊く。

「先週から父ちゃん、新しい現場になったっつってたろ？ 今日わかったんだけど、その家、石本さんちだったんだわ。増築して二世帯にするとかでさ、俺が足場組んでたらちょうどお母さんと目が合って、『うそ、岩館《いわだて》さん？』なんつってびっくりされちゃったよ」

「……ふうん」

「ほれ、これまでにも何回か、保護者会とかで会ってっからさ」

「……そうだね」

「なんだあ？ お前」蓮司は、敷き終わった布団の上にあぐらをかいた。「ノリが悪いな。もしかして、石本さんとはあんまし仲良くないのか」

「べつに。……っていうか、まあ、どっちかっていえばね」まりもはしぶしぶ言った。「とくべつ仲が悪いとかじゃないけど、あんまり遊ばない」

嘘ではない。だが、事実とも少し違っていた。

四年生から五年生に上がる時に、クラス替えがあった。せっかく仲良くなった友だちと離ればなれになったのも悲しかったが、まりもにとってさらに憂鬱《ゆううつ》だったのは、新しく担任となった四十過ぎの女の先生がどうにも好きになれないこと、そして、石本博美とまた同じクラスになってしまったことだった。学校生活においては、出席番号が隣り合った者同士が接点を持たずにいるなど不可能だ。本音を言えば学校じゅうでいちばん喋《しゃべ》りたくない相手と、このさき小学校を卒業するまでの二年間、また何かにつけて行動を共にしなくてはならないと思うだけで苦痛だった。

黙って布団に滑りこんだまりものそばへ、蓮司が何か言いたげに寄ってくる。隣に寝そべると、肘《ひじ》をついて頭を支え、まりもの顔を覗きこんだ。

「なした。何があった。父ちゃんに話してみな」

「べつに。なんもないよ」

「なんもないわけねえべ。お前が『べつに』って言う時はたいてい何かある時だ」

驚いた顔のまりもに向かって、蓮司はにやりと歯を見せた。

「だてに十年も、お前の父ちゃんをやってねえよ」

まりもは思わずふきだした。布団を鼻の下まで引きあげ、父親と一緒になってくすくす笑う。

「したけど父ちゃん、友だちの悪口はいけないって言ってたしょや」

「いい。今だけは許す」

「ほんとに？」

「ああ。なんにでも例外ってもんはあるからな」

いいから話してみろ、となおも促され、まりもはようやく言った。

「石本さんってね、すごくイジワルなんだわ」

「ほう。何した？」

「四年生のとき、高橋奈緒《たかはしなお》ちゃんっていたしょ。覚えてる？」

「ああ、いたなあ。たしか途中で旭川《あさひかわ》かどっかへ転校してった……。お前、けっこう仲良かったべ」

「うん」

「あの子がどうした」

「奈緒ちゃんね、石本さんにいじめられてたの。石本さんと仲よしの人が三人くらいいるんだけど、最初は体育のドッジボールの時だったかな、石本さんが、自分のチームが負けたのは奈緒ちゃんがちゃんとやんなかったせいだって言いだして、それから急にムシとかするようになって……。奈緒ちゃん、たしかにウンドーシンケーはちょっとあれだけど、それでも一生けんめい頑張ってたのにさ。それからは、マラソンの時なんかに奈緒ちゃんが途中でおなか痛くなると、石本さんたちがみんなして、あんなのうそついてサボってるにきまってるとかコソコソ言うし、先生に指されてうまく答えられないでいると、わざと聞こえるように笑うし。週番で給食のパンとか配ったりしても、『やだー、タカハシキンがうつるぅー』って、わざと受け取らなかったりさ。奈緒ちゃん、隠れて泣いてたこともあったんだ。そのうちに転校が決まって引っ越していっちゃったんだけど……」

あの時のことを思い出すと、胸がぎゅっと押されたように痛む。

「もしかして、転校はそいつらのせいだったんか」

まりもは首を横にふった。

「お父さんがテンキンするからだって言ってた。したけど、ほっとしたって」

「え？」

「あたしがね、『奈緒ちゃんとはなればなれになるのさびしいよ』って言ったのね。したら奈緒ちゃん、『それはあたしもおんなじだけど、でも転校が決まってものすごくほっとしたんだあ』って。『ごめんね、まりもちゃん、こんなこと言ってごめんね』ってあやまられちゃってさ。それであたし……」

唇を結び、まりもは、思いきって言った。

「あたし、決めたんだわ。石本さんのことキライになるって」

部屋の中がしんとする。

「——そうか」

と、蓮司が言った。

「決めたってだけで、石本さんには言ってないけどね」

「そうか。うん」

「したけど、ほんとはすっごくコーカイしてるの」

「後悔？」

まりもはうなずいた。布団の中に鼻先を埋める。

「あたし、ずっと奈緒ちゃんの味方していっしょにいたつもりだけど、石本さんたちに、本気で『やめなよ』って注意しなかった。なんでああいうこと言うんだろうっていっつも思ってたけど、なんとなく、冗談のひどいのって感じだったし、けんかになるのもめんどくさかったから、バカな人はほっとけばいいしょ、って。でも……奈緒ちゃんにしてみたらさ。転校が決まってあんなにほっとするくらい、あのクラスにいるのがイヤだったわけでさ」

布団のふちを両手できゅっとつかみ、天井を見あげながらひと息に話して、まりもはそれきり口をつぐんだ。

やがて、蓮司の手がのびてきて、前髪をかき上げてくれた。露《あら》わになった額に、熱を測る時のように、大きなてのひらが置かれる。湿っていて、あたたかかった。

こみあげてくるものを我慢しながら上目遣いに見やると、蓮司は、苦笑いとも何ともつかない顔で、今かき上げてくれたばかりの髪をぐしゃぐしゃにかき混ぜた。

「ひとつ、勉強したってことだべや。な？」

まりもは目を伏せ、掛け布団のふちを見つめた。ややあって小さくうなずく。

「もし今度またそういうことがあったら、そん時は、同じ後悔をしないような道を選べばいい。もしかすると、そうしたらそうしたでやっぱり後悔することがあるかもしんねえしな」

「……どういうこと？」

「片っぽのやり方が間違ってたからって、もう片っぽを選べば絶対正しいかっていえば、それがそうとも限らねえってことだわ」

「……よくわかんない」

「はは、そりゃそうだ」蓮司は笑った。「わかるわけねえわな。いいんだ、それで」

「よくないよ」

「いいんだって。まりもは、まりものまんまでいりゃあ、それでいいんだって。父ちゃんは、まりものおっとりしたとこが好きだ。気が優しくって、人と争ったりすんのが苦手で、そのくせ曲がったことは許せねえところもな。だからな、な－んも焦《あせ》る必要はねえ。まりもはまりものペースで、の－んびりやれ、の－んびり」

そんな呑気《のんき》な、と思いながらも、まりもは強ばっていた体からふっと力が抜けるような心地がした。友だちのために何もできなかった後悔は消えていなかったが、父に打ち明けたことで、心の重苦しさはほんの少しだけ減った気がした。

「父ちゃん」

「うん？」

「ほんとだね」

「何が」

「だてにあたしの父ちゃんじゃないね」

笑いだした蓮司が、またしてもまりもの髪をごちゃ混ぜにした。

　翌朝、いつものとおり祖母の作ってくれる朝食を家族四人で済ませると、まりもはランドセルを背負い、現場へ向かう蓮司と一緒に家を出た。

「いい天気だなあ」眩《まぶ》しげに空を仰いで、蓮司が言った。「今日も父ちゃん、張りきって働いてくっからな。お前もしっかり遊んでこいよ」

「何言ってんの。学校は勉強しに行くとこでしょ」

　ワゴン車に乗り込む父と手を振りあって別れ、まりもはバス通りへ出るなり歩道を駆けだした、そのとたんにドン、と誰かにぶつかった。

「あっ、ごめんなさい！」

　謝ったのは道沿いのマンションから出てきた女の人だった。鼻を押さえているまりもの顔を覗きこみ、

「ごめんね、私いま前見てなかったから。大丈夫？　痛い？　鼻血出てない？」

　しきりに心配してくれる。

「大丈夫です。あたしこそ、ごめんなさい」

　女の人は、ほっとしたように笑った。すらりと背の高い、きれいなお姉さんだった。

　会釈しあって、お互い反対の方向へ歩きだす。ぶつけた鼻はまだ少しだけ痛かった

が、見あげれば空は高く、ほんとうに素晴らしい秋晴れだった。こういう日に外で働くのは気持ちがいいだろう。上機嫌な父親の顔を思い浮かべ、まりもは嬉しくなって笑った。

今朝は、時間もまだ早い。このぶんなら朝礼のチャイムが鳴るまでの間、校庭に出てみんなとしばらく遊べそうだ。

うきうきと走って学校に着き、おはよう、と教室に駆け込む。ランドセルを下ろしたまりもは、けれど、ふと異変を感じて手を止めた。

(――静かすぎる)

あたりを見回すと、教室にいる誰もが、動きを止めてまりもを見ていた。誰も口をきかない。まるで、時間の止まった世界に迷い込んでしまったかのようだ。心臓が、どくんどくんと音をたて始める。

「あー、岩館さんだー。おはよう」

と、後ろから声が響いた。

ふり向くより先に、まりもは、これからとてもいやなことが始まるのをさとっていた。

「今ねえ、みんなにも教えてあげてたんだけど」

石本博美は聞こえよがしに言った。例によって後ろに〈子分〉を三人従えている。

「岩館さんさ、知ってる？　ここんとこ、あんたのお父さん、あたしんちの工事してるんだわ」

まりもは、息を吸いこんだ。

「だから、何」

「あー、知ってるんだあ。あたし昨日、学校から帰ってびっくりしちゃった。きったない服着た人が、『こんちはー』なんてこっちに手ぇふるから誰かと思ったら、岩館さんのお父さんなんだもん」

まりもの背後で誰かが、

「大工さん？」

「わかんない」

などと囁《ささや》きあっている。

「大工さんじゃないよ、うちのママが言ってた。大工さんはえらいけど、岩館さんのお父さんは簡単な力仕事しかやんない人なんだって」

「ちがうよ！」

まりもは大声で言った。

「全然ちがう。大工さんだけがえらいんじゃないよ。父ちゃんの仕事はトビっていって、大工さんにはできない、あぶない仕事をするんだよ。父ちゃんたちがいなかったら大工さんは家なんか作れないんだから！」

石本博美が、わざとらしく身をよじって笑いだした。

「やぁだあ、『父ちゃん』だってー」

へんなのー、田舎の子みたーい、と仲良しグループがそれに同調する。

まりもはぐっと詰まった。蓮司が自分で自分のことをそう呼ぶから、家族みんなもあだ名のように呼んでいるだけなのに。

「前の授業参観の時とかもさ」と、博美が勝ち誇って続ける。「岩館さんのお父さん、遅刻してあとから入ってきたしょ。そのくせやたらと調子いいから、へんな人ーって思ってたけど、やっぱりねって感じ。昨日も、泥とかペンキだらけの服着てさ。きったなーい」

まりもは、こぶしを握りしめた。てのひらに爪が食いこむ。

「うちの工事の間、庭のすみっこにトイレが建ててあるんだけど、それがまた、くっさいの。あんな汚いとこに平気で入れるなんて、ふつう考えらんないしょ」

「なに言ってんのさ！」

まりもはあきれて叫んだ。どうしてだろう、怖くもないのに体がぶるぶる震える。

「庭にトイレ作るのは、あんたんとこにいちいち面倒かけないためでしょ？」

けれど博美は聞こえないふりで続けた。

「知らなーい。あたし、あんな人がお父さんじゃなくてよかった。ズボンなんか袋みたいにこーんな広がってて、何あればっかみたい、シュミ悪ーい。岩館さん、よく平気だよねえ。あたしだったら、あんなお父さんがいたら恥ずかしくて学校なんかぜったい来れな……」

いくつもの悲鳴があがった。

机と椅子が音をたてて弾《はじ》きとばされ、その間にしたたかに尻餅《しりもち》をついた博美が、ぽかんとした顔で仁王立ちのまりもを見あげる。まさかいきなり突き飛ばされるとは思ってもみなかったらしい。

その顔が、みるみるうちに半泣きのすさまじい形相《ぎょうそう》へと変わっていく。

「いったぁい……何すんのー？」

ぶつけた後頭部を手で押さえながら、博美はまりもを睨《にら》みあげた。

「信っじらんない。いくらほんとのこと言われたからってこんな、」

まりもは再び飛びかかった。悲鳴をあげながら這《は》って逃げようとする博美の髪をつかんで、力任せにぐいぐい引っぱる。髪の毛なんか草みたいにごっそり引っこ抜いてやると思った。

と、博美の悲鳴がいきなり泣き声に変わった。まりもが手を放してやったのに、どんどん聞こえよがしの大泣きへとエスカレートしていく。

「うわあ、岩館さんってひどぉい」

仲良しグループの一人が責めるように言うと、もう一人がすかさず博美の隣にしゃがんで頭の後ろを触った。

「やだ、かわいそう。たんこぶになってるよ」

博美の泣き声がいつしか完全に被害者のそれにすり替わっているのを聞きながら、まりもは、茫然《ぼうぜん》と突っ立っていた。自分のしたことも信じられなければ、この現状もわけがわからなかった。いったいいつのまに立場が逆転してしまったのだろう。今の今まで、理不尽な攻撃にさらされていたのは自分の側だったはずなのに。

誰が呼びにいったのか、担任が教室に入ってきて状況を見て取ると、まりもの体を横へ押しやり、あわれっぽくめそめそ泣き続けている石本博美のそばにかがみ込んだ。

4

そうして、気がつくとそれは始まっていた。鳥や魚の群れが一斉に向きを変えるように、級友たちがみな同じ方向へ動き、まりもから遠くなった。

上履きや体操着を隠されたり、教科書が捨てられていたりすることに関しては、犯人が明らかであるだけにまだ我慢できたが、クラスの誰一人として味方に付いてくれないのは堪《こた》えた。例の担任の先生が、教室に漂《ただよ》う微妙な空気に感づいていながら何も言おうとしないのも虚《むな》しかった。

奈緒ちゃんの時とおんなじだ、とまりもは思った。目が合っても誰も笑ってくれず、気まずそうに目をそらす。この人たちはべつに自分をいじめたいわけじゃなく、ただうっかり仲良くして次の標的に選ばれたくないだけだ。わかっているつもりでも、それがこれほど心細くて苦しいものだとは初めて知った。

けれどまりもは、祖父母や蓮司には何も打ち明けなかった。心配をかけたくなかったし、何よりいやなのは、石本博美との口論の原因を父親に知られることだった。あのあとしばらくして蓮司の現場は他へ移ったようだけれど、自分の仕事がきっかけで娘がいじめにあっているなどと聞かされたら、いったいどんな気持ちがするだろう。それだけはぜったいに知られたくなかった。

そうこうするうちに、季節は冬へと移り変わっていき、札幌の町に雪虫《ゆきむし》が飛ぶようになった。二学期の保護者参観の日が、翌週に迫っていた。

ある朝、蓮司がその話題を持ち出した時、まりもは思いきって言った。

「来ないでいいからね」

蓮司はきょとんとした顔をまりもに向けた。

「なーんでさあ、今さら恥ずかしがることねえしょ」からかうように言う。「父ちゃんは、まりもが勉強してるとこを見たいもんねー」

「あたしは見てほしくないの」

「つれないこと言うなって。あ、そうか、もしかしてあれかい。いわゆるお年頃ってやつかい」

「そんなんじゃないったら！」

悩み抜いた末の言葉だったのに、父親のあまりにも能天気な反応に腹が立ち、口調がついきつくなる。

「目立つのがいやなの。よそんちはほとんどお母さんが来るしさ」

「そうかあ？　去年だって、親父さんが来てる子は他にもいたぞ？」

「したって父ちゃん、よそんちのお父さんと違うんだもん」

「どう違うのさ」

「ぜんぜん違ってるしょ！　もうやだ、恥ずかしいから来ないでよ！」

自分で自分の言葉にぎょっとなって、まりもは口をつぐんだ。

蓮司も、気圧《けお》されたように黙っている。

違うのだ、こんなことが言いたかったわけではなくて、と思いはしても、かわりに説明できることなど何もない。うろたえ迷っているうちに、

「そっか」

蓮司がぽつりと言った。

「そだな。わかった。したら、今回はおばあに行ってもらうか」

「そうそう、そうだわ」と祖母がなだめるように口をはさむ。「私だって、前からいっぺん行ってみたかったしね」

まりもは激しく首を振った。

「いいからもう、ほっといてよ！　父ちゃんもおばあも、誰も来なくていいって言ってるしょや！」

「まりも、ちょっと落ち着きなさい」

たしなめたのは新聞をひろげていた祖父だった。

「したって！」

「おいこら、まりも」蓮司の声が低くなった。「俺にならともかく、おばあに向かって今の口のきき方は何だ」

まりもはうつむき、お膳を睨んだ。

「どうしたんだ、お前。学校で何かあったんか」

「べつに」

「……ふうん。したら、とにかくおばあに謝れ」

それでも唇をかみしめたままでいると、見かねた祖母が口をはさんだ。

「まあまあ蓮司、もういいべさ。まりもも、ほら、急がないと学校遅れるよ」

促され、押し黙ったまま立ちあがる。

ランドセルはまだ二階だ。もそもそと靴を履いていると、後ろで祖母が蓮司に言うのが聞こえた。

「五年生ったらそろそろ思春期だもね。女の子だもの、いろいろあるさ。しばらくそっとしといてやりな」

それから何日かの間、まりもはほとんど蓮司に口をきかなかった。寝る時もさっさと自分で布団を敷き、背中を向けて眠った。

仲直りしたいのはやまやまだったが、うっかり気をゆるめたりしたら、また本当のことを喋らされてしまいそうだ。

〈お前が『べつに』って言う時はたいてい何かある時だ〉

けれど、予想に反して、今回は蓮司のほうも無理に訊こうとはしなかった。おばあに言われたせいかな、と、まりもは思った。およそ繊細な気遣いとは無縁なはずの父親が、なんだか初めてこちらに遠慮しているような気がした。

——思春期。

そんなことを言われても、当のまりもにはそれが具体的にどういうものなのかよくわからない。ただ最近、心も体も、わけもなくモヤモヤすることが増えた。家族の言葉にやたらと苛立ったり、唐突に泣きだしたくなったり、どうでもいいことがいつまでも気にかかったり……。そういうあれこれが〈思春期〉の症状なのだとしたら、なるほど自分は今それの入口に立っているのかもしれない、と思う。

お互いに相手の出方をうかがうような、微妙な空気の中で週末が過ぎていった。

月曜日、まりもは、萎《な》えそうになる膝に力を入れて学校へ出かけた。このごろでは毎朝こんなふうだ。出がけに「行ってきます」と無理やり声を張りあげるだけで、一日分のエネルギーを使い果たしてしまいそうになる。

おまけにこの日は、まっすぐ歩くのにも苦労するほど風の強い日だった。

一時間目は算数で、二時間目は社会、少し長い休み時間をはさんで、三時間目が体育。今日のところは無事に見つかった体操着に、まりもはのろのろと袖を通した。こんなに強い風に逆らって長距離走をする気力など、はっきり言ってどこにもなかった。

どうせ、クラスの誰も一緒に走ってはくれないのだ。喋ったり励まし合ったりする相手がいないと、長距離走はただの苦行になる。気分が悪いとでも嘘をついて、保健室へ行かせてもらおうか。それともいっそ、ほんとうに熱でも出てくれないだろうか。そうすれば、給食より前にさっさと早引きさせてもらえるのに。

着替え終わった級友たちが、てんでに駆け出していく。いちばん最後まで残ったまりもが、運動靴を手に教室を出た時だった。

「あ、岩館さん!」

呼び止められて、まりもはふり返った。

廊下の向こうに担任の先生が立っていた。いつもしっかり化粧している顔が、今日はなんだか変に白っぽく、ほお紅の色だけが浮いている。

「今、お祖父《じい》さまから連絡があったの。すぐ帰んなさい」

え、と訊き返すと、先生は急《せ》いたように言った。

「とにかく早く着替えて。教頭先生が、車で病院まで送ってくから」


ずいぶん後になっても——それこそアパートの二階の部屋を整理して引き払い、祖父や祖母と一緒に〈下の家〉で暮らすようになってからも、まりもは、蓮司がいないという現実を受けとめることができなかった。

朝、駐車場で手を振り合うことはもうない。夜、背中から抱きかかえてもらって眠ることも。あの豪快な笑顔、まりもの名前を呼ぶ大きな声、髪をかき上げてくれる指、どれ一つとして、二度と還《かえ》ってはこない。父親の不在、いや突然の消失は、悲しさや寂しさなどよりもはるかに獰猛《どうもう》な感情をまりもの心に吹き荒れさせ、その後に底なしの穴を穿《うが》っていった。

あの日、蓮司は、足場のてっぺんから屋根へ上がろうとして不意の突風にあおられ、落ちた。土の上ならばまだしも、真下にはコの字型の鉄骨が山と積みあげられていた。

まりもが病院へ駆けつけた時はまだわずかに息があったが、意識は最期まで戻らなかった。わずかな望みにすがり、祖父母と冷たい手を握りあって過ごしたその数時間の末にまりもが得たのは、これほどまでに全身全霊で祈っても、結局どこにも届きはしないのだという絶望だけだった。

〈十時の休憩ん時は、あんなに元気だったのになあ〉

通夜の席で、設備屋の山野井が言った。蓮司が落ちる瞬間を見ていただけあって、憔悴《しょうすい》しきった様子だった。

〈茶ぁ飲みながら、携帯で撮ったまりもちゃんの写真をみんなに見せびらかして自慢してたんだわ。どうだ、俺の娘とは思えねえくらいめんこいべさ、めんこいのは顔だけじゃねえんだぞ、なまら賢くって優しいんだぞ、って嬉しそうにさ。それが、さあ昼飯までもうひと頑張りすっか、って上へあがってったと思ったら、あっという間に……〉

山野井が涙をこらえながら頭に手を置いてくれたが、まりもはただ茫然とするばかりで泣けなかった。

違う。この手じゃない。父ちゃんの手はもっと大きい。

そう思うと、涙とは別のものばかりがこみあげてきて、胸が苦しくてたまらなかった。祖父や祖母がまるで腫《は》れ物《もの》に触るかのように接してくれるのも煩《わずら》わしく、それを煩わしいなどと感じてしまう自分がまた嫌でならなかった。

〈したって父ちゃん、よそんちのお父さんと違うんだもん〉

〈もうやだ、恥ずかしいから来ないでよ！〉

どうして、あんな言葉をぶつけてしまったのだろう。そのあとだって、なんですぐに謝って仲直りしなかったのだろう。まさか、こんなことになろうとは想像もしていなかったのだ。仲直りなんかその気になればいつだってできるし、父親はいつでもそばにいてくれるのが当たり前と思っていた。

学校では、さしもの石本博美も気を削《そ》がれたとみえ、とりあえず持ち物を隠されたりすることはなくなったものの、だからといって急にクラスのみんなが元通り話しかけてくるわけではない。むしろ、どう触っていいのかわからないのだろう、遠巻きの度合いは増したほどだった。

誰を恨むつもりも、まりもにはなかった。何も、感じないのだ。心が、気持ちが、動かない。本来なら心臓があるべき場所に、がらんどうの穴ぼこが空いているようで、ただ祖父母にこれ以上心配をかけたくない、そのためだけに、今朝もおなかの痛みを押し、歯を食いしばって家を出た。学校のことを考えるたびにこうしておなかが痛くなるのは、いつかの奈緒ちゃんと同じで、きっと気持ちの問題だ。ほんとに悪いところがあるわけじゃない。

曇り空だが、雪はやんでいた。もうすぐ今年が終わる。

けれど、うちにお正月は来ない。家族が四人そろって炬燵《こたつ》を囲んでこそのお正月だ。来年だけじゃなくて、この先もう二度と、あの真新しい朝の喜びが訪れることはない。

バス通りに出たところで、痛みはますます強くなってきた。いつもよりずっとひどい。一歩踏みだすだけでも下腹が引《ひ》き攣《つ》れるほどだ。ああ、寒い。こんな寒い冬は知らない。手足が冷えて、感覚がなくなっていく。

半端に踏み固められた雪の上を歩きながら、まりもは怪我をした小動物のように唸《うな》った。もう、いやだ。何もかもどうでもいい。こんなに痛いのを我慢してまで学校へ行かなくてはならないのなら、いっそのこと、このままここで父親のように冷たくなってしまえたらいいのに。

とうとう足が一歩も前に出なくなり、まりもは立ち止まった。かくん、と雪に膝を

つき、四つん這いになってうずくまる。そのまま動けずにいると、

「どうしたの！」

声とともに後ろから誰かが走ってきて、滑りこむようにまりものそばにかがんだ。

「大丈夫？　ね、どっか痛いの？　うん？」

肩をかかえ起こされて、まりもは顔を上げた。

二人同時に、あ、と声が出た。

前にここでぶつかった、あのきれいな女の人だった。

第二レグ　目覚め

1

札幌の冬が寒いことくらい知っていた。覚悟もしてきたつもりだった。

だが、十八になるまで東京を出たことのなかった貴子にとって、実際に体験する北の冬の厳しさは予想をはるかに上まわるものだった。

寒いというより、痛いのだ。ことに冷える手足の末端や、服では隠しようのない顔だけでなく、息を吸いこむと鼻の穴が凍り、肺の中まで痛くなる。「こんなもん旭川や富良野《ふらの》に比べたらさ」などと病院の同僚は言うが、何の慰めにもならなかった。

それでも、もう十年近くいれば、さすがにいくらかは慣れる。毎冬、初めのひと月ほどはやはり辛いが、師走《しわす》に入る頃には体が順応し、年が明けると寒いのが当たり前になり、二月の終わり頃ともなれば、まだあたりが雪に閉ざされているにもかかわらず、遠くのほうで出番を待つ春の気配を感じ始める。

何より、雪解けから芽吹きへ向けてゆっくりと移り変わっていく季節を、目で、肌で愛おしむ日々の喜びといったら東京の比ではなかった。

冬が厳しければ厳しいほど、やがて訪れる春の日射しのぬくもりは文字通り有り難いものに思える。緑の眩しさ、風のかぐわしさ、鳥たちのさえずり、花の色の鮮やかさ。それらのひとつひとつを宝物のように慈《いつく》しむこの気持ちは、看護師という自分の仕事にとって、ある意味最も大切なものなのではないかと貴子は思う。

春はまた、馬たちにとっても大いなる喜びの季節だ。長い冬の間じゅう干し草や乾燥飼料ばかりを食べなくてはならなかったのが、久しぶりに白くて冷たいものの消えた地面を自由に駆け回り、芽吹き始めた青草を好きなだけ食《は》むことができる。前の年に種付けをした馬たちが次々に産気《さんけ》づき、競走馬の生産牧場などは子馬の出産ラッシュとなる。札幌近郊でも、ほんの少し市街地を離れれば道路沿いの土地に馬が放牧されているのは珍しくなく、母馬の腹の下に隠れてしまうほど小さな子馬がまだ短い尻尾をふりまわしながら跳ねまわっている光景は、それを目にする誰にとっても嬉しいものだった。

うららかな日射しの中、今ではすっかり通い慣れた道を、貴子は今日も石狩へ向かっていた。〈シルバー・ランチ〉を訪れるのは二週間ぶりだった。

勤務のローテーションによって夜勤が回ってこなければ、二日続けての休みもない。日勤だけのほうが体は楽なはずなのに、精神的にはむしろ疲労が溜《た》まってしまい、次からは一日だけの休みでもできるだけ出かけてこようと思った。どれほど自分が志渡とランチの存在に支えられているかを再確認する思いだった。

国道から脇道へ折れる少し手前で、貴子は車をコンビニエンスストアの駐車場へと乗り入れた。サイドブレーキを引き、助手席を見やる。

「何か、お昼に食べるもの買っていこう。手伝ってくれる?」

少女は、こくんとうなずいた。

*

貴子が、雪の中でうずくまっていた少女——岩館まりもを助け起こしたのは、あれはたしか十二月の半ばだったか。

勤め先の病院へそのまま連れていこうかとも思ったが、住まいが近くだと言うのでとりあえず送り届けると、家にいた老夫婦は慌てふためいて孫娘を奥へ寝かせた。学校へ電話をかけた祖母が「今日は休ませますので」と言うのを聞くなり、少女の体からは目に見えて力が抜け、やがてとろとろと眠りに落ちていった。

十一歳になる彼女がそれまで経験したことのなかった腹痛の、直接の原因は初めての生理だったらしい。数日後に菓子折を持って挨拶《あいさつ》にきた祖母の冨美代《ふみよ》が、貴子にそっと打ち明けたところによれば、お赤飯を炊《た》いてやると半ベソをかきながら一口だけ食べたそうだ。この秋の終わりに、少女は最愛の父親を亡くしたばかりだった。それはすなわち、老夫婦にとっては最愛の息子との別離を意味していた。

乗りかかった船、とまで言うのは大げさかもしれないが、以来、貴子は岩館家にときどき顔を出すようになった。お姉ちゃん、お姉ちゃんと懐《なつ》いてくれるまりもが可愛かったし、冨美代と秀司《しゅうじ》の夫婦もことのほか喜んで、一緒に夕飯を食べていくように誘われることもしばしばだった。

建てる時から自宅にするつもりだったというその部屋は、アパートの他の部屋よりは少しゆったりとした造りで、いつ訪れてもきちんと掃除が行き届いていた。奥の間には仏壇があり、写真が黒い額に納められていた。父であり息子であった人はまだずいぶんと若く、豪快な笑顔は仏壇にはふさわしくないほどで、見るたび胸が痛んだ。

生きているうちに会ってみたかった、そう思わずにいられなかった。

人見知りの強いはずの自分が、どうしてこの家にいるとこんなに楽なのだろうと貴子は思った。そしてふと、志渡と知り合った時のことを思い出した。

きっと、みんな同種の生きものなのだ。志渡は、個人的な過去についてはあまり語ろうとしないけれど、気配でわかる。おそらく、何か大きなものをごっそり喪《うしな》った経験があるはずだ。そうでなければ惹《ひ》かれるはずがないし、またそれこそが岩館家の人々に自分が心を許す理由でもあるのだと貴子は思う。

家族と一緒にいるときのまりもは、ずっと沈みこんでいるわけではない。祖父母によけいな心配をかけまいと気丈にふるまう部分はあったにせよ、テレビを観てふふと笑ったり、好きなタレントのことを一生懸命に貴子に話したりして、少しずつだが明るい表情を見せることも増えてきていた。年寄りに育てられたせいか、古い方言を普通に使うのがまた可愛らしかった。

けれど、いざ冬休みが終わって三学期に入ると、まりもはだんだん学校を休みがちになっていった。ランドセルを背負ってバス通りにまでは出るのだが、あの雪の日に倒れた場所から先へ行こうとするたび、腹痛に襲われたり気分が悪くなったりして足が前へ出なくなるのだ。

担任からは、お孫さんに少し厳しく接するようにして下さいと言われたらしい。だが老夫婦は、焦《あせ》りを見せなかった。少なくとも表には出さなかった。

学校からの連絡などは適当にあしらい、二月、三月、そして四月と、ただただ根気よく孫娘と向かい合った末に、とうとう彼女の口からすべての事情を聞きだした。

——それが、つい先週のことだった。

「一人であんなになるまで頑張って、どんだけつらかったか。なしてもっと早く私らに打ち明けなかったのさって言ったんだけど、あの子はまあ、死んだ父親のことがすごく好きだったしね。何があったかなんて話したくもなかったっていう気持ちも、わからないじゃないんだわ」

冨美代は、孫の聞いていないところでぽつぽつと貴子に語った。

「担任の先生とも話してみたけど、どうもこうもならんのよ。能面みたいなすました顔して、言うことがひどいのさ。『正直に申しあげて、いじめられるお子さんの側にも問題があることが多いので』って、こうよ。聞けば聞くほど腹が立つばっかりで、まったく、この私にまりもくらいの元気があったら、飛びかかって髪の毛引っこ抜いてやるところだったわ」

いっぽう秀司は、孫娘を前に、ゆっくりと言って聞かせた。

「なーんも、無理するこたあねえべや。学校なんか、しばらく行かんでも死ぬわけでねえしな。お前の苦しさを、嘘だとかサボり病だとか言う奴らには好きなように言わせとけ。体が悲鳴をあげて一歩も動けなくなっちまうようなとこへ、なんで行く必要がある」

貴子はそのとき、冨美代を手伝って夕食のあとの洗いものをしていた。肩越しにそっと後ろをうかがうと、秀司のそばに座ったまりもが、うつむいてきゅっと唇を結んでいるのがわかった。

「人間だって動物だからな」と秀司は続けた。「命の危険を察知したら、本能が『逃げれ！』って言うんだわ。まりもが学校へ行けずにいるのは、お前にとって今そこが危険な場所だからだ。逃げるが勝ち、とはうまいこと言ったもんでな。……なぁに、心配すんな、まりも。学校なんか、またそのうち行きたくなったら行きゃあいいし、行きたくなけりゃ、うちでおばあの手伝いでもすれ。国語や算数くれえ、おじいが一緒に勉強して教えてやる。友だちに何言われたって、何されたって、お前はお前のまーんまでいいんだ。な。なーんも気にしないで、お前のペースで、のーんびりやれ、な。のーんびりでいいから」

それを聞いたとたんのことだった。まりもが、突然、大声をあげて泣きだした。噴きこぼれる涙を拭いもせずに、上を向いてごうごうと泣く。

「と……とう、ちゃあん……、とう、ちゃあん」

蓮司が亡くなって以来、初めて引き絞るように呼ぶ孫娘に手をのばし、秀司は膝立ちになって抱き寄せ、抱きしめた。

「呼んでやれー、まりも。いっぱい呼んでやれー。おじいはようやっと安心したわ、お前がそやって泣いてくれて」

ああそうだあ、もっと泣け、泣いちまえ、と秀司が孫の頭を撫《な》でさする。貴子の横で、冨美代もまた、洗いものに濡れた両手で顔を覆っていた。

貴子がまりもを誘ったのは、その翌週だった。

とりあえずしばらく学校へ行かないとなると、勉強の遅れをどうするかはもちろんだが、運動不足も心配だ。かといって、あまり呑気《のんき》に近所を出歩いてばかりいれば、同じ学区の人間と顔を合わせることになる。何を言われるかわからない。

ただ、幸いにも雪が溶けてくれたおかげで、石狩のランチではまた乗馬シーズンが始まろうとしている。それなら、と貴子は思い、念のため前もって志渡にも相談してみたのだった。案の定、二つ返事だった。

「馬に乗ってみたいと思ったことはない？」

そう訊いたとたんに、少女の目の色が変わるのがわかった。

「石狩のほうにね、私がお休みのたびによく行ってる牧場があるんだけどね。面白いおじさんがいて、馬のことを教えてくれるの。乗り方だけじゃなくて、馬っていう動物についてのいろんなこと全部」

「え、貴子姉ちゃんて馬に乗れるの？」

「まあね、三年くらい習ってるから」

「うそ。じゃあ、走れる？」

「もちろん」

誰からであれ、これほどまでに強い尊敬と憧れのまなざしを向けられたことが、今までの人生にあっただろうかと貴子は思った。

「まりもちゃんは、馬をすぐ近くで見たことある？」

「あるよ！」

意気込むまりもに、冨美代が「え」と驚いて訊いた。

「どこで」

「札幌競馬場」

とたんに、秀司が舌打ちをした。

「ったく、あンのバカタレが」

「やだ、怒んないで、おじい」

まりもは慌てて言った。

「夏のレースの間だけだよ。それにすっごく楽しかったんだよ。初めて行った時なんか、あたしの選んだ〈ヤミヨノカラス〉って馬が、ほかのを全部追い抜いてダントツで勝ったんだから！」

「それいつの話だ」

「三年生の時」

「つたく、あンのバカタレが」

と、秀司はもう一度言った。

2

目の前のゲートが閉まっている。木でできた、横に細長いゲートだ。まりもが、この先は行ってはいけないのかな、と思っていると、

「さ、手伝って」

貴子が言った。

「あのゲートはね、もしもの時に馬が脱走しないようにしてあるものなの。だから、通った後はまたきちんと閉めておかないと大変なことになるの。まりもちゃん、下りてあのゲートを開けて、私の車が通ったら後ろでまたちゃんと閉めてくれる？　いい、責任重大だよ？　できる？」

「うん」

「指をはさんだりしないように気をつけてね」

「わかった」

まりもは助手席から下り、ゲートまでの数メートルを走った。

銀色の掛け金の部分に鍵はかかっていなかったが、そのかわり、輪っかにした鎖が支柱に引っかけてある。まずそれをはずし、掛け金もはずして、ゲートをゆっくりと大きく開いていくと、貴子が車を通した。それを見届けてから、もとどおりにきちんと掛け金をかけ、鎖を支柱に引っかける。

きちんと閉まっているかどうかを、ゲートを揺らして確かめた後、待っている車の後ろから走っていくと、バックミラーに映る貴子の目もとが微笑《ほほえ》んでいるのがわかった。

砂利道を上がっていくうちに、やがて真っ青な海を背景に馬たちの姿が見えてきた。まりもは思わず息を呑み、ダッシュボードに両手をついて伸びあがった。

「すごい……きれい」

「でしょ」

思っていたよりずっと広い牧場だった。こんなところで放牧してもらっている馬たちは、さぞかし幸せだろう。

貴子の車の音を聞きわけたのか、白黒ぶちの中くらいの犬が、奥の建物のほうから駆けてくる。耳の先だけがちょこんと垂れていて可愛い。

朝から貴子が連絡してあったので、例の〈面白いおじさん〉もさっそく迎えに出てきてくれた。二人が車を下りるなり、向こうのほうから大声で言った。

「やあ、貴ちゃん、お帰りー！」

袖だけが革製のジャンパーを着て、黒い野球帽のようなキャップをかぶっている。

「お帰りって？」

不思議に思って訊くと、貴子はまりもを見おろしてにっこりした。

「私はほら、こっちに実家がないでしょ？　だから、ここを自分のもう一つの家だと思うといいって志渡さんが」

「じゃあ、貴子姉ちゃんはここへ来ると『ただいま』って言うの？」

「うん」

ふうん、と言いながら、唇が尖《とが》ってしまったのがわかったのだろうか。

「どうしたの」

と貴子が言う。

「ここだけが、家？」

「え？」

「うちだって貴子姉ちゃんの〈もう一つの家〉でしょや」

文句のつもりで言ったのだったが、貴子は、まりもの頭をひったくるように脇腹に抱き寄せて笑いだした。

「ありがと。嬉しい。じゃあこれからは、まりもちゃんの家に行っても『ただいま』って言っていい？」

想像すると、くすぐったい気持ちになってしまった。思わず貴子の腰に腕を回し、

「いいよ」と、まりもは言った。

大股に近づいてきた志渡が、

「やあ、こんにちは！」

大きな手を差しだす。

まりもは、おずおずとその手を握った。

「こんにちは。岩館まりもです、よろしくお願いします」

声が小さくなってしまったが、志渡は白い歯を覗かせた。

「こちらこそよろしく、まりもちゃん。俺は、志渡銀二郎。かっこいい名前でしょ、俺にぴったりの」

きょとんとして答えられずにいるまりもを見て、正直だなあ、がはは、と笑う。

「貴ちゃんから聞いたんだけど、まりもちゃんは、馬に乗る人になるのが夢だったんだって?」

まりもは頷いた。

「つまり、騎手ってことかい」

「えっと、前はそうでした。でも、今はべつに騎手じゃなくてもよくて、ただ馬に乗れるようになれたらいいなって」

「そうか。じゃあ、そうなんなきゃな」

「え」

「なれたらいいなって思うものは、なんなくちゃ」

なんだかちょっとびっくりして、まりもは、思わずこっくり頷いていた。

「ついておいで。まずは〈シルバー・ランチ〉を案内してあげよう」

歩きだした志渡の後ろに、貴子と並んでついていく。ふさふさとした毛並みに黒いぶちの犬は〈チャンプ〉というそうで、後になり先になりしてついてくるのを興味津々で眺めていたまりもだったが、木造の大きな厩舎に一歩入るなり犬のことはそっちのけになった。

「匂いするべ」

と、志渡が言う。

「これが馬の匂いなんだわ。どうだい、いやじゃないかい」

まりもは首を横にふった。

「ぜんぜん。だって、汚い匂いじゃないもの」

「そう、そうなんだわ」志渡は嬉しそうに言った。「馬は基本、草しか食べないからな。出てくるものだって、なんも汚くないのさ」

ほとんどの馬は外に放牧されていて、厩舎の馬房《ばぼう》、つまり馬の寝る個室にいるのは、今は一頭だけだという。見ればその馬は、後ろの右足首に包帯のようなものを巻いていた。

「こいつはジャスティスっていって、俺とは古い付き合いなんだ。繊細で、ちょっと難しいところもあるけど、そのぶん好奇心も強くて、ある意味いちばん馬らしい馬だな」

尻を向けていた栗色の馬が、志渡の声を聞くと馬房の中でゆっくりと回ってこちらを向いた。額から鼻面まで白いラインの走る顔を、入口に差し渡した鉄棒の上からにゅうっと突き出して匂いを嗅《か》ぎにくる。

まりもは思わず後ろに下がり、貴子にぶつかった。

「怖い？」

と貴子が訊く。

「……ううん。大っきくてびっくりしただけ」

「こいつもわりとでかいほうだけど、これよりもっと、なまらでっかい黒いのが外にいるぞ」

あとで見せてやるからな、と言いながら、志渡はキャップをひょいと後ろ前にかぶり直すと、二本の鉄棒の間をくぐり抜け、馬房に入っていった。足もとでわしわしと藁《わら》を踏む音がする。白い包帯を巻いた後ろ足首を志渡がぐっと握っても、馬はよけなかった。

「よかった、だいぶよくなってきたみたいね」

と、貴子がまりもをおなかに抱きかかえながら言った。

「ケガ、してるの?」

首をねじって見あげると、貴子がうなずいた。

「ちょっとした捻挫《ねんざ》みたいなんだけどね。馬って、このとおり体が大きくて重いでしょう。三百キロから五百キロくらいあるの。それに、寝てるときもふつうは立ったままだから、どうしても肢に負担がかかっちゃうのね。だから、少しでも安静にさせておくために、ここ半月くらいはジャスティスだけ放牧しないでいたわけ」

志渡が馬房から出てきて、二人を促す。

両側に六つずつ馬房の並んだ通路を通り抜けながら、まりもはふり返った。ジャスティスがまだ首を出して見送っていた。

外に出ると、大きな四角い広場が広がっていた。柵で囲われた中に敷き詰められた砂が、春の日射しを受けてきらきら輝いている。そこが馬場なのだと貴子が言った。

その向こうに見える草原はすでに放牧場の一角で、黒々とした地面からは緑の若草がびっしりと新芽を伸ばしつつある。馬場を迂回《うかい》し、放牧場の柵のところまで行った志渡が、二本の指を唇にあてて鋭く長い口笛を吹く。二度、三度。

まりもがわくわくしながら待っていると、やがて、盛りあがった丘の向こう側から馬たちが次々に姿を現し、ドドッドドッと黒土を蹴立ててこちらへ走ってきた。中の一頭が、抽《ぬき》んでて大きい。ほとんど黒に近い焦げ茶色の体に、たてがみは漆黒。胸幅は広く、首は太く、圧倒されるほどの迫力だ。

まりもは、隣に立つ貴子の腕を握りしめた。父親と一緒になって声を限りに叫んだ、あの夏の記憶が甦《よみがえ》る。

柵の際にまで集まってきた馬たちに、志渡は、そのへんに生えている旨《うま》そうな草を摘《つ》んで与えた。大きな馬たちが五頭と、その陰に、うそみたいに小さい馬が二頭いる。

「子馬？」

まりもが訊くと貴子は首を振り、ミニチュアホースという種類で、これでも大人なのだと言った。

「で、この黒いのがラッキーセブン、通称ラッキーっていってさ。さっき言ってた、うちでいちばんでっかい馬なんだ」

たてがみにからみついていた小枝を取ってやりながら、志渡は言った。

「気のいいやつなんだけど、何しろでかすぎて、乗りこなすには男でも苦労する。貴ちゃんなんか、こいつにまたがると鐙《あぶみ》にまで足が届かないもんな」

「届きますぅ」と、貴子が憤慨してみせる。「でも、さすがに乗り降りは苦労するかな。柵によじ登ってからでないと鞍にまたがれないのよ」

まりもは、声も出なかった。まばたきもできずに、馬を見あげる。

「どうだ、まりもちゃん。乗ってみたいか」

と、志渡が言った。

「え」

「ほかの馬たちも、思ってたよりでっかいしょ。怖くて当たり前なんだから、無理することはないからな。だんだん慣れていきゃあいい」

まりもは、きっぱりと首を振った。

「怖く、ない」

「ほんとかい」

「うん。ほんとに怖くない」

「じゃあ、ちゃんと世話もできるかい」

「できる」

「これからもここへ来るんなら、馬房の掃除も、糞《ボロ》拾いも、馬たちにブラシかけるのも洗うのも飼い付けも、貴ちゃんと同じようにやってもらうよ。俺は、子どもだから女の子だからって、甘やかしたりはしないからな。それでも乗れるようになりたいか？」

志渡に見おろされて、まりもはようやく馬から目を離し、彼を見あげた。

「なりたい」

志渡が、歯をむき出して笑った。

「よし。——貴ちゃん、メロディに無口《むくち》つけて角馬場へ連れてって」

「はい」

まりもは驚いて貴子を見た。返事が、いつもの貴子のそれとはまるで違って響いたのだ。

返事ばかりではない。そうして改めて見ると、まりもがふだん目にする貴子とは、表情や雰囲気までが違っているのだった。仕事帰りには束ねている肩までの髪を、今日は下ろしているせいばかりではない。チェックのシャツとジーンズという服装のせいばかりでもない。背筋がぴんと伸びているのに、同時に、とてものびのびとリラックスして見える。

厩舎まで走っていった貴子が、何かを取って戻ってきた。大小の輪が三本のベルトでつなぎ合わされたようなそれを、無口頭絡《とうらく》と呼ぶらしい。彼女は柵をくぐると、ひしめく馬たちを遠慮なく押し分けて一頭のそばへ行った。さっき馬房にいたジャスティスと似たような栗毛だが、顔には白い線ではなく、額に白点が一つだけある。

「額から鼻まで白い線が走ってるのは〈流星〉。こういう白い点は〈星〉っていうのよ」

かっこいい、とまりもは思った。

手にしていた無口の輪の中に、その馬の鼻面をくぐらせ、両耳をかわるがわる通してベルトを留める。アゴの下についている丸い金具に、大型犬の散歩に使われるよりもっと太いリードをつけると、貴子は「おいで」と声をかけて歩きだした。

二十メートルほど移動したところで、横木の一部をするするとずらして馬を出す。ほかの馬たちもついてきていたが、貴子がぴしりと何か命じて目で制すると、無理に出ようとはしなかった。

四角い馬場へと曳いてきた馬に、志渡が鞍を載せ、腹の下に帯をまわして締め、無口に手綱《たづな》がわりのロープをつける。

「ハミはなくていいですか?」

と貴子。

「なんも問題ないしょ。こいつなら、雷でも落ちない限り勝手に走りだしたりしないから。──さ、まりも。またがってみようか」

いきなり呼び捨てだ。

怖くない、とは言ったものの、心臓がばくばくしてきて、顔がこわばる。志渡は手招きしてまりもを馬の左側に呼ぶと、ふいに砂の上に片膝をついた。

「ここを踏み台にして上れ」

「えっ。だって靴」

「踏んでいいから。右足で俺の腿を踏んで、それから左足をあぶみに入れてまたがってみろ」

「アブミ……？」

口の中でつぶやいたものの、見ればわかった。これだ。この、鞍の横にぶらさがっている三角のやつだ。

まりもは、そうとう思いきって志渡の腿を踏みつけると、左足を思いきり高く上げ、どうにか届いたつまさきをあぶみの中に差し入れた。右手で鞍の前部に飛び出た突起をつかみ、左手は馬のたてがみをつかんで、志渡の腕に助けられながら懸命に右足を上げ、ようやくまたがる。それだけで息が切れた。

「よし。体を起こして。そっち側の足もあぶみに届いてるか？」

「……ぎりぎり」

「そっか。ま、気にすんな、あぶみなんか無きゃ無いでいいんだ。言ってみれば自転車の補助輪みたいなもんでな、頼らないほうがうまく乗れる」

「でも、」

「大丈夫、今日は走らせない、ただ歩くだけだから。まりもが自分で落っこちようとしない限り、絶対に落ちない。俺を信じろ」

まりもは、うなずいた。

志渡は、まりもの握っているロープの手綱とは別に、馬のアゴの下にもリードをつけて角馬場を何周か曳いてまわった。メロディはおとなしく付き従い、ゆったりとした揺れに、馬上のまりもの緊張もだんだんと解けていった。

「体の力は抜くんだよ」と志渡は言った。「自分の腰がどういうふうに揺れるかで、馬の背中の動きを感じてごらん。どんなふうに動いてる？」

しばらく黙って考えてから、半周したあたりで言った。

「8の字？」

「正解」

と、志渡は言った。

「それはそうと、手綱、ちゃんと握ってるよな?」

「うん」

「そっか。じゃあ、今この馬を動かしてるのは、まりもだ」

えっ、と見ると、いつのまにかリードははずされて志渡の手の中にあり、その彼も馬からさっさと離れていくのだった。

「うそ、あたしじゃないよ」まりもは慌てて言った。「あたしは何にもしてないもの。メロディが勝手に歩いてるんだよ」

「違うね。乗ってる人間が止めたいとは思ってないから、メロディは歩いてるんだ。うそだと思うなら、じゃあ、試しに止めてみようか。そっとだぞ、ほんとにそうっと、両手でほんの少し手綱を引いてみろ」

その通りにしてみた。馬は、それだけでぴたりと止まり、まりもはちょっと前につんのめった。

「な、俺はひとつも触ってない。今のは、まりもが自分で止めたんだ」

どきどきしていた。何かとんでもなく大きなことを成し遂げた気持ちだった。

「よし、もう一回歩かせてみよう。馬に何かをさせたいと思った時、すべては、合図から始まるんだ。いいか? 歩かせたいなら、両足のかかとを、ぐうっと内側に締めつけてごらん。ふくらはぎで、馬の腹を大きく抱えこむような感じで。——おっと、手綱はゆるめて。それブレーキだから」

無意識に引っぱったままでいた手綱を慌てて前へ出すと、馬は、まるで目の前から透明な壁がようやく無くなったかのように、ゆらりと首を下げて再び歩き始めた。

止めたり、歩かせたり、左右へ曲がったりをくり返しながら、馬場を何周しただろうか。

何もかも初めて尽くしの経験に、まりもがそろそろ疲れてきた頃、志渡は言った。

「よし。じゃあ今日の仕上げだ。最後に、ここからぐるっと向きを変えて、向こうで見てる貴ちゃんのところまでメロディを歩かせて。そうして、ぎりぎり目の前で止めてごらん。ぎりぎりだぞ」

まりもは、両耳がぎゅっと後ろへ引き絞られるのを感じた。志渡は、唇に笑みを浮かべながら見あげている。

教わったとおり、左の手綱をひらき、右のふくらはぎで馬の腹を押す。スムーズにとはいかなかったが、それでもどうにかその場で向きを変え、今度は両方のふくらはぎで合図を送って馬を歩かせていくと、まりもは、待っていた貴子のすぐ目の前で手綱をそうっと引いた。

「ようし、素晴らしいストップだ」

と、そばにきた志渡が言った。

またがった時とは逆の順番であぶみから下りる。最後はあぶみから左足を抜いてストンと飛び降りろ、と言われ、まりもは思いきってそうした。後ろへよろけた体を、貴子が笑って受けとめてくれた。たくさん使った両脚が、かくかくしていた。

「どうだった？　楽しかった？」

まりもは向きを変え、貴子のおなかに抱きついた。

「楽しかった！　すっごい楽しかった！　ねえ、あたし馬に乗ったんだよ。一人で動かしたんだよ」

見てたよ、すごかったねえ、と貴子がまりもの頰《ほお》を両手ではさみ、目を覗きこむ。その満面の笑みを見て、まりもはますます嬉しくなった。

志渡は言った。

「どうだ、まりも。もっと上手に乗れるようになりたいか？」

「なりたい！」

「じゃあ、しばらくここへ通ってくるか」

「くる！　馬の世話も掃除も、ぜったいちゃんとするから」

するとこ志渡は、後ろ前のキャップを再び前向きにかぶり直した。

両足をもう半歩ずつひろげて立ち、ゆっくりと腕組みをして、まりもを見おろす。

「よし。その覚悟があるんなら、今からひとつ取り決めをしよう」

「……なに?」

「このランチで、俺から、あるいは貴ちゃんから何かを教わる時、返事は『うん』じゃない、『はい』だ」

喉《のど》が、ごくりと鳴った。

「……はい」

「質問する時は、『ナントカなの?』じゃない、『ナニナニですか』だ。頼むときは、『して下さい』だ」

「はい。……ごめんなさい」

「謝ることはねえよ。取り決めは、今から後のことだ」

「はい」

「ただし――」

志渡は言葉を切り、ふいにぱっと笑った。

「それ以外の時は、俺はまりもの先生でもなければ、知らないおじさんでもない。貴ちゃんもそうだ。したから、お互い喋るときも、『うん』とか『だよ』でかまわない。貴ちゃんはまりもの大事な姉ちゃんだし、俺とまりもはもう、友だちだからな」

まりもは、驚いて志渡の顔を見た。

「友だち？」

「あれ。違うのか」と、志渡が言う。「俺と友だちはいやか？」

そうじゃなくて、とまりもは言った。

「したって、こんなに年が違うのに？」

「年だあ？　友だちになんのに、年なんか関係ないしょや」

当たり前のことのように言われて、まりもはぽかんとした。

おなかの奥底から、サイダーの泡のようにしゅわしゅわしたものがこみあげてくる。

次の瞬間、まりもは思わず声をたてて笑いだしていた。何なんだろうこの人、おかしい、と思いながらもうすでに、志渡銀二郎という男を大好きになっていた。

3

くわえ煙草《たばこ》で夜の国道を運転していると、とつぜん前方で懐中電灯が振り回された。

指示された場所できっちり停まり、窓を下げる。

「はい、すいませーん」

声とともに若い警官が覗きこみ、無遠慮にこちらの顔と車内を照らす。

「こんばんは、お急ぎのところ失礼しまーす。飲酒検問中なのでご協力お願いします」

「免許証かい？」

「いえ、まずはこちらに向かって息を吐いて頂けますかね」

志渡は煙草をもみ消すと、ひょいと車の窓から顔をつきだし、暗がりにいるもう一人の警官に声をかけた。

「おーい西野《にしの》さーん。この人、新しく来た人？」

若い警官がぎょっとして志渡を凝視する。と、暗がりからこちらをうかがった年輩の警官が、ああ、なんだ、と言った。

「誰かと思ったらあんたさんかい。車が違うからわかんなかったわ」

「ランクルはいま車検に出しててさ。代車なんだわ」

「そっかそっか。どうもすまんね。これ、こないだ配属されてきたうちの若いので、佐藤《さとう》っていうんだわ。お、佐藤。この人は志渡さんっていってな、この先の牧場主さんだ。この人には、酒のチェックはせんでいいから」

「え、いやしかし」

「いいんだっつの」西野は虫を払うような仕草で手を振った。「まるっきり下戸《げこ》なんだわ、この人。一滴も飲めなくて、どんな酒の席でもずーっと烏龍茶《ウーロンちゃ》だもなあ」

最後はからかうように言って西野が笑う。若いのがようやく、はあ、と引き下がった。

「そういえば志渡さんよ。うちの娘、知ってたしょ」

「ああ、知ってるよ。たしか、幼稚園の先生でなかったかい」

「そうそう。今度あいつがさ、園のイベントの企画とやらを任されてさ。ゆうべも相談に乗ってたんだけど、たとえばの話、子どもらをかわるがわる馬ン乗っけてやるなんてのはどうだべって。そういうことってさ、もしもやることンなったとして、あんたんとこに頼んでもいいもんかい、どうだべ」

「いいもんかも何も、大歓迎だわ」と志渡は言った。「うちの馬は何しろ、羊じゃねえかっていうくらいおとなしいから、なんも危ないことはねえしな。いつでも相談してくれって、娘さんに言っとけばいいしょ」

喜ぶ西野と若いのに見送られ、再び走りだす。

窓を閉めかけた志渡は思い直し、夜風が吹き込んでくるままにしておいてシャツの胸ポケットをまさぐった。取りだした煙草の箱を揺するようにして一本くわえ、ジッポーを擦《す》る。吐きだす煙が後ろへ流れてゆく。酒は一滴も飲まなくても、この悪癖だけはやめられない。あるいは、飲まないからこそなのかもしれない。

石狩の海から吹く風はまだ少し冷たかったが、湿った土と伸びてゆく草の匂いが、まぎれもない春を感じさせた。

今ではもう、酒席に加わっても、べつだん辛い思いはしない。アルコールが切れればたちまち手が震えだした頃のことを思えば、りっぱに立ち直ったと言っていいのだろう。

だが、遅すぎた。

頭の中に濃い霧が立ちこめていたあの頃、まともな判断どころか状況の認識すらできないまま、自分が何を失いつつあるのか少しもわからずにいた。競走馬の育成牧場で築きあげたはずの信用も、酒のせいであっけなく失った。心に渦巻くのは八方ふさがりの人生への呪詛《じゅそ》ばかりで、何もかもを自分以外のものの責任にして酒に逃げ、無為な日々をやり過ごすだけだった。

脳より先に肝臓がいかれてくれたのが、今思えば幸運だったという以外にない。ようやくいくらか正気を取り戻した時、志渡は、自分がいつのまにか専門の病院にほうり込まれていること、そして手の中にあると思っていたものがとっくに消え失せていることに初めて気づいた。

あれから、十年。

当時の妻は、とうの昔に新しい家庭を持っている。一度だけ電話があった。娘が小学校に上がった春、迷った末に志渡が祝い金を送った時だ。

〈私たちに対してしたことをほんの少しでも悪いと思っているなら、これ以上、邪魔をしないで下さい。あなたとは二度と会うつもりはありませんし、娘にも会えると思わないで。あの子は今の父親を本当の父親だと思っていますから〉

とりつく島もないほど冷たい声で言われてしまえば、志渡としては黙って従うよりほかなかった。

自分のしたことやその愚かさを、今さら言い訳するつもりはもちろんない。だが、ほんとうの本音を言ってしまえば、女にはおそらくわかるまい、とは今でも思う。男にとって、無二の親友と信じていた相手から裏切られることがどれほどの打撃か。それも、長年の間ともに追い続けていた夢がついに実現するかにみえたその矢先、夜道で背中から刺されるような形で裏切られたのだ。

かつての友が手にした成功を見るにつけ、聞くにつけ、毛ほども疑おうとしなかったお人好しな自分が滑稽《こっけい》でならず、一時は誰のことも信じられなくなった。そばに寄ってくる人間は一人残らず、隙《すき》さえあれば自分から何か搾取《さくしゅ》しようと企んでいるように思えた。

それももう、過ぎた話だ。

今の自分には、〈シルバー・ランチ〉がある。

正直言って経営はなかなか苦しい。たまの休みに外乗を楽しみに来るオーナー会員の自馬の管理と、乗れなくなった愛馬を処分するには忍びない人たちから依頼された養老馬たちの預託料、そして主に札幌近郊から乗馬を習いにくるレッスン会員の月々の会費などで、どうにかこうにかまわっているといった状況だった。

とはいえ、石狩に新天地を求めてまだ三年。最近はようやく地元からも受け容《い》れられ始めた気がしている。突然さっきのような相談を受けたり、知り合いのそのまた知り合いの口利きで冬場の干し草を安く分けてもらえることになったり、馬の糞《ボロ》から作る堆肥《たいひ》を試しに使ってみたいという農家が現れたりと、少しずつだが明るい兆《きざ》しが見えてきた。

就職をして人に使われていてさえ、安定とは程遠い業界だ。曲がりなりにも一国一城の主でいられる今の環境を、志渡は何としてでも手放したくなかった。

同じ馬の世話でも、他人のためにするのと自分のためとでは張り合いがまるで違う。それ以上に大きな変化は、一頭一頭の馬を前よりずっと大事に思えるようになったことだった。以前関わっていた生え抜きの競走馬たちと比べれば、商品価値の面ではゼロにも等しい、駄馬と呼ばれても仕方ないような連中なのに、どの馬にも個性があり調子の浮き沈みがあって、それぞれの馬と真摯《しんし》に向き合うほどに新しい発見があった。

言うまでもなく、相手は生きものだ。こう変えたいと願ってみたところで、簡単に思い通りにはならない。

だが、志渡は答を急ごうとは思わなかった。過去の何かがその馬の心の傷となっていると感じた場合は、日々のやり取りの中から根気よく原因を探っていき、馬の側の固定観念や恐怖を解きほぐすための再調教を、そのつど考えに考えて工夫する。最終的には、すべての基本となる人間への信頼を取り戻してやるのが理想だった。傍目《はため》にはなかなかわからない変化だろうが、志渡自身は確かな手応えを感じている。過去に何百頭という馬を手がけてきたが、初めて自分の信念のとおりに馬を作っているという実感があった。

煙草をもみ消しながらハンドルを切る。国道から脇道へ入ると、外灯の一つとてない坂道は真っ暗だ。

ヘッドライトを頼りにゲートを開け閉めして、通称〈クラブハウス〉の横に車を停める。どこからともなくチャンプが迎えに現れ、ふんふんと鼻を鳴らした。

「ははん。ラーメン餃子定食の匂いがするべさ」

懐中電灯を手に厩舎へ行き、馬たちに異状のないことを確かめてから、志渡はチャンプを連れてクラブハウスに戻った。奥のバスルームを使い、さっぱりして出てくると、ぶち犬はすでに床の隅の定位置で寝る態勢に入っていた。

上目遣いでこちらを見る犬に「おやすみ」と言い残し、二階へと続く階段を上がる。前の持ち主が来客の宿泊用に作ったと思《おぼ》しき三部屋のうちの一部屋が、志渡のねぐらだ。畳敷きの六畳間。家具といえば、脚を折りたためる小さなテーブルと、元からあったカラーボックス、それにビールケースを逆さに並べて布団をのせただけの特製ベッド。散らかりようもない部屋だった。

煙草をもう一服つけてから横たわり、壁のカレンダーを見あげる。

明日は来客の予定はない。昼までの間に、ジャスティスが蹴り破った馬房の壁に板を張って修繕し、ラッキーがよりかかったせいで傾いてしまった牧柵を直したら、午後いっぱいはあぶみの細工に使えるだろう。

二日後には大沢貴子が再びあの少女を連れてくることになっている。それまでに、通常のものより短く足裏も安定しやすい専用のあぶみを用意しておいてやるつもりだった。吊りベルトの革には、花唐草の模様と彼女の名前を彫ってやろう。

今年六年生、ということは、十二歳。

貴子から話を聞いた時から、あまり強い思い入れを持つのはやめようと自分を戒《いまし》めていたはずなのだが、実際にまりもと会ってしまった今では、可愛く思うなというほうが無理な話だった。それが、突然に父親を失った少女への同情なのか、それとも彼女の持つまっすぐな資質に惹《ひ》かれてのことなのか、あるいはまた二度と会えない娘を重ねて見ているせいなのか、いずれとも志渡にはわからなかった。いずれにしろ、自分が二日後を楽しみにしていることには変わりがないのだった。

貴子とまりもの仲のよさは、見ていてじつに微笑ましい。知り合ってからまだ四ヵ月ほどしかたっていないはずなのだが、年の離れた姉妹だと言っても誰も疑いそうにないほど、互いに深く受け容れ合っているように見える。

肉親を亡くしたばかりのまりもはともかくとしても、ふだんあれほど心の殻《から》の固い貴子にしてはずいぶんめずらしいことだと志渡は思った。

病院の夜勤明けで休みが二日続く時、貴子はたいてい一日目の夕方から来て、夜はクラブハウスの奥の部屋に泊まり、翌日いっぱい馬に乗ったりランチを手伝ったりしてくれていた。だが、この間はまりもが一緒だったせいだろう、早めに来たかわりに、その日のうちに彼女を連れて帰っていった。

こんな静かな夜、酒抜きで話し相手になってくれる女性がいるのは愉《たの》しいものだ。これからはそれも少なくなるのかと思えば、少し残念だった。

だが――。

蛍光灯の紐《ひも》を引き、志渡は布団をかぶった。

だが、むしろそのほうがいいのかもしれない。貴子にとって、自分が恋愛対象ではなくシェルターのような存在であるのはわかっているが、それならなおさら、ここで安穏な時間を過ごしてばかりいては新しい出会いも訪れないだろう。

貴子の抱える問題については、ある程度聞かされている。いつだったか、ちょうどこんな肌寒い夜に、外の焚火《たきび》のそばで話してくれたのだ。彼女の涙を見たのはあの時一回きりだった。

貴子の奥底にある傷ごと、包みこんでくれるような男が早く現れるといい。自分には、馬の心の傷は治してやれても、女のそれは手に余る……。

窓の外、遠くから野犬たちの吠える声が聞こえてくる。

閉じたまぶたの裏に、もつれ合っては笑う〈姉妹〉の姿が浮かび、志渡は暗闇の中でひとり微笑した。

＊

「ようし、三十分ばかり休憩だ」

声をかけると、貴子が「はーい」と作業用フォークを置いて、クラブハウスのほうへ歩いていった。

馬房のボロを拾っていたまりもも、柄のついたちりとりと短い熊手を立てかけ、額の汗をシャツの袖で拭う。

「体を冷やして風邪ひくなよ」

「はい！」

「休む時は、暑くても上から一枚着とけ。スポーツ選手なんかもみんなそうしてるしょ」

「はい！」

「いい返事だ」

にっこりしたまりもが、言われたとおり水色のパーカを着込む。と、厩舎の隅へ駆けていき、積みあげた藁《わら》の山の上へ背中からぽーんと飛びこんだ。

「見て見て！　ここにシーツ敷いたらハイジみたい」

「ハイジって、アニメのハイジかい。よくそんな古いの知ってんなあ」

「うちにDVDセットがあるの。父ちゃんが大好きでね、あたしにって買ってくれたくせに、おばあさんの白いパンのとこでいっつも自分が泣いちゃって……」

言葉が宙に浮き、ふっと表情がなくなる。

「そっか」志渡は明るく言った。「まりもがハイジなら、じゃあ俺はおじいさんの役ってことかい」

「志渡さんじゃ、ちょっと若すぎるかなあ」

「お、嬉しいこと言ってくれるねえ」

「そうだ、いいこと考えた。ヤギのユキちゃんの役は、ファルコンにやらせたらいいしょ！」

志渡は笑いだした。

「なまらでっかいユキちゃんだなあ、おい」

そこへ、貴子が呼びに来た。クラブハウスに冷たい飲みものとおやつを用意したと言う。

「誰かさんの好きなチーズケーキだよ」

「やったね！」

まりもと志渡の声がそろった。


人は、馬に乗ること自体は喜んでも、それ以外の地味な作業となるとまず面倒くさがってやりたがらないものだ。

だが、とくに子どもらには、あえてそこをやり遂げさせることにこそ意味があると志渡は思っている。楽しい時間を過ごすためには、それなりの対価を払わなければならない。額に汗して働き、ボロを拾い、汚れた藁を替え、重い水を運ぶ、その後で乗る馬の背中の醍醐味《だいごみ》はもちろんのこと、きつい作業を通してようやくわかることがある。生きものの命に責任を持つというのは決して生半可《なまはんか》なことではないのだということを、そんなふうにして初めて教えてやれる、そう考えてのことだった。

しかし、岩館まりもという少女は、志渡がこれまで見てきたどの子どもとも違っていた。こちらの教えることをいくらでも吸収する素直さと、生まれ持っての勘の良さ、そして大人も舌を巻くほどの我慢強さ。乗馬のレッスンそのものにも人一倍真剣で熱心なのだが、馬たちの世話や牧場の作業を、楽しい時間のための対価だなどとは考えたこともないようだった。むしろ、それらの作業の手順や勘どころを一つひとつ志渡から教わって覚えていくのが嬉しくてならない様子なのだ。不思議な子どもだった。

まりもと貴子が来る頃には、すでに朝の飼い付け、つまり餌《えさ》やりは終わっているので、次の作業は馬たちの放牧になる。志渡と貴子がそれぞれの馬にリードをつけ、一頭か二頭ずつ曳いては放牧地へ連れていく。まりもは、牧柵の一部に差し渡した上下二本の馬栓棒《ませんぼう》を、そのつど横にずらして開け、また閉める係だ。

一刻も早く広い牧草地を走り回りたい馬たちは、リードをつけていてもそわそわしている。鼻の穴はふくらみ、歩くというより一歩ずつが跳ねるようにせわしなくなり、ふだんならおとなしく後をついてくるはずが隙あらば前へ出ようとする。

「海からの風が強い時とかな、前の日に雨が降って放牧してやれなかった翌朝なんかは、これに輪をかけて落ち着きがなくなるんだわ」

レーベンブロイという名の粕毛《かすげ》の馬を曳いて歩きながら志渡は言った。気が逸《はや》ってこちらの肩より前へ出ようとする馬を、リードを強めに下に引っぱって叱る。黒と白がもやもやとまだらになった馬は、叱られるととりあえずは後ろを歩くようになった。

「そういう時の馬は、よっぽど気をつけてやらんとな。興奮して後肢《あとあし》で立ちあがったとこをこっちが慌てて変な方向へ引っぱったりすると、足を滑らせて転ぶこともある。地面が凍ってたりすればなおさら簡単にツルッといっちゃう。なにせ体重が重いからな、へたすりゃ転んだだけでも骨折するし、もちろん人間がその体の下敷きになったらただじゃすまない」

最後の一頭、いちばんおとなしいメロディを放してやってから馬栓棒を閉めた志渡は、まりもに向き直り、目の前にしゃがみこんだ。真剣さのあまり引き攣った顔で聞いているまりもの顔を、間近に覗きこんで続ける。

「ずっと前に俺がいた競走馬の牧場じゃ、そうやって滑って転んだ馬が大腿骨《だいたいこつ》を、つまり太ももンとこの大きい骨を折って、そのまま駄目になったこともあった」

「駄目って、どういうこと？……ですか？」

「もう二度と立ち上がれないから、死なせてやるしかなくなるってことだ」

まりもは絶句した。

「そうかと思えばな、後肢を治療してた若い獣医が、痛がる馬にいきなり蹴り飛ばされた上にコンクリの壁に頭をぶつけて、寝たきりになったこともある。この俺だって、馬で死にかけたことは何度かあったさ。——わかるか、まりも。馬ってのはな、おとなしい時はそりゃあ懐っこくてめんこいけど、ただめんこいだけの生きものじゃないってことだ。犬や猫みたいなペットとはわけが違う。命の危険はいつだってそこにある。そのことをきっちり忘れないようにして付き合ってかない限り、馬と人間のどっちにとっても不幸なことになる」

わかるか、ともう一度訊くと、少女は青白い顔でうなずいた。

「だけどな」と志渡は続けた。「俺はまりもに、必要以上に馬を怖がってほしくはないんだ。こっちが怖がってると、馬にはそれが伝わる。そうすると馬のほうも不安になってびくびくする。お互いがそんな状態じゃ、いい関係なんて生まれっこないべ？だから、まりもにはどうか、馬が危険な生きものにもなり得るってことをしっかり頭に叩き込んだ上で、それでも怖がらないでいてほしい。どんな時もこっちがどーんと落ち着いて構えてることで、馬たちを安心させてやってほしいんだ。もしかすると俺は、すごく難しい注文をしてるのかもしれない。したけど、まりもだったらって思うから言うんだ」

少女は、ずいぶん長いあいだ黙っていた。志渡に言われたことを、一つひとつ反芻《はんすう》しているらしい。

「――どうだ。できそうか」

うつむいたまま、それでもまだ考え込んでいた少女が、やがて、ようやく顔をあげて言った。

「はい」

そして付け加えた。

「できます」

志渡は、その肩に手を置いた。

「いい返事だ」

＊

夕方になると、放牧していた馬たちを集め、再び一頭ずつ厩舎に連れていく。

晩の飼い付けをすませ、飲み水を確かめ、それぞれの馬房の扉を閉めてやる頃には外はもう薄暗くなっていた。

まりもを助手席に乗せた貴子が、自分も乗り込みながら「それじゃまた」と言いかけるのを遮《さえぎ》って、志渡は言った。

「ちょっとだけ、後ろを気にしながら走ってくれる？」

「え？」

「俺、途中から道わかんないからさ」

「は？」

「いいからいいから」

すぐ後ろに停めてあったランドクルーザーに乗り込む。車検から戻ってきたばかりで、車内はすっきり掃除され、灰皿も空になっている。

男一人になったのでさっそく煙草をくわえ、前でエンジンをかけている車のサイドミラーを見やって、志渡は思わずニヤリとした。そこに映る貴子の顔は、もうすでに何かを察した様子だった。

平日の日暮れ時、札幌市街へと向かう道は思いのほか空いていた。四十分ほどで、貴子はバス通りから一本入った道沿いの駐車場に車を乗り入れた。本来はすぐ目の前に建つアパートの専用駐車場だが、大家であるまりもの祖父母の厚意で、二ヵ月ほど前から車を置かせてもらっていると聞いている。近くの月極《つきぎめ》駐車場を借りていた時より、月々五千円以上も楽になったと貴子は言っていた。

来客用のスペースにランクルを停め、志渡は、まりもを送り届ける貴子についていって、初めて秀司と冨美代に挨拶《あいさつ》をした。

「夜分に突然……」

非礼を詫《わ》びる志渡を、老夫婦は大喜びで家に上げた。

「ちょうどよかった。明日の分までたくさんカレーを作ったところだったんですよ」

まりもが両手を挙げて快哉《かいさい》を叫ぶ。いそいそと台所に向かう冨美代を、すぐに貴子が手伝いに立った。

二人の背中を眺めやりながら、

「なんだか母娘みたいですね」

志渡が言うと、秀司は面映《おもは》ゆそうにうなずいて笑った。

五人で炬燵をぎゅっと囲んでの食事中の会話は、もちろん、ランチでの話題が中心だった。まりもが頰《ほお》を紅潮させて語る出来事の一つひとつ――今日のレッスンで覚えたことや、それぞれの馬の色や模様や性格、馬房での作業などについての話を、秀司と冨美代は目を細めてうなずきながら聴いていた。

志渡が、あぐらを正座に改めてから切りだしたのは、それぞれが動けなくなるまでカレーを堪能したあとのことだった。

「じつは……今日はお願いがあって伺ったんです」

お願いと聞いて、老夫婦だけでなく、まりもまでが怪訝《けげん》な顔になる。

「うちの牧場は今のところ、すべてを自分一人で見ています」

志渡は、ゆっくりと言葉を選びながら話した。

「人手が足りているとはとても言えませんが、手足となって働いてくれるようなスタッフを一から育てるほうが正直面倒で、これまでは誰も雇ってきませんでした。こちらが何か言う前にさっと動いて必要なことをしてくれるような人間は、貴ちゃんは別として、そうはいませんから。でも……」

こちらを注視しているまりもを見やって、志渡は続けた。

「この間と今日の二度にわたって、まりもの……いや、すみません、まりもさんの働きぶりを見ていたら、考えを改めなくてはと思うようになったんです。お孫さんは、岩館さんもよくご存じの通り、素直で、繊細で、しかも根性がある。馬を習ったり馬に関わったりしていく上で、それは必須の条件です。こちらの勝手な思い入れを語ったりして、御迷惑だったらお詫びしますが、俺は、僭越《せんえつ》ながら、まりもさんを育ててみたくなってしまったんです。俺がこれまで培《つちか》ってきた馬へのノウハウを、すべて注ぎ込める相手として」

秀司と冨美代に視線を戻す。二人とも、話の行方がわからずに戸惑っているのが伝わってくる。

話しながら志渡もまた、別の意味で戸惑っていた。石狩からここまでの車の中で、まりもの祖父母に何をどう話すかはさんざん考えたつもりだったが、いざこうして言葉にし始めると、あふれてくる思いは我ながら意外なくらい切実なものだった。

「あいにく、馬は、かつて俺が関わっていた競馬業界を除いてはほとんど商売になりません。つまり、経済的、実際的な意味合いにおいては、生きる役にたたないと考えたほうがいいかもしれません。でも俺自身は、今までもこれからも、馬のいない人生なんて考えられない。それくらい、馬ってやつはいっぺん関わると、その人間の生き方に食いこんでくるんです。岩館さん。俺は何も、大事なお孫さんを、馬の業界に引っ張り込もうとかオリンピック選手に仕立ててあげようとか、そんな大それたことを考えてるわけじゃないです。ただ、彼女の持っている可能性の行く末を、この目で見てみたくなったんです。この子だったらもしかして……そう思わせてくれるような資質が、彼女には、ある」

貴子、まりも、そして再び老夫婦へと視線を移して、志渡は言った。

「どうか、岩館さん。お孫さんを週に何日か、ランチに通わせて下さいませんか。朝のうちに石狩方面行きのバスにさえ乗せてやって下されば、降りるバス停まで俺が迎えに行きます。帰りはその逆で。そうすれば、貴ちゃんの休みの日以外にも、まりもさん一人でランチに通ってこられる」

まりもが思わず腰を浮かして何か言いかけるのを、貴子が目で抑える。少女は焦《じ》れったそうに上下に体を揺すり、それでもどうにか口をつぐんで座り直した。

「学校のことは聞いています。そこはたとえば、俺がクラブハウスで馬具の修理をしたり革細工を作ったりしている間、まりもさんは必ず決まった時間、ノートをひろげて勉強をする、と……そういう約束では駄目でしょうか」

老夫婦は、すぐには答えなかった。二人とも、空になったカレーの皿を見つめながら考え込んでいた。

先に心を決めたのは冨美代のほうだったようだ。微笑を浮かべ、黙って夫の横顔を見やる。少女は先ほどから、食い入るように祖父の顔だけを見つめていた。

やがて、秀司が言った。

「それで、まりも。お前は行きたいのか？」

「うん！」力いっぱいうなずいたまりもが、急いで言い直した。「はい、行きたいです！」

冨美代が、おや、という顔をした。

「宿題とかプリントとか、絶対ちゃんとやるから……だからお願いです。行かせて下さい！」

懸命に手を合わせる孫を、秀司と冨美代が目を瞠《みは》ってまじまじと眺める。

「は、驚いたなこりゃあ」

呟《つぶや》いた秀司の顔つきが、ふっと変わった。

おもむろにあぐらを解き、志渡と向かい合わせに正座をすると、秀司は、膝につくほど深く頭をさげた。

「志渡さん。こちらこそ、どうかよろしくお願いいたします。お邪魔にならん範囲で、うちの孫を鍛えてやって下さい」

まりもが、悲鳴のような歓声をあげて貴子の首っ玉に抱きつく。少女を抱きしめ返しながら、貴子もまた、こぼれんばかりの笑みで志渡を見つめた。

「はんかくさいことばっかしたら、ぶっ飛ばして下さってかまいませんから」

「いや、ありがとうございます。責任持ってお預かりいたします」

男二人が深々と頭をさげ合う様子を見て、冨美代が笑った。

「あんたがた、なんだか昔のお侍さんみたいだわ」

4

看護師という職業を目指した時からわかっていたはずのことだが、実際に仕事に就いてみると、その過酷さは予想以上だった。おそらく、誰に聞いても同じことを言うだろう。思ったより楽だったという感想を、貴子はまだ耳にしたことがない。

日勤の日、朝の始まりは早い。一晩じゅう勤務に就いていた同僚から申し送りを受け、病室をまわって検温や血圧測定といった検診を行うところから一日が始まる。

朝食の配膳をし、介助を必要とする患者にはそばに付いて食事をサポートし、食べ終えた食器を下げたら今度は、順繰りにシーツの張り替えをする。起き上がれない患者はそのまま、右に左に一度ずつ寝返りを打ってもらって、ベッドの左右を半分ずつ交換していく。

あるいは、点滴の交換や採血。中には腕の血管がひどく細かったり、表面からではなかなか探り当てにくい人もいるのだが、貴子は、おそらく同僚の中でいちばん針を刺すのが上手だった。ほぼ一発でスッと入るので、患者の間で評判になり、注射だけは大沢さんに、とわざわざ指名されるくらいだった。

日中はまた、新しい入院患者も入ってくる。本人や付き添いの家族に手続きを説明したり、病棟内を案内したりしなくてはならない。医長の検診が行われる日もあるし、そうこうするうちに昼食の時間もやってくる。途中でひと息つく暇もないほどだった。

それでも、元気になった患者の退院が決まった時は、それまでのすべてが報われる思いがする。入院が数日を越えれば、担当の患者とは自然と仲良くなるから、見送るのは時に寂しいが、やはり嬉しさのほうがはるかにまさっている。

この日もそうだった。そろそろかと思って病室を覗きに行ってみると、藤原芳恵《ふじわらよしえ》はすでにきちんと化粧を済ませてベッドに腰をおろし、夫と子どもたちが迎えに来るのを待っているところだった。

「久々にパジャマから服に着替えたら、なんだか変な感じ」と、芳恵は苦笑した。

「ありがとうねえ、大沢さん。ほんとに何から何までお世話になって」

「なーんもなんも」

貴子が言うと、芳恵はふきだした。

「内地の人のくせに、すっかりこっちの人みたいだわ」

そこへ、ばたばたと足音がして、子どもたちが駆け込んできた。

「お母さん、待った?」

「早く帰ろ!」

芳恵が慌ててシーッとたしなめたが、隣や向かいのベッドの御婦人たちは「いいよ、いいよ」と笑って眺めている。

「よかったねえ」カルテを胸にかかえて、貴子は言った。「嬉しいねえ、お母さんがおうちに帰ってきてくれて」

「お母さん、もうおなか痛くなったりしない?」

と下の息子が訊く。

「うん、もう大丈夫。でも、おなかを切った傷が治るまでは、お母さんのこと大事にいたわってあげてね」

「うん!」

「あのね、七月になったらね」と女の子が貴子の肘を引っぱる。「あたしのお誕生日会するの。日曜日にお友だちいっぱい呼ぶんだ。お姉さんも来る?」

貴子は笑った。まだふた月近くも先のことを言うなんて、よっぽど楽しみにしているのだろう。

「うーん、お姉さんはたぶんお仕事で行けないと思うなあ。でも、楽しい会になるといいね。その頃にはお母さんも元気になってるだろうけど、お台所とか手伝ってあげなきゃだめだよ」

「わかってる」

退院の手続きを終えた夫が呼びに来た。子どもたちが廊下へと駆けだしていく。

芳恵が立ちあがり、貴子の腕をぽんぽんと優しく叩いた。

「ほんとにありがとうね。ああそうだ、今度その、大沢さんが通ってるっていう牧場へ行ってみたいわ。あの子たちをいっぺん馬に乗せてやりたくてさ」

「ぜひ来て下さい」と、貴子は言った。「休みの日さえ合えば、御案内もしますよ」

「ほんとに？　そりゃ助かるわ」

「そういえば前にも訊こうと思ってすっかり忘れてたんですけど……」

「なになに？」

「たしか上のお姉ちゃん、月寒北《つきさむきた》小学校の六年生でしたよね」

「そうだよ」

「じゃあ、もしかして、岩館まりもちゃんって知ってます？」

「知ってるも何も」と、芳恵が言った。「同じクラスだもの。なに、大沢さん、あそこんちと知り合いかい」

貴子が、じつはすぐ近所で親しく行き来しているのだと言うと、

「ああ、そうだったの」芳恵は二、三度うなずいた。「どう、まりもちゃん、元気にしてるかい」

「はい。なんとか」

「かわいそうに、お父さんが亡くなってからずーっとああだもんねえ。そりゃショックだわ、無理ないわ。あんなに面白くって、だけど真面目で、ほんとにいいお父さんだったのに」

廊下の少し先で、芳恵の夫と子どもたちが手持ちぶさたに待っている。

「したら、またね」

病室を出ていきかけた芳恵に、

「藤原さん」貴子は、思いきって言った。「じつは、一つお願いが」

＊

月曜と、水曜と、金曜。

秀司や冨美代との協議の結果、まりもは週に三日、ランチへ通うことになった。朝のバスで行って、夕方のバスで帰ってくる。そのかわり、ランチへ行かない日にも朝はきちんと早起きをし、家の手伝いをして、学校から届けられるプリントや問題集も真面目にやること。それが絶対の条件だった。

「それから、もうひとつ」

と、秀司はまりもに言った。

「お前の行く曜日と貴子さんの休みが重なった場合は、お言葉に甘えて車に乗っけてってもらってもかまわんけどな。それ以外の日は、一緒について行ったりしないこと」

なんで？　と訊いた孫娘に、そりゃあお前、と秀司は言った。

「貴子さんだって、たまの休日くらい一人で過ごしたほうがいいべや」

もしかすると岩館夫妻は、志渡と自分の関係を誤解しているのかもしれないと貴子は思った。

けれど、こうと言われたわけでもないものを先回りして否定するのもおかしな話だし、げんに貴子自身、時には志渡と二人きりで話がしたいという気持ちは確かにあるのだった。まりもの存在が邪魔だなどという意味では決してない。ただ、ランチで過ごす大人の時間のくつろぎは、やはり何ものにも代えがたかった。

そもそも、あえて邪魔という言葉をつかうなら、はるかに邪魔なものはほかにある。

時折、前触れもなくクラブハウスの前に停まっている〈わ〉ナンバーの車。新千歳《しんちとせ》空港からのそのレンタカーはいつも必ず白いプリウスで、これまたいつも必ず志渡のランドクルーザーのすぐ横に寄り添うように停めてあった。

近藤理沙《こんどうりさ》――ひまを見ては東京からやってくる彼女は東京の出版社に勤める編集者だ。もう何年も前、スポーツ誌の編集部に配属されていた頃に日高の競走馬育成牧場を取材したのが、志渡と知り合うきっかけだったらしい。貴子より七つ上であることは、いつだったたか、向こうから年を訊かれた時に知った。

容姿もセンスもそして教養も、とうてい太刀打ちできないと思ってしまう自分が、貴子は情けなかった。

べつに、志渡をはさんで張り合うつもりなどない。理沙から特段の嫌がらせを受けた覚えもない。

それなのに、彼女が来ている時、貴子のランチでの時間はいっぺんに色あせてしまう。急に用事を思い出したとでも言って帰ってしまいたくなったこともしばしばだが、勘のいい志渡がそれをどう受け取るだろうと思うと言いだせず、結局は夕方まで気重《きおも》な時間を過ごしてから、クラブハウスの二階に泊まる理沙を残して帰ってくる、という最悪の流れになるのだった。

二人が恋人同士かどうかを、志渡に確かめてみたことはない。嫉妬しているように思われるのがいやだったし、それ以上に、志渡の口からはっきりとした肯定の返事を聞かされるのはもっといやだった。

なんと子どもっぽい独占欲だろうと思う。恋人になりたいわけでないなら、いったい自分は志渡に何を望んでいるのだろう。

それについて考える時、貴子は自分が少し、怖くなった。

週に三度、一日置きのペースで通い始めてからというもの、まりもの乗馬の腕前はぐんぐん上達していた。

技術だけではない。顔つきや体つきまでが日ごとに変化していく。いちばん変わったのは目もとだろう。父親を亡くして以来どうしても拭い去れなかった翳《かげ》りや心許《こころもと》なさが、日を追って着実に薄まっていくのが貴子にもわかった。あんなに大きな生きものにまたがって自在に動かしているのだという自信が、まなざしの奥底から強い光となって発せられているようだった。

六月の第一週のこと、夜勤明けの貴子が部屋に帰り着いてようやく眠りにつこうとしたところへ、めずらしく志渡が電話をかけてきた。

「ごめん貴ちゃん。今日、夕方から来るって言ってたしょ。木曜日なのに悪いけど、できたら、まりもを連れてきてやってくれないかい」

もちろんかまいませんけど、と貴子は言った。

「どうかしたんですか」

「おめでた」

「は？」

志渡は、笑みを含んだ声で言った。

「シャイアンの子っこが、いよいよ生まれそうなんだわ」

東京のオーナー夫妻から預かっている二頭のうちの一頭だった。アングロアラブの牝馬《ひんば》で、種付けをした相手はサラブレッドだと聞いている。

「慌てなくてもいいよ。まだ大丈夫だ。生まれるとしても、たぶん今夜遅くか明け方だと思う」

くはなかった。

　志渡はそう言ったが、聞いてしまえばとうてい寝てなどいられない。とにもかくにもランチにさえ行けば、クラブハウスで休むこともできる。せっかくの機会を逃した
　急いで着替えて岩館家へ行き、秀司と冨美代にわけを話してまりもを連れだした。

　そういう事情なら、今夜は一緒にランチに泊まってきてもいいとの許可をもらい、まりもすっかり興奮状態だった。

「貴ちゃんは見たことある？　子馬が生まれるところ」

　貴ちゃん。志渡にならって最近ではまりもも、貴子のことをそう呼んでいる。

「ないよ。まだ一度もない」

　慎重にハンドルを握りながら貴子は言った。

「生後一日目の子馬は見たことあるけどね。ランチに行ったら昨日生まれたとこだって聞かされて、ひょろひょろのバンビみたいな子馬を触らせてもらったの。でも、実際にお産を見たことはないなあ」

　じゃあ、おんなじだね、とまりもが言った。

「そうだね、すっごく楽しみ。志渡さんが言うには、競走馬関係の仕事をしてるような人でも、見られない人は全然見られないんだって。実際、生産牧場で働いてる人が

前にここへ来て言ってた。春になるたんびにそれこそ何頭も生まれてくるのを見守るわけだけど、たとえ夜番をしててもなかなかその瞬間は見られるもんじゃないんだぞうよ。今夜はないなと思ってモニターから目を離して漫画を読み始めたとたんに生まれちゃったり、コンビニにお弁当買いに行ったり、トイレ行って戻ってみたら生まれてたりするんだって。そのうちに、なんだか馬がわざとこっちの隙を狙ってるみたいに思えてくるって」

助手席のまりもが声をたてて笑う。

「でも今夜こそは、私たちが見てる前で産んでくれるといいねえ」

「だーいじょうぶだよ」まりもはこともなげに言った。「だってあたし、ずっと見てるもん。ずーっと」

「漫画、読まない？」

「読まない」

「コンビニ行かない？」

「行かない」

「トイレは？」

「行かないってば！」

「それは行ったほうがいいと思うよ、看護師さんとして言わせてもらえば」

二人が牧場に着くと、志渡が厩舎の入口からこちらを手招きしているのが見えた。

まさかもう生まれてしまったのかと二人して走っていったがそうではなく、シャイアンはいちばん手前の広い馬房に移されて、新しい敷き藁の匂いをおとなしく嗅いでいた。

いつもは開いている明かり取りと通風のための窓は閉められ、馬房の中はぼんやりと薄暗い。

「このほうが落ち着けるからな」

と志渡は言った。

まりもが、しげしげと栃栗毛《とちくりげ》の馬を眺める。

「シャイアンのおなかに赤ちゃんがいたなんて、あたし全然知らなかったよ」

「あれ、言ってなかったかい。したけど腹ボテなのは見ればわかるしょ」

「ただのデブかと思ってたんだもん」

設備の整った生産牧場と違って、馬房モニターなどというものはあるわけもない。三人とも、ほかの馬たちの飼い葉をつける間や自分たちが食事をする間も気になって、かわるがわるクラブハウスを出ては見に行くのだが、シャイアンはなかなか産気づく気配がなかった。

「こりゃあ、へたすると明日の晩に持ち越しかな」

そうだとしたら、まりもはともかく自分は見られない。

貴子ががっかりしかけた時だ。

もう何度目かで厩舎まで見に行っていたまりもが、息せき切ってクラブハウスに駆け戻ってきた。

「おしっこ……」

「だからトイレはちゃんと行きなさいって、」

「違うって！　シャイアンがピンクのおしっこしてるの！」

「破水だ」

志渡が立ちあがった。

全員で走る。馬を刺激しないように、ついてきたチャンプは可哀想だが締め出し、厩舎の扉を内側から閉める。あらためてそっと馬房を覗くと、敷き藁はたしかに薄桃色の液体で濡れていた。

三人の目の前で、シャイアンは落ちつかなげにあちらへこちらへと向きを変え、鼻から荒い息を吐いていたかと思うと、ふいにおかしなへっぴり腰になった。

両の後肢だけひづめの先で爪先立ちになり、志渡があらかじめバンデージでまとめておいた尻尾を高く掲げる。と、その付け根の陰から風船ガムのような白い膜がプクンとふくらんだ。みるみるうちに、まるごと羊膜《ようまく》に包まれた細長いものが現れる。

「おおよかった、前肢だ」と志渡が言う。「とりあえず逆子の心配はないな」

ただ見守ることしかできない貴子とまりもの前で、シャイアンは、ブルフフフ、と息をつきながら、何度もくり返し横になったり、ごろごろ転がったり、また立ちあがったりをくり返した。志渡が馬房の中へ入って隅のほうに控えてはいるが、そうして母馬が寝転がるたび、見ているほうは、尻から突き出たままのあまりにも細い前肢が折れてしまわないかとひやひやする。

「がんばれ……シャイアン、がんばれ」

両手をきつく組み合わせて祈るように呟くまりもの肩を、貴子は後ろからしっかり抱きかかえていた。

二十分か、三十分ほどもたったろうか。腹ばいの姿勢でひと息ついていたシャイアンの腹部が、何度か大きく引き攣れ、もがくようにひときわ強く息んだ。大きなかたまりがずるりと押し出されてくる。子馬の鼻面から頭部、肩までが通ってしまうと後は楽だった。葛餅《くずもち》のような羊膜に覆われた胴体、後肢、尻までが、勢いよく産みおとされる。最後に、びしゃ、と残りの羊水があふれた。

しばらくの間、シャイアンは精も根も尽き果てた様子で横たわっていた。やがて、億劫《おっくう》そうに立ちあがり、ゆっくりと向きを変えて子馬の匂いをかいだ。

子馬は破れた羊膜を毛布のように体にかけたまま、ふるふると小刻みに震えている。母馬が体を舐《な》めてきれいにしてやる間も、いったい何が起こったのかもわかっていない表情で、寝藁の上にぼんやりうずくまっていた。まだ濡れているために黒っぽく見えるが、母親に似た栃栗毛らしい。額から鼻面にかけて、流星よりも横幅の広い〈作《さく》〉と呼ばれる白い帯模様があった。

まりもが、ようやく思い出したように息を深く吸いこんだ。

「もっと大変なのかと思ったのにね」貴子は小声で言った。「コンビニから帰ってきたら生まれてたなんていうのは、よっぽど特殊な例だとばかり思ってた」

ずっと馬房の中にいた志渡が、馬栓棒をくぐって出てくる。彼もまた、ふう、と安《あん》堵《ど》の息をついた。

「だよな。ドラマなんかだと、たいていは難産だしな。けど、そもそも野生の馬がみんなそんなに難産だったら、とっくの昔に絶滅してるべさ」

と、シャイアンがまたしても腹を痙攣《けいれん》させて息み始めた。尻尾の陰から、さっきと同じような白い膜が出てくる。

「えっ双子？」

まりもが驚いて叫んだ。

「いや、あれはな、後産《あとざん》っつって、胎盤《たいばん》が出てくるんだ。見ててみな。後産が済んだら、親馬はそれを全部食っちゃうから」

「うそ、食べちゃうの？」

「そうさ。草食動物の馬が肉食になる唯一の瞬間が、お産の後なんだわ」

まりもがいささか気持ち悪そうな顔をする。

「そんなもの、どうして食べるの」

「まあ、本能だわ。自然の中じゃ、血の匂いのする胎盤をそのまんまにしといたら危険な動物を招き寄せる原因になるべ？　まだろくに歩けない子っこが近くにいるってこともわかっちゃうべ。だから、痕跡が残らないように食って始末するわけよ。それと同時に、お産で体力の落ちた親馬にとっては貴重な栄養にもなるしな。親馬も、その乳を飲んだ子っこも下痢するから食べさせないで片付けたほうがいいって言う人もいるけど、俺は、自然に任せてんだ」

そうこうするうちに、子馬が自分から立ちあがるそぶりを見せ始めた。

「よしよし、頑張って立てよ」志渡は、嬉しそうに声をかけた。「でないと母ちゃんのおっぱいが飲めねえぞ」

何度も、よっ、よっ、というふうに勢いをつけ、冗談のように細い肢をばたつかせるのだが、ようやく立ちあがったかと思えば、ゆーらゆーらと四本柱だけの二階家のように揺らいだあげくに顔からドサリと藁に倒れこんでしまう。

「まりも」

「はい」

「中へ入って」

「えっ」

いいからおいで、と言われた彼女が志渡の後ろから馬栓棒をくぐって入っていくと、シャイアンはいっとき顔をめぐらせてじっと見た。とくに気にする様子もなく、再び子馬を舐め始める。時折、鼻先で押しては立たせようとするのがわかった。

「いいか、次に子馬が立ちあがったら、おなかの下から腕を回して支えてやれ。あ、ほら今だ今！」

まりもは慌てて、中腰で両腕を突き出して子馬を抱えた。

「お、重い！」

「踏ん張れ！」

よろけそうになるのを懸命に持ちこたえる。

「ぬるぬるするぅ……」

「もうちょっとだ。もし子馬が怖がるようだったら、逆に撫でまわしてやれ。人間は怖くないってことを教えてやるんだ」

まりもが心細そうな目をして、入口から覗いている貴子を見あげる。貴子は微笑み、黙ってうなずき返してやった。

少しして、自分から横になりたそうなそぶりを見せ始めた子馬を、まりもはそっと藁の上に寝かせた。

「よし。じゃあ次、貴ちゃん」

「えっ」

思わず、まりもとそっくり同じ声をあげてしまった。まさか自分にも順番が回ってくるなどとは思いもよらなかったのだ。

まりもと入れ替わりに馬房に入る。またしても不器用に立ちあがろうとする子馬が、つんのめるようによろけるのを急いで下から支えてやる。

「わ、ほんとだ、重い！」

血の混じった粘液で全身が濡れているせいで、ぬるりと手が滑りそうになる。もっと深く抱え直すと、子馬の背中に鼻が付きそうになった。なまぐさいだろうと思っていたのに意外なほどさっぱりとした匂いで、両手の指には向こう側の肋骨が触れているのがわかる。ゴムでできているかのように柔らかいのは、まだ骨そのものが固まっていないせいだ。

こんなに頼りない骨で、もう立ちあがろうとするなんて……。

それもこれも捕食者から身を守るための本能かと思うと、せつないような哀しいような何とも言えない感情がこみあげてきて、貴子はふっと泣きそうになってしまった。

子馬が、イヤイヤともがくような仕草をする。

「よしよし、怖くないよ」

貴子は、向こう側に回した指で子馬を撫でさすった。

「大丈夫、誰もいじめたりしないからね。みんなお前の味方だよ」

子馬の背中越しに、さっきとは逆に、入口から見つめているまりもと目が合う。貴子が微笑むと、まりももふわっと満面の笑みを浮かべた。

近づいてきた志渡が、子馬の尻尾をひょいと持ちあげた。

「お、牝《めす》だ」

「どっちが良かったんですか」

「オーナーは、どっちかって言えば牡《おす》がよかったみたいだけど、でもまあ、こればっかりはなあ」

そうして志渡は、聞こえよがしの溜め息をついた。

「やれやれ、いつのまにやらどんどん女所帯になってくなあ」

5

生まれた子馬の命名権は、当然オーナーにある。

母馬が「シャイアン」なので、同じくネイティヴ・アメリカンの部族名からとって、子馬は「スー」と名づけられた。なんでも、牡が生まれたらアパッチ、牝ならスーと決めていたのだそうだ。

へんてこな名前だったらどうしよう、そしたらこっそり別の名前で呼ぼう、などと考えていたまりもも、ひとまずほっとした。ネイティヴ・アメリカンについてはよくわからなかったが、呼びやすいし、響きが素敵だと思った。

母馬を曳《ひ》いて歩きさえすれば、子馬はどこにでもついてくる。他の馬たちと一緒に放牧されたスーは、広いところに慣れていないせいもあってか前へ走るより上へ跳ねるほうが楽しい様子で、まるで技を披露するバレリーナのように牧草地をぴょんぴょん飛びまわっていた。そのうちに疲れるか飽きるかすると、母親のそばへ寄っていき、内股のあたりを鼻面で突き上げるようにしながら乳を飲んでは、ところかまわず横になって寝てしまうのだった。

可愛い、と目を細めて見ているまりもに、しかし志渡は言った。

「あと何ヵ月かしたら、あの親子を引き離さなくちゃならないんだ」

「うそ、どうして？　あのまま仲良しでいたらいけないの？」

「うん、いけないんだわ。親馬とずっと一緒にさせとくと、子馬はいつまでたっても人を受け容れない。可哀想に思えても、親から離してちゃんと調教してやらなくちゃならないのよ。人の言うことを聞かない馬になったら、誰にも可愛がってもらえなくて、しまいには生きていけなくなるしょ」

そっか、とまりもは呟いた。頭に浮かんだことをそのまま口にする。

「生きていくって、きびしいね」

ふっと笑った志渡が、まったくだ、と言った。

「したけどよ、うちでは親子を離す時、ゆっくりゆっくり馴《な》らすようにしてる。ある日を境にいきなり引き離すところも多いけど、もし事情が許して時間と手間をかけてやることができるんなら、生木を裂くようなまねはしないに越したことはないもね。あいつら、ほんとに感情が豊かで繊細だから、大好きな親と無理やり別れさせられたら、心に傷が残っちゃうかもしれないしょ」

うなずいたものの、黙ってしまったまりもの頭を、志渡はがしがしと撫でてくれた。

「馬ってやつはよ、まりも。生まれた時から母親しか知らない動物なんだ。自分の父ちゃんが誰かなんて、たぶん一生考えない。だけどそのぶん、母親のことが大好きなんだ。だからな、いつかシャイアンとスーを離す時がきたら、そこからあとは、お前がスーの母親役になって、ありったけの愛情を与えてやってくれ。人間は信頼していいんだぞってことを、お前があいつに教えてやるんだ」

馬という生きものについて何でも教えてくれるのはもちろんのこと、志渡は、まりもが望めば何時間でも乗馬のレッスンをしてくれた。

ただし現実には二時間も乗ればもうへとへとで、内ももに力が入らなくなるばかりか集中力も切れてしまう。

悔しかった。へこたれない体と、くじけない心が欲しい、とまりもは思った。

言われたことを一度で上手にこなせる日もあれば、何べんやってもうまくいかない日もある。一昨日《おととい》できたはずのことが今日はできなかったり、あるいはあの馬でなら軽々と動かせるものが、この馬ではびくとも動かなかったりした。

そんな自分に苛立って泣きたくなることもしょっちゅうだったが、まりもが馬の上にいる時の志渡は、ふだんの彼からは信じられないほど厳しくて、決して泣くことを許してくれなかった。

泣くなら帰れ、と真顔で言われた。

ふてくされて乗るくらいなら今すぐ下りろ、とも。

「いいか、まりも」

ある日、角馬場の中央、馬の真ん前に仁王立ちになった志渡は言った。

「いっぺん馬にまたがったが最後、その馬にとって背中の人間は、調教師も同じなんだ。俺が乗ろうがお前が乗ろうが関係ない。お前がまだ小学生だとか、乗馬を習い始めて数ヵ月だなんてことも関係ない。乗っている間、お前はその馬のボスなんだ。こっちが止めようとしたわけじゃないのに勝手に止まったら、すぐさま思いきり蹴りをくれてでも前に出せ。曲がれと言ってないのに曲がるなら、次は絶対にそうさせないように踏ん張れ。お前が心の中で〈まあいっか〉と妥協して許せば、馬は即座に、許されたたっていう事実を覚えちゃうんだ。なーんだ、乗ってる人間の指示なんかべつに守らなくてもかまわないのかって、そう思うんだよ。馬には、人間の言葉は通じない。そのかわりに、脚の合図があって、手綱のコンタクトがあって、お互いの間のコミュニケーションが成り立ってるんだ。俺が長年かかって築き上げてきたこいつらとの間の取り決めを、乱すような真似《まね》をしないでくれ。馬が混乱する」

わかったか、と志渡が言う。

こみあげてきた涙が今にもこぼれそうで、こらえると小鼻と唇がひくひくしたが、まりもは懸命に我慢した。

「わかったら返事すれ！」

「はい！」

A Horse's Prayer

Feed me, water and care for me,
and when the day's work is done,
provide me with a shelter,
a pasture large enough for me
to run, romp and play.

Talk to me, your voice often means
as much to me as the reins.
Pet me sometime that I may serve you
more gladly and learn to love you.
Never strike, beat, or kick me when I don't understand what you want,
but give me a chance to understand you.

And finally oh master,
when my youthful strength is gone,
do not turn me out to starve or freeze,
or sell me to some cruel owner
to be slowly tortured or stoned to death,
but do thou, my master,
take my life in the kindest way, and
your God will reward you here and hereafter.
You will not consider me irreverent
if I ask this in the name of Him who was born in a stable…

Amen.

クラブハウスのいちばん奥の板張りの壁に、その小さな看板のような壁掛けはさりげなく飾られていた。

いつその存在に気がついたのか、まりもははっきりとは覚えていない。古いもののようだからずっと前からそこに掛かっていたのだろうけれど、ランチに通いだした最初のうちは馬そのものと外のことにばかり注意が向いていて、人間しか出入りしないクラブハウスの中になど興味がなかった。

だが、おじいたちとの約束で、ランチに来ている日でも昼間の一時間ほどは宿題をしなくてはならず、とはいえプリントの問題を解いていても気持ちが乗る日とそうでない日はあるわけで――そうこうするうちにふと奥の壁掛けに気づき、以来、勉強に退屈するたびに目が向くようになったのだった。

志渡によるとそれは、ここの前の持ち主が残していったものだという。ひろげたノートほどの大きさの板は、まわりが葡萄《ぶどう》の模様で縁取られ、右下には白い馬、左上に天使の絵が描かれている。英文は斜めに傾いた筆記体で記されていた。

「ええとね、つまり、馬のお祈りが書いてあるのよ」

と、貴子は言った。

「馬が、自分の御主人様に向かって、どうか私にちゃんと餌や飲み水を与えて優しくして下さいってお祈りしてるの。……でもごめん、私にも細かいところまではよくわかんない。英語、苦手だったんだもん」

ふうん、と言ったそのとき、

「訳してあげようか？」

と声がした。

ふり向くと、東京の近藤理沙だった。いま千歳から着いたばかりらしく、手土産《てみやげ》の紙袋を提げている。

貴子と挨拶を交わした理沙がさっそく、「志渡さんは？」と訊く。

「いま、放牧地の奥の柵を見に行ってます」貴子がずいぶん明るく言った。「そろそろ戻ると思いますよ」

「そう。じゃあここで待ってようかな。まりもちゃん、バウムクーヘンあるよ」

お菓子に釣られたわけでは断じてないが、まりもは、近藤理沙のことがけっこう好きだった。もちろん貴子を好きな気持ちとは比べものにもならないけれど、理沙の運んでくる東京の風のようなものが新鮮に感じられて、そばにいると、ここはまるで別の世界に少しだけ触れられる気がした。

「このお店のバウムクーヘンってね、東京では行列ができるくらい人気なの。羽田《はねだ》が穴場だとは、私も今回初めて知ったわ。ねえ、女三人で先に食べちゃおうよ」

そう、こんなふうにこちらを子ども扱いしないところもいい、とまりもは思う。理沙にかかると、自分がいっぱしの大人であるかのような気分を味わえるのだ。

「じゃあ、コーヒー淹《い》れますね」

ドリッパーを手に取った貴子に、

「あ、できれば紅茶がいいかな」と理沙は言った。「志渡さんもすぐ戻ってくるんでしょ？　あの人この前、ときどき胃が痛むとか言ってたから」

「……じゃあ、そうしましょうか」

貴子は、やかんを火にかけた。

「で、なになに？」と理沙がまりもに目を向ける。「英語の問題？　お湯が沸くまでの間に訳してあげる」

まりもは、理沙を奥の壁際へ連れていった。

「ああ、これか。これ、前からここに掛かってるよね。この詩、っていうかお祈り、欧米ではけっこう有名なのよ。作者が誰かはわかってなくて、パターンもちょっとずつ違うのがいろいろあるみたいなんだけど……」

喋りながらひととおり英文を目で追っていた理沙だったが、やがて口をひらき、

「『馬の祈り』」

ひと言ずつ、ゆっくりと噛《か》みしめるように訳し始めた。

「――私に、餌と水を与えて、面倒をみて下さい。一日の仕事を終えたなら、身を守る囲いと、走り回って遊べるくらいの草地を下さい」

まりもは、壁掛けの板を見つめながら耳を傾けた。

「……話しかけて下さい。あなたの声は時に、手綱ほどの意味を持っています。時々は愛おしんで下さい。そうすれば私も、あなたに仕えることをもっと楽しんで、あなたを愛することを学ぶでしょう。あなたの望むことを私が理解できなくても、決してぶったり鞭《むち》打ったり蹴ったりせず、かわりにあなたを理解するためのチャンスを下さい」

理沙は、息を継いだ。

「……そして最後に御主人さま。いつの日か私が、若かりし日の力を失ってしまっても、飢えさせたり、凍えさせたり、あるいは長々と苦しませながら死なせるような残酷な人のもとへ売り飛ばしたりしないで下さい。そのかわりにどうか、我が御主人さま。私の命を最も優しい方法で奪って下さい。そうすれば、あなたの神様は必ずやとこしえにあなたに報いて下さることでしょう。……あなたはきっと、私を無礼だと思ったりはなさいますまい。私がこのことを、馬小屋で生まれたあのお方の御名《みな》において願ったとしても。——アーメン」

理沙が口をつぐむと、やかんのお湯がしゅんしゅんと沸き始める音が大きくなった。

「とまあ、そんな感じかな。ここで言う『あのお方』っていうのはつまりキリストの……」

まりもを見おろした理沙が、ふっと困ったように微笑む。

「ごめん。落ちこんじゃった？　ちょっと感情込めて訳しすぎちゃったかな」

まりもは、首を横にふった。胸が押しつぶされるように痛くてたまらなかったが、それは落ちこむというのとは違っていた。

「ありがとう、理沙さん」

「どういたしまして。お役に立てたかしら」

もちろん、とうなずくと、貴子に呼ばれた。

「まりもちゃん、悪いけど、志渡さんの携帯鳴らしてみてくれる？」

「あら、私なら後でかまわないのに」

理沙の言葉を、貴子はやんわり聞き流して続けた。

「美味しい紅茶が入りますけど、ひと休みしませんか、って」

まりもは急いでポケットに手を突っこみ、おばあに持たされている携帯を取りだした。短縮番号で志渡にかける。

目の前の貴子はたしかに笑っている。それなのに、空気が静電気を帯びたようにぴりぴりしていた。

6

七月に入ってすぐの日曜日のことだった。

駐車場に見慣れない普通車とワゴン車とが二台連なって入ってきた時、まりもは志渡と一緒に放牧地で作業していた。

これだけ広いランチでは、毎日必ずと言っていいほど何かが壊れる。この日は折れかけていた横木を取りはずし、新しいものをビスで止めた上から針金で巻いて補強していた。まりもは針金をペンチで切る係だった。

来訪者を確かめようと、チャンプが喜び勇んで走っていく。まりもは目をこらし、次の瞬間、ぎょっとなった。

遠目に見ても、ぱらぱらと降りてきたのが月寒北小学校の六年生たちであることはわかった。それも同じクラスのみんな。おまけに、その中にはよりによって――。心臓がばらばらに脈打ち、胃の底がむかむかしてくる。クラブハウスから貴子が迎えに出て行き、誰だろう、運転してきたお母さんの一人と何か話しながら笑いあっているのが見える。

「志渡さん」

呻《うめ》くように、まりもは言った。

「うん？　どした」

「なして、あの子がここへ来るのさ」

「あの子って？」

「ねえ、なして？　志渡さんが呼んだの？　それとも貴ちゃん？」

ようやく針金の端を始末し終わった志渡は、体を起こしてまりもを眺めた。どういうふうに言って聞かせようかな、と考えているのが目に見えるようで、いらっとする。

「なしても何も、子どもたちを馬に乗せてほしいって、向こうから頼んできたんだわ。誰やらの誕生会なんだと。べつに、なんも変わったことはないしょ」

まりもは、黙って軍手をはずし、腹立ちまぎれに地面に叩きつけた。志渡の前でそんなことをしたのは初めてだった。それくらい我慢がならなかったのだ。くるっと背を向けて厩舎へ向かう。クラスの子になんか会いたくない、また心ないことを言われるのも、好奇の目で見られるのもいやだ。と、背中に、

「逃げるのか」

志渡の低い声が刺さった。

思わず足を止めてふり向くと、志渡はなおも言った。

「敵前逃亡ってやつか、うん？　お前はそれでいいのか」

「……おじいは、『逃げるが勝ちだ』って言ったもん」

「ああ、そうだってな、貴ちゃんから聞いた。したけどそれは、学校という場所からの話だろ。ここは、お前の縄張りじゃないか。それともお前、あの女の子の前から逃げ出さなきゃならないような悪いことでもしたのか」

「してないよ！」まりもは叫んだ。「なんでそんなこと言うの？」

「だよな。してないよな」

志渡は語気を強めた。

「だったら、堂々としてろ」

まりもは、言葉も出なかった。どうして大好きな人たちが、わざわざ自分を苦しめ

るようなことを言うのか、するのか、わからなかった。縄張りどころか、ここは自分たちだけの楽園であり王国なのだ。そんな大事な場所へ、どうしてあんなよそ者を入れてやらなければならない？

向こうで貴子が、志渡のほうを見ながら手招きしている。

耐えられなくて再び背中を向けようとすると、

「まりも！」

覆い被《かぶ》せるように、志渡は言った。

「――これから馬装して、あの子たちを馬場に連れてって順番に乗せる。お前は、どこからでもいい、見てろ。いいな、ちゃんと見てろよ」

まりもは、答えずに歩きだした。

貴子と志渡が放牧地から連れだして馬装を整えたのは、栗毛のメロディと、年寄りの白馬ファルコンだった。初めての子どもたちを乗せるので、中でもおとなしい二頭を選んだのだろう。

まりもは、厩舎の中からそれを見ていた。志渡に言われたとおりにするのは悔しかったが、やはり気になって、見ないではいられなかった。

通路のいちばん奥、高いところにあいた通風用の窓から覗けば、すぐ前の角馬場が丸ごと見渡せる。道具入れの木箱を踏み台にしているまりもの運動靴を、いつのまにか戻ってきたチャンプがふんふん嗅いだ。

同じクラスの子が全部で七人——男子が三人と女子が四人いて、あと一人だけ混じっている男の子はたしか藤原さんの弟だった。見れば、貴子と親しげに話しているのも藤原さんのお母さんとお父さんだ。貴子が何やら、すまなそうに頭を下げている。

「なんもなんもー」藤原さんのおばさんは言った。「私らも楽しみにして来たんだわ。子どもらには誕生会が始まるまで内緒にしてたんだけどさ、お昼ごはんが済んで、『これからみんなで馬に乗りに行くかい？』って言ったらそりゃあもう喜んじゃって。ここへ来る間もまあ、車の中が大騒ぎで大変。したけど、大沢さんの言ってたとおりだったわ。こやって来てみると案外近いねえ」

まりもは、下唇をかみしめた。

藤原奈々恵《ななえ》は石本博美の子分ではなかったし、とくべつ仲がいいというほどでもないはずだ。なのにどうして、博美が奈々恵のお誕生会に呼ばれたりしているんだろう。それとも、自分が学校へ行かなくなってから、クラスの勢力図に変化があったのだろうか。

今、メロディの鞍の上にはまず今日の主役である奈々恵が、そしてファルコンには男子の一人がまたがっている。奈々恵とは家が近所で仲のいい小林健一《こばやしけんいち》だ。

志渡が、基本的なことを教える声が聞こえた。進め、の合図。止まれ、のサイン。自分に教えてくれたのと同じことを、あんなにあっけなく他の子たちにも教えるのかと思ったら、目の前が黄色くなる思いがした。

けれど、奈々恵と健一は、しょっぱなから壁にぶつかっていた。歩いてもまっすぐ進まずにあっちへこっちへ曲がってしまうメロディと、馬場の真ん中で立ち止まったまま遠くを見ているファルコンを相手に、二人とも四苦八苦している。柵の外から、他の子たちが口々にからかう。

ようやく馬場をよれよれと三周くらいしたところで交代になった。志渡が一人ひとり鞍から抱き下ろしているのを、まりもはあきれながら眺めた。あたしには、最初の時からひとりで飛び降りさせたのに。

「さあ、次は誰だ？」

「あたし乗る！」

手をあげたのは石本博美だった。まりもは思わず窓の木枠を握りしめた。

もう一人は、岸田大地《きしだだいち》が名乗りを上げた。サッカーチームのキャプテンで、運動会のリレーでも必ず代表に選ばれる男子だ。

だが、今の今まで野次を飛ばしていた彼らも、いざ乗ってみれば前の二人と同じだった。ただ馬を歩かせて角馬場の柵沿いに大きく一周するだけのことが、どうしてもうまくできない。

「あんなんじゃ、馬が混乱しちゃうよ」

小声で呟くと、クウン？　とチャンプが問うような声をもらした。

「馬と人間の間には、ちゃんと取り決めがあるのにさ」

クウン、とチャンプが律儀《りちぎ》に相づちを打つ。

見ているうちに、まりもはいらいらしてきた。あんなに強く手綱を引きながら足で蹴ろうとするなんて、ブレーキを握ったまま自転車をこぐようなものだ。それに、蹴るなら蹴るでもっと踵を下げて内側に向けなければ馬のおなかに届くわけがない。大地が左の手綱だけ引っぱりすぎるものだから首がねじ曲がり、いやがるファルコンの尻が右へ逃げようとする。

「手綱をゆるめれ。腕を前に出せ」

志渡が何度も言っているのに、大地はうろたえてしまって聞いていない。馬が後ろへ下がるのを止めようと思うのか、慌てるあまりよけいに手綱を引くせいでファルコンはさらに後ずさりを続け、とうとう志渡が手をのばして無口を押さえ、止めた。まりもが最初に無口だけで乗ったように、ファルコンにもそうしていたからまだ良かったものの、これでハミまでかませていたなら馬はもっといやがって後肢立ちになってしまっていたかもしれない。大地が、体じゅうでほっと息をつくのがわかった。

同じくほっとしたまりもが、そういえば石本博美はと見ると、メロディはどうやら背中には誰も乗っていないことにしたらしい。馬場の隅で立ち止まって首をにゅうっと伸ばし、柵の外に生えている草をむしゃむしゃ食べているところだった。

誰に乗り替わっても同じだった。器用か不器用かのわずかな違いはあっても、馬をまっすぐに動かせる者は一人もおらず、結局は志渡と貴子にすべて預け、曳いてもらって馬場を何周かするのだった。

おしまいに藤原奈々恵の両親がみんなに勧められてまたがり、楽しそうに曳き馬で一周ずつしたところで、志渡が、腕組みをして言った。

「どうだった、みんな」

それぞれが口々に叫んだ。

「むずかしかった!」

「楽しかった!」

「乗ったら高くてびっくりした!」

石本博美だけが知ったふうな口調で言った。

「メロディはさ、おなかすいてるから動かなかったんだよ。ちゃんとゴハンもらってないんでないの？」

志渡の眉《まゆ》が、片方だけひょいと吊り上がる。まりもはつぶやいた。

「あ。怒った」

顔は笑っていても、あれは志渡がちょっとカチンときた時の癖だ。カンカンというほどではない、でも細い青筋が一本立ったくらいの感じ。

「そっかー、あいつ腹へってたんかー」と、志渡は言った。「そりゃ気づかなかったわ。さっきまであーんな広い牧草地に放されてたのに、何にも食べてなかったんかなあ」

博美が、ふいっと横を向く。

「それはそうとなあ、みんな。俺、じつはうっかりしててさあ。みんなにまずお手本を見せてやるのを忘れてたんだわ。誰だっていきなり初めての馬に乗せられて、さあ上手にやれって言われたって、難しくて当たり前だよな。ごめんごめん」

「そうだよ！」

と、みんなが図に乗って騒ぎだす。

「お手本を見してくんなきゃわかんないよ！」

志渡が、準備万端という表情で目をあげた。まりもはどきりとした。まるで、こちらがどこにいるかわかっているかのように、通風窓にぴたりと目を据えて大声で呼ぶ。

「おーい、まりも！」

驚いた子どもたちが、みんなして厩舎をふり返った。

「そっちの作業はいいから、ちょっとこっち来て手伝ってくれ」

まりもは、通路に座っているボーダーコリーを見やった。

「どうしよう、チャンプ」

犬が、黙って首をかしげる。

「まりもー、いるかー？」

みんなに会うのは嫌だったが、石本博美から逃げたと思われるのはもっと癪《しやく》だった。

まりもは木箱から降りると、深呼吸をした。もう一度、した。それから、思いきって厩舎の扉を押し開け、外へ出て行った。

「おーう、仕事の邪魔してすまん」と、志渡が言った。「あのな、今この子たちをちょっと乗っけてやったんだけど、どうやったら上手に乗れるようになるのかお手本を見せて欲しいって言うんだわ。まりも、ちょっとやってみせてくんないか」

みんながざわめく。

「うそ。岩館、乗れんの？」

岸田大地が驚いたように言う。

「どうだろうなあ？」志渡は笑いながら言った。「まりも、こっち来てみな」

石本博美の強い視線が注がれているのを感じた。目を合わせなくても、ものすごく意地悪な顔をしているのがわかる。まりもは懸命に顔をあげて近づいていった。

そばまで行くと、志渡がまるで男同士みたいに肩を組んで、そっと耳打ちをした。

「いいか、まりも。俺の言う通りやれ。いいとこ見せようとか、いつもと違うことをしてやろうなんて考えなくていい。いつもどおりだ。大丈夫、お前ならできる」

「……ほんとに、そう思う？」

心細くて訊いたのだが、志渡はいつものあの顔で不敵に笑った。

「お前、自分を誰だと思ってる？」

「え、わかんないよ」

「この俺が見込んだ唯一の弟子だべ」

目と目を見合わせる。まりもの喉が、勝手にごくりと鳴った。

「今、貴ちゃんがハミをつけてくれてる」

「あたし、メロディに乗りたい」

「当然でしょ」と、志渡は言った。「聞こえてたか。腹が減って動かないんだとよ」

「ん、聞こえてた。ばかみたい」

「だな。ほんとのメロディを見せてやれ」

「――はい！」

まりもは、駆けだした。

角馬場の出入り口で、貴子が栗毛のメロディを押さえて待っていてくれた。ナイロン製の無口と手綱がわりのリードロープではなく、革の頭絡と革の手綱。それに、いつも乗っている鞍と、まりも専用のあぶみ。

「頑張って」と、貴子がささやく。「気持ちよく乗っといで」

うなずくと、まりもはメロディを少し曳いていき、柵が馬の左側にくるように平行に止めた。下の横棒に右足をかけて踏み台にし、続いて左足をあぶみにかけて、ひょいと鞍にまたがる。手綱を取り、その場足踏みで向きを変えさせ、まっすぐ歩いて馬場の中央に立つ志渡のもとへ行く。柵の外側でみんなが息を吞んで見つめているのがわかった。

志渡は、両手をジーンズの尻ポケットにそれぞれつっこんだまま、メロディの顔越しにまりもを見あげてきた。目が、呑気そうに笑っている。

「常歩《なみあし》なんかもういいしょ。最初から速歩《はやあし》でいってみようか」

「はい！」

声を張って返事をすると、まりもはメロディを柵に寄せ、まず手綱をゆるめておいて、それから脚《きゃく》の合図を出した。ふくらはぎをゆっくり締めていく。いつもなら動きだすのに、メロディは無反応だ。ごく軽く踵を入れてみる。それでも駄目だ。背中の人間は前に乗った人たちがみんなして馬をだらけさせてしまったのだった。

調教師も同じだ、という志渡の言葉が、今になってつくづくと胸に落ちる。

「なんだよ、動かないじゃん」

誰かの揶揄《やゆ》の声を聞き流し、まりもは背筋を伸ばした。今度は、前よりしっかりと踵を入れる。とたんに、メロディは目が覚めたように動き始めた。

歩きだしたところへさらに脚を入れると、速歩になる。常歩の〈パッカポッコ〉というリズムから、いきなり〈トットットットッ〉になり上下の反動が強くなったのに合わせて、まりもは、一拍ごとにあぶみに立ち、鞍からお尻を浮かせて反動を抜く乗り方に変えた。

ああ、気持ちいい、と思う。志渡から教わる中で、今いちばん気に入っているのがこの軽速歩《けいはやあし》のレッスンだ。常歩と比べてスピードがぐんと上がったことに驚いた誰かが、「すげえ、走ってる」と言うのが聞こえた。

まだだよ、と胸のうちで呟く。まだこれからだよ。

「よーし次、駈歩《かけあし》！　手前を考えろよ」

「はい！」

習ったことを思い起こし、全身で集中する。スピードが落ちてしまわないように脚の圧力を効かせたままで、

〈手綱はほんのちょっとだぞ、引くっていうより、それまでゆるく持ってた手を握りこぶしにするくらい〉

わずかに、ほんのわずかに手綱を引きながらも脚の圧はゆるめない。脚のせいで馬は前へ行きたいのに、手綱では堰《せ》き止められる、それによって馬体にぎゅうっと力がみなぎっていくのだ。一歩一歩がそれまでよりも力強い踏み込みになる。

今、メロディは馬場を大きく左回りにまわっていた。ということは、手前も左

――。

まりもはタイミングを計り、

(今だ!)

ぽん、と右足の踵を入れて手綱を許した。

もう駈歩になっていた。リズムが〈パカラン、パカラン〉に変わる。馬の左の肩がまず前へ出ては地面を蹴る、左手前。なおも脚を入れていく。スピードがぐんぐん増す。耳のそばで風が鳴り始める。

「すっげー! 岩館のやつ、すっげー!」

岸田大地が大声で叫んでいる。それに、誰かの「かっこいい」の声。「怖くないのかな」の声。藤原奈々恵の両親までが歓声を上げて拍手してくれている。たった一人、石本博美が仏頂面《ぶっちょうづら》でにらんでいるのを目の端に捉えて、まりもは思わずいい気分になった。

と、その時だ。左足が、あぶみからすっぽ抜けた。

あっと思った瞬間、体が左に傾《かし》いだ。とっさに右手で鞍の前橋《ぜんきょう》の突起をつかんだものの支えきれず、走り続ける馬の反動に宙へ撥《は》ね上げられるようにして、まりもは転がり落ちた。地面と空が逆さになる。コマ送りみたいに落下していきながらも、左手にあるものをぎゅっと握りしめる。

〈落ちても手綱だけは絶対に、〉

放さずにいたおかげで、背中から砂に叩きつけられても頭だけは打たずに済んだ。人間を引きずっていることに気づいたメロディが驚いて横っ飛びし、なおも走り出しかけてから思い直したように止まった。

貴子と志渡が、そして藤原奈々恵の親たちが柵をくぐって駆け寄ってくる。その後ろからクラスのみんなまでがこちらへ来ようとしているのが見えて、まりもは慌てて手綱から手をほどき、もがくように起きあがろうとした。

「起きなくていい！」貴子が叫ぶ。「頭！　頭、打たなかった？」

「う……って、ない」

そう言いたいのに、声が出ない。息ができない。そっと横たえて、貴子が膝に頭をのせてくれる。まりもは口を大きく開けて身をよじった。

「かわいそうに、背中打ったんだね。大丈夫だから。体がびっくりしてロックがかかっちゃったの。よしよし、苦しいね、もうすぐ楽になってくるからね」

胸やおなかをさすってくれる貴子のシャツを握りしめ、吸えない息を必死にたぐりよせながら、まりもは、苦しさよりも痛みよりも、恥ずかしさで死にそうだった。

クラスのみんなが、少し遠巻きにして覗いているのがわかる。ああ、情けない。悔しい。せっかく〈お前ならできる〉と言ってもらったのに、こんなみっともないところを見せてしまうなんて。

突然、掛け金がはずれたように肋骨が開き、肺がふくらむ。どっと流れこんでくる酸素を吸いこむと、目尻ににじんでいた涙がとうとうこぼれ落ちた。

ああ、だめだ、馬場では泣いちゃいけないのに。唸りながら腕でぐいっと拭うと、志渡が、すぐそばに片膝をついた。

「大丈夫か、まりも」

懸命にうなずく。

「ごめ、なさ……」

「なんで」

「あたし……落っこっ……」

「馬鹿、お前。誰にも真似できないくらい上手な落ち方だ。さすがは俺が見込んだだけのことはある」

頭を撫でてくれる志渡の手がむしょうに嬉しくて、涙がもう一筋あふれる。

「泣いて、るんじゃないよ。これ、ちがうよ、ちがうの」

志渡は笑った。

「わかってるって。いわゆる、心の汗ってやつだよな」

やがて志渡が立ちあがり、貴子がまりもをそっと抱え起こして座らせてくれると、まわりのみんなにようやくほっとした空気が流れた。

「すごいねえ、まりもちゃん」

藤原奈々恵の母親が覗きこんで言った。

「あんなに上手に乗れるなんて、おばさんびっくりしたあ。これまでにも落ちたことってあるの？」

「……あります。二回くらい」

「なのに怖がらないでまた乗ろうとするってのが何より凄《すご》いよ」

そう言ったのは父親のほうだった。

動くと背中はまだ痛かったが、まりもがゆっくりと立ちあがり、地面に引きずっていた手綱を拾いあげると、メロディはまるで気遣うかのように鼻面を寄せてきて耳のあたりの匂いを嗅いだ。ブルルル、と吹きかけられた鼻息がくすぐったい。

「ごめんね、びっくりさせて」と、まりもは首を撫でながら囁《ささや》いた。「お前のせいじゃないよ。あたしがへたくそだから……」

「そんなことないって」

ふり返ると、岸田大地だった。

「すげえなあ、岩館。オレ、マジで尊敬しちゃったもん。どれだけ難しいことやってるか、ちょっと乗せてもらった後だからわかるしよ。ほんとすげえよ」

すると志渡が、すかさず朗らかに言った。

「みんなー、馬のことで訊きたいことがあったら、まりもに訊けー。おじさんより詳しいぞー」

ええとじゃあ、と大地が言いかけた時だ。メロディがゆっくりと尻尾の付け根を掲げた。

「あ、ウンチするよ」

まりもが言うなり、ぼとぼとぼとっとボロが落下した。

深緑色の、そば饅頭《まんじゅう》くらいのかたまりが二十個ほど。かぐわしいと言えなくもない匂いがふわっと立ちのぼってあたりに漂《ただよ》い、子どもたちが一斉に顔をしかめる。だが、

「やだあ、汚ぁーい！」

いちばんに叫んだのは石本博美だった。

あまりにも予想通りの反応に、まりもは怒るよりむしろあきれた。

「あのねえ、馬のボロは汚くなんかないんだよ」辛抱強く、そう教えてやる。「人間と違って草しか食べてないんだから。この匂いだって慣れれば全然、」

「うっそー、すっごい臭いよ。岩館さんていつもここでこんなの掃除してんの？　あたしだったら絶対やだー。絶対さわれなーい」

「また始まったよ」と小林健一が言った。「やめれって、石本。また突き飛ばされても知らねえよ」

「だってほんとに臭いんだもん」

博美がなおも言いつのる。馬で負かされたのがよほど悔しいらしい。

「学校も来ないで、こんなとこで遊んでばっかりいてさ。そりゃ毎日習ってれば、すぐあれくらい乗れるようになるしょ」

「そんなことないぞ」と、志渡が口をはさんだ。「最初の一回目から、まりもはきみたちの百倍は巧《うま》かった」

「そんなの最初だけだよ。あたしだって大地くんだって、ほんの何回か練習すればもっと巧く乗れるようになるもん」

べつに乗りたくもないけどさ、と付け加えるところがまた憎らしい。

「そういえば、うちの工事に来た岩館さんのお父さんも、汚いカッコしてたもんね。岩館さんもさ、だから馬のウンコとか汚いものが平気なんじゃないの？」

めまいが、した。頭からすうっと血の気が引いていくのがわかった。

息を吸いこんだものの、あまりの怒りに何を言っていいかわからない。思わず叫び出しそうになった時、いきなり日に灼《や》けた大きな手が伸びていって、がしっと博美の後頭部をつかんだ。悲鳴をあげた博美が逃れようとしても、その手はびくともしなかった。

「石本博美っつったか、お前」

上目遣いで身をすくませている博美を見おろして、志渡はゆっくりと言った。

「さっきから聞いてりゃあ、ふざけた口ばっか叩きやがって。まりもの親父さんが何だって？　汚い、と言ったか？　笑わせるんじゃねえぞ、こら。汚いのは、お前の性根のほうだろうが」

低い、冷たい声。子どもを相手にする時、ふつうの大人が絶対に出さない声だった。

「いいか。よく聞け。まりもはな、ここへ遊びに来てるんじゃない。朝から晩まで働いてるんだ。そうやって、お前たちが束になってかかったって足元にも及ばない経験をいっぱい積んでるんだ。俺は、つまんない冗談が何より嫌いでな。だからこれは、正真正銘の本気で言う。なあ、石本博美。この先いっぺんでも、さっきみたいなくだらねえことをほざいてみれ。お前の大好きな馬のウンコをその口いっぱいに詰めこんで、あの木のてっぺんから逆さまに吊してやるからな」

周りの全員が凍りついている中で、志渡はなおもしばらくの間、博美の頭をつかんだままでいた。

それからやがて手を放し、ひとつ息をついて言った。

「さあて、みんな。クラブハウスでおやつの時間だぞ」

周りが呆気《あっけ》にとられるくらい、もうすっかりいつもの志渡だった。

男の子たちは、今の一件で志渡を怖がるようになるどころか、いっぺんに尊敬したらしい。我先にあとをついていく。その後ろに、女の子たちも続く。慰めようもないので放っておかれた石本博美が、仏頂面のまま、間をあけてのろのろついていく。

藤原奈々恵の母親が、貴子と目を見合わせ、ほっとしたように苦笑した。

「ねえ大沢さん。正直なこと言っていいかい？」

「どうぞ」

「私、胸がスカッとしたわあ、あの人の啖呵《たんか》聞いて」

啖呵、ですか、と貴子が笑いだす。

ブルルル、と鼻を鳴らしたメロディが、再びまりものほうへ鼻面を寄せてきた。今度は耳もとではなく、頬の匂いを嗅ぎ、べろんと舐《な》める。続いてあごの先も。

「あららら……」

それに気づいたのは奈々恵の母親が先で、それから貴子だった。

貴子は、自分まで泣き笑いの顔で言った。

「馬って、しょっぱいものが好きだから」

そっと肩を抱き寄せられ、まりもは、貴子のおなかに顔を埋めるなりとうとう声をあげて泣きだした。安堵《あんど》したとたんに、それまでこらえていたものがすべて溢《あふ》れて、止めようとすればするほどよけいにしゃくりあげてしまう。

「どしたの、まりもちゃん。どっか痛いかい？」

後ろから心配そうに訊かれて、激しくかぶりをふる。打った背中はまだ痛いけれど、それで泣いているのじゃない。

「じゃあ、ひどいこと言われて辛かったのかい？」

そりゃあそうだよねえ、と言われて、もう一度かぶりをふる。

「そうじゃ、なくて――」まりもは貴子のシャツで涙を拭い、顔をあげた。「あたしも、さっきので初めてスカッとしちゃって……そしたら急に」

女たち二人が顔を見合わせ、思わずといったふうに笑いだす。まりもも、なんだか釣られて笑ってしまった。

と、メロディが急に首をもたげ、耳をぴんと立てた。

風に乗って話し声が聞こえてくる。厩舎の横を通る小道のところで、志渡が誰かと立ち話をしている。子どもたちには先に行くように言ったらしく、みんなが三々五々、クラブハウスへ向かうのが見える。

まりもは、涙の膜でまだ少し霞んでいる目をこらした。誰だろう。たぶんこれまで会ったことのない、恰幅《かっぷく》のいい男だった。禿《は》げあがった頭に陽光が反射している。遠くてよくわからないが、志渡よりもだいぶ年上に見える。

と、ふいに、その男がこちらをまっすぐに見た。遠いのに目が合ったような気がした。

隣の志渡もこちらを見て、一瞬ためらった末に、来いと手招きをする。

「――行きましょうか」

貴子が、なぜか緊張した面持ちで言った。

第三レグ　訪問者

1

走って、勝つ——それだけが唯一の価値とされる競走馬の世界で、優れた馬を創出するためには、分母の数も重要となる。

毎春、全国の生産牧場で生まれる子馬たちは夥《おびただ》しい数にのぼるが、競走馬として調教を受けても、デビューできるのはほんの一握りだ。その中で名のあるレースを走れるものはさらに少なく、重賞ならばもっと絞られ、その重賞で勝てる馬ともなれば、もはや存在そのものが奇跡に等しい。

一方で、デビューすらできなかったか、成績を残せずに引退した馬たちは、その後どうなるか。勝てない馬の子種を欲しがる者はいないし、繁殖牝馬《はんしょくひんば》もしかりだ。引退後に乗用馬として再調教され、可愛がられて幸せな余生を送る馬もいないわけではないが、圧倒的に少ない。十頭に一頭とも、百頭に一頭とも言われるほどだ。

書類上の引き取り先には乗馬クラブの名前がもっともらしく並んでいても、実在しないクラブが山ほどある。一般人が趣味として楽しむ乗馬が盛んでないこの国では、走らなかった競走馬の多くは肉になるか、あるいはただ処分されるしかないのだ。

仮に、ある生産牧場で一年に十頭の子馬が生まれるとする。どの子馬も、育てれば懐き、懐けばめんこい。できることなら、競走馬になれなくても、あるいは故障などで早々と引退しても、寿命が来るまでは生かしてやりたいと思うのが人情だ。

だが、馬は健康であれば二十年は生きる。年間十頭ずつ生まれる馬すべてを一生にわたって面倒見ようと思えば、単純に考えても二十年後には二百頭の大所帯だ。厩舎にはとうてい収容しきれない。また、一頭を養うのにかかる飼い葉代や人件費を一ヵ月につき五万程度のぎりぎりにまで抑えたとしても、二百頭いれば月々一千万、年間では一億二千万。いくら相手が生きものだと言っても、稼がずにタダ飯を食らうだけの馬に年間それだけの支出。

感傷だけではやっていけない世界だった。いつの日か、計算や技術によって確実に優れた競走馬を創りだせるようにでもならない限り、現状では生まれてくるすべての馬に天寿を全《まっと》うさせてやるのは不可能なのだ。

かつて競走馬の育成牧場にいた志渡も、自分が育て調教した馬の最期を数えきれないほど見送ってきた。辛くなかったと言えば嘘になるが、この業界で食べていこうとする以上、どこかで割り切るしかなかった。

だが――いま志渡のもとにいる馬たちは違う。

石狩湾を見渡す〈シルバー・ランチ〉にいる馬は、客からの預託馬も含めて、どの馬も血統的に素晴らしいとはとても言えない。正直な話、売っても肉の目方ぶんの値段にしかならない馬たちだ。

それでも、どの馬もとりあえず所有者が決まっていて、今のところ廃用にされる心配はない。血統からも成績からも自由なこの場所で、のんびりと余生を送らせてやることができる。

おかげで志渡は、競馬業界に関わっていた頃よりずっと心穏やかに暮らせるようになった。自分の育てた馬が活躍するのを見守るときの、あの血が沸きたつような興奮や誉《ほま》れからは遠くなったが、そのかわり、馬の行く末を考えて注ぐ愛情を抑えこまなくて済むようになっただけ、精神的にははるかに楽だった。

これでいいのだ。今の生活だって決して悪くない。速く走る馬でなくていい、素人が乗っても振り落としたりせず、上級者が乗れば乗ったでそれなりの反応を返せる馬を作ることにだけ心を砕いていれば、とりあえず客の満足を得られ、今の牧場くらいは維持できる。

四十代半ばを前にしてすでに守りに入ってしまったような自分に、いささかの不甲斐なさは覚えるが仕方がない。今のご時世、とにもかくにも馬で生活していけるというだけで御の字だ。志渡は、そう思った。思おうとして、ほぼその考えに馴染《なじ》みつつあった。

それが――。


「急に邪魔して、申し訳ないね」

まりもが同じクラスの子どもたちの前で乗馬の腕前を披露してみせた、そのすぐ後のことだった。あいにく落馬してしまったものの、まりもはどうやら心配なさそうだったので、志渡はあとを貴子に任せて他の子どもらをクラブハウスへ連れていった、そこへ声をかけてきたのが、漆原一正《うるしばらかずまさ》だった。

「少し話をしたいんだが、取り込み中かな。だったらまたにさせてもらうが」

押し出しのいい、言い換えれば威圧感のある男だった。見たところ六十代だろうか。頭は剃《そ》っているのか禿げているのか、顔との区別もなくつるりと日に灼け、濃い眉の下にある目は、まるで象のそれのように思慮深く小さい。渡された名刺には〈G／E〉とあり、東京の所在地と当人の名前のほかに、役職の肩書きなどはなかった。

「ジー、イー？」

「〈ゴールデン・エッグ〉の略だ。そういえばあんたのとこは〈シルバー〉だったな」

「はあ」

「なんだ。ほんとに知らんのかね。業界ではわりに有名な事務所なんだがな」

「業界？」

「芸能界だよ」

「ああ……。すいません。世事には疎《うと》いもんで」

興味すら無いことを隠す気もなく答えた志渡を見つめ、漆原は小さな目をすっと細めた。

「まあいい。ところで、怪我はなかったのかな？」

馬場の向こう端に佇《たたず》む三人へ向かって顎《あご》をしゃくる。どうやら漆原は、まりもが乗っているところから見ていたようだ。

「大丈夫でした。背中を打っただけで」

「うまいこと落っこちたもんだ。何者だね、あの子は」

「うちに通ってきてる小学生ですよ」

「教えてるのはあんたか」

「何を」

「馬の乗り方にきまってるだろう。あんたが教えてやってるのか」

志渡は、漆原を正面から見た。〈あんた〉という呼び方にも、ぶっきらぼうな口調にも他意はないらしいと判断して、答えた。

「そうですよ。本人が覚えたがったもんだから。あの子がどうかしましたか」

「いや。ちょっと呼んでみちゃもらえんかな」

志渡は躊躇《ためら》った。怪我はなくとも、落馬が心に与えるダメージは存外大きい。背丈よりも高いところから落ちる、それも動いている大きな生きものの背中から為《な》す術《すべ》もなくふり落とされるなど、ふだんの生活の中ではめったに経験しないことだけに、大のおとなですらショックを引きずるものだ。しかも彼女の場合、宿敵とも言える女の子の前で落ちたのだから、後が少しばかり心配だった。

だが、そんな時だからこそ、見知らぬ他人から褒《ほ》めてもらえれば自信の回復につながるかもしれない。こちらを見ている三人に向かって、志渡は手招きをした。

メロディを曳いてゆっくりとこちらへやってきたまりもの横で、貴子が声を張った。

「鞍はどうしますか。下ろします？」

「いや、とりあえずそのままでこっち来て」

一緒にいた生徒の母親がこちらに会釈をして、子どもたちの待つクラブハウスへ向かう。貴子が手綱を軽く柵に結わえ、まりもを促して丸太の階段を上がってきた。

「貴ちゃん、まりも。こちら、東京の漆原さん」

二人がそれぞれに頭を下げ、挨拶をする。

「初めまして、大沢です」

「岩館まりもです」

志渡がさっき渡された名刺を見せると、貴子が「えっ」と呟いた。

「大沢さんは、ここのスタッフなのかね？」

訊かれて貴子は首をふった。

「いいえ、とてもそんな。志渡さんから、ちょっとずつ馬のことを教えて頂いている身です」

「うちの会員さんなんですよ」志渡は横から補足した。「そのわりに、いろいろ手伝ってもらってますけどね」

「ふむ。で……きみがまりもくんか」

漆原が少女を見おろす。

「いつから乗馬を習ってるんだね？」

まりもは、おそらくあのあと少し泣いたのだろう。赤味の残った目で、それでもまっすぐに漆原を見あげた。

「五月くらいからです」

はきはきと答える。

「五月？　ついこの間じゃないか」

驚いた漆原が志渡を見る。志渡は、間違いないと頷き返した。

「こりゃびっくりだな。あんなふうにして馬から落ちるのは怖くないの？」

まりもは、気まずそうな笑みを浮かべた。

「ちょっと怖いけど、最後まで手綱を握ってれば大丈夫だって、志渡さんが」

「なるほど。さっきもちゃんとそうしていたね」

「はい」

漆原は、二度ほどゆっくり頷いた。

「そうか。いや、お世辞抜きに言うが、乗り方も落ち方も立派なものだったよ」

まりもが、照れくさそうな、晴れがましさを抑えこむような表情を浮かべながら、小さな声で言った。

「ありがとうございます」

「いや本当に。あれだけ乗れて、たったの二ヵ月ちょっと習っただけとは驚いた。まりもくんは頑張り屋さんなんだな」

少女が曖昧《あいまい》に首をかしげる。

「それとも、先生がよっぽどいいのか」

とたんに大きく頷き、瞳を輝かせる少女を見て、漆原は笑った。

「はは。ずいぶん慕われたもんだ」

答えずにいる志渡に、漆原は再び向き直って言った。

「ところで、志渡くん。ひとつ相談があるんだが」

「何でしょう」

「あんた、俺の馬を調教してみないかね」

「は?」

「サラブレッドじゃない、アラブだ。あんたが昔、競走馬に関わってたことは聞いてる。今では乗用馬の調教において〈日本のホース・ウィスパラー〉と呼ばれてることもね」

　志渡は眉を寄せた。

「あれは、以前取材に来た雑誌が勝手に……」

「まあ、それはどうでもいい。俺はあんたに、競走馬でもなければただの乗用馬とも違う、特別な調教を頼みたいんだ。調教というよりは、トレーニングに近いかな。とにかく、強くて丈夫な馬を作りたい。長い距離を走れて悪路にも対応できる、心肺機能の強い、それでいてメンタルの安定した馬をね」

　どこまでも強引な物言いだった。

　まりもが、あっけにとられたような顔で漆原を見ている。貴子に至ってはすっかり警戒心のかたまりだ。

　志渡は、わからないように深呼吸をした。何から何まで相手のペースで話を運ばれるのは性に合わない。いったいどういうことなのか、こちらにわかるように最初から順を追って説明してもらいたい、そう言おうとした時だ。漆原が腕時計を覗いた。

「おっと、時間切れだ。飛行機に間にあわん」

「え、今から東京へ帰られるんですか？」

「そうなんだよ。たまたま札幌に用事があったもので足をのばしてみたんだがね。いや、忙しいところ、いきなり押しかけてすまなかった。会えてよかったよ。悪いが、来週か再来週にでももう一度時間を作ってくれないかな。詳しく話がしたい」

「それは……かまいませんが、またわざわざこっちまで？」

「もちろん。なぜ」

「いえ。お忙しいのは、社長も同じじゃないかと」

漆原は、その呼び名を否定しなかった。ふん、と鼻を鳴らして言った。

「なあに、これでもしょっちゅう世界中を飛びまわってるんだ。北海道なんか隣近所みたいなものだよ。じゃ、失礼。また連絡する」

＊

〈G／E〉——〈ゴールデン・エッグ〉というプロダクションの存在を、貴子は知っていた。数々の有名俳優や歌手を輩出し、今をときめく人気タレントやモデルも数多く所属する芸能プロダクションの大手だという。社長の漆原自身も、そのカリスマ性と歯に衣《きぬ》着せぬ物言いでしばしば芸能ニュースに名前が上るとのことだった。

ずいぶんよく知ってるね、と驚く志渡に、

「だってすごく有名ですもん」

貴子はそう答えたあとで、いささか気恥ずかしそうに、十代のころ好きでファンクラブにまで入っていた歌手がこのプロダクションの所属だったのだと白状した。

「でも、そうでなくたってほんとに有名なとこなんですからね。若い子はみんな知ってます」

「わかった、わかった」と志渡は笑った。「しょうがないしょ、俺はもう若くないんだから」

「そんなこと言ってませんってば！」

なんと漆原社長は、そのわずか二日後に自ら電話をかけてきた。

〈できればあの子にももう一度会ってみたいんだが、やはり週末以外は難しいかね〉

だとすると来月までスケジュールが空かないんだ、とひどく残念そうに言う。

志渡が、じつはあの子は今ちょっと事情があって学校へは行っていない、したがって平日、週に三日はランチに来ていると言うと、がぜん張りきった声になり、ならばすぐにでもという話になった。具体的にいつがいいかと訊かれ、志渡は、貴子の夜勤明けの日を答えた。社長が何を考えているのかは知らないが、もしもまりもが絡《から》むのなら、貴子にも同席してもらったほうがいい。

そうして翌週の午後、漆原は本当に〈シルバー・ランチ〉を再訪した。

ちょうど、まりもがジャスティスにまたがり、常歩から速歩へ、そして駈歩をさせてからまた速歩に落として常歩へ、と歩法を変える練習をくり返している時だった。角馬場を見渡すベンチ——先日は同じクラスの子どもらが座って騒いでいた丸太のベンチへ、漆原は黙ってやってくると、志渡と並んで腰をおろした。よけいなことは何も言わず、志渡とも、その隣の貴子とも目顔の挨拶を交わしただけで、すぐに馬場のまりもへと視線を注ぐ。

赤いバンダナで頭をきゅっと包み、ギンガムチェックのシャツにジーンズ、足もとは祖父母に買ってもらったウエスタンブーツ。そのいでたちで懸命に馬を操るまりもは、向こう側にひろがる草地の緑もあいまって、まるで懐かしいアメリカ映画に出てくる牧場の少女そのままだった。

「年はいくつになるのかな」

低い声で漆原が訊く。

「今年十二歳。六年生です」と志渡は言った。「先日お話ししたとおり、学校へはここ何ヵ月か行ってませんけどね」

「それは……いじめか何かかね」

「まあ、そう単純なものでもないんですが、強いて言うなら」

「大丈夫なのかな、それで」

「何がですか」

「卒業とか、進学とかは」

志渡は、さっきから黙ったままの貴子をちらりと見やって答えた。

「さあ。ただ、今は卒業や進学なんかより、彼女自身のことが心配なんでね。たとえ一年や二年ロスしたところで、人生を長い目で見ればなんでもない。今ここであの子の心が死んでしまうより、はるかにましでしょう」

なるほどそれはそうだ、と漆原が言った。

その間にも、まりもは黙々と練習を続けていた。漆原に気づいても、馬上からちょっと会釈しただけで止まることはしなかった。

合図がうまく伝わらずに馬が動かなかった時は、どうすれば伝わるかを考えながら何度でもやり直す。馬が怠《なま》けてこちらの意図とは違うことをした場合は、断固として許さずにやり直させる。馬を止めていいのは、その時々の課題をクリアできた時だ。できないのに休みを与えれば、馬は今のでオーケーなのかと間違って学習してしまう。それらは皆、志渡が教えたことだった。

長方形の馬場を、時々まわる向きを変えながら大きく周回し、速歩から駈歩へ、また速歩へ、常歩へ、とくり返す。三人の眼前を通り過ぎるたび、ひづめが砂を踏む音と馬の息づかい、それに鞍の革が軋《きし》む音がぎし、ぎし、ぎしと響く。

「根気のいい子だな」

「そうですね。あの年頃の子どもにしてはなかなかたいしたもんですよ。気は優しいのに芯が強くてね。父親が良かったんでしょう」

「良かった、とは？」

「亡くなったんです。去年」

「――そうか」

漆原が呟く。

志渡は、あらためて愛弟子《まなでし》に目を注いだ。この数ヵ月間で、少女の身長はぐんと伸びた。特別に短く作ってやったあぶみも、じきに必要なくなるだろう。まりもの体型は今どきの子どもの中でものびやかで、頭の小ささのわりに手足が長い。

歩様《ほよう》を滑らかに変えられるまでになってから、なおも五周ほど続けてまわると、まりもは馬場の向こう端で馬を止めた。見物人の前で毎回止めたりしないようにと教えたのも志渡だった。人を見れば必ず止まる馬になっても困る。

ゆっくりと向きを変え、歩かせて馬場の真ん中で再び止めると、まりもはするりとあぶみから足を抜いて飛び降り、あとは志渡たちのところまでジャスティスを曳いてきた。

「こんにちは」

きちんと挨拶する。

「やあ、こんにちは」と漆原も言った。「この間の背中は、もう痛くないかい?」

「大丈夫です。ありがとうございます」

「気持ちのいい子だ」

漆原は立ちあがり、柵のそばへ寄ってジャスティスを検分した。

「ふむ。馬に、ここまで汗をかかせてやればたいしたもんだ。この馬に乗る、きみなりのコツは、何かあるの?」

まりもが、志渡と貴子を見た。

「いいさ。思ってること言ってみれ」

漆原に目を戻すと、まりもは言った。

「えっと……ジャスティスは、いろんなことに敏感な馬だから、あんまり無理な乗り方をすると嫌がって、そのあとは何を言っても聞かなくなっちゃうんです。だから、最初はそうっと押してやって、ちゃんとできたら褒めてやって……。それをくり返してたら、だんだんジャスティスが自分から機嫌よく動いてくれるようになります」

「なるほどな。と、いうことは、あれかな？　まりもくんは、馬によって乗り方を変えているのかな？」

少女は、質問の意味がわからないような顔をした。

志渡は思わず噴きだしながら口をはさんだ。

「まりも、ファルコンにはどんな感じで乗ってる？　ジャスティスとまるきりおんなじかい？」

「ううん、まさか。ファルコンはもうおじいちゃんだし、頑固なんだから、もっとゆっくりゆっくり時間かけてやんなきゃダメしょ。命令するっていうより、頼んで動いてもらう感じ」

「じゃあ、メロディに乗る時は？」

「最初にガツンとかます」

「なして」

「たいてい寝ぼけてるから。メロディはね、たぶん、背中に人を乗せるまで、自分が馬だってこと忘れてるんだと思うんだわ」

漆原社長までが噴きだし、続いて大声で笑いだす。

なぜ笑われるのかわからずに、まりもだけがきょとんとしていた。

2

ジャスティスの馬装を解いて牧草地に放してやり、それから四人はクラブハウスに場所を移した。

貴子はすぐさま、やかんを火にかけてコーヒーを淹れる準備をした。まりもがそばにやってきて、自分も冷たいミルクたっぷりのコーヒー牛乳にしてほしいと言った。

その間に、漆原社長は、志渡の向かいに腰をおろすのさえもどかしげにさっそく本題に入っていた。世間話どころか前置きすらない。せっかちなのか、それともよほど真剣な思いがあるのか。様子をうかがいながら、貴子は豆を挽《ひ》いた。

「まずは二頭、あんたに預けたい。その結果が満足のいくものなら、ゆくゆくはもっと頼みたいと思ってるんだがね」

芸能界に属する人間というのは、皆あんなに話の説明を端折《はしょ》るものなのだろうか。

志渡も同じことを感じたのだろう。ため息をつくのがわかった。

「すみませんが、一本吸っていいですかね」

「ああ、どうぞ。ここはあんたの場所だ」

志渡は、煙草に火をつけた。離れたところにいるのに、貴子やまりもからは遠い側へと煙を吐く。

「あのですね、社長。俺は決して頭のいい人間じゃないが、そこまでおつむが弱いわけでもないと思ってます」

「うむ」

「それを前提に言わせてもらうとですね。今回のお話は、初めて聞かされる俺にとってはちんぷんかんぷんなんですよ。おたくさんは自分のことだから何もかもわかってるかもしれないが、いっぺん、そもそもの最初からきっちり順を追って説明してもらえませんかね」

貴子は、まりもと目配せを交わした。どきどきしながらもちょっと痛快だった。あんな言い方をすれば殿様はヘソを曲げるかもしれないが、それで怒るようなら結構だという態度が志渡らしいと思った。

だが、相手は気を悪くした様子もなかった。

「それもそうだ。悪かったな」

素直に謝ると、漆原は逆に言った。

「で、何から訊きたい？」

「いや、だから……」

もう一度、志渡がため息をつく。

「そもそも、なんで俺なんですか。東京からもっと通いやすい場所にだって、馬を預かって調教してくれるところはあるでしょう。なのに、なんでわざわざ石狩なんです？」

「ふむ」

「それに、社長の言う調教の内容にしたって、俺にはいまいちよくわからんのです。競走馬とも乗用馬とも違うトレーニングっつうのが、具体的にどういうことを指すのか、さっぱりわからん。社長はいったいその馬で何をやりたいんですか。どこまでも走れる強い馬とやらに、何をさせようっていうんです」

畳みかけるように訊く志渡の言葉を、ちゃんと聞いているのかいないのか、漆原は天井を見あげて何やら思案していた。志渡が口をつぐんでもまだそのままでいたが、やがて、目を戻した。

「あんたは、エンデュランスというのを知ってるかね」

「エン……？」

「エンデュランス。〈忍耐〉とか〈持久力〉という意味だが、車やオートバイなどの長距離耐久レースのことも言う。で、馬にもそういう競技があるんだがね」

志渡の横顔が、はっとなるのがわかった。

そういえば以前、貴子も一緒にいた時だ。シャイアンのオーナー夫妻を外乗に連れていった際に聞かされたことがある。地図や矢印などを手がかりに、野山にめぐらされたルートを馬でたどり、ゴールまでのタイムを競う競技。相当に長い距離を、まる一日かけて走破するのだとか言っていた。

あのとき志渡は、面白そうですねと話を合わせていたが、後になってから、ご苦労なことだなあと苦笑いしていた。野山を走るなら外乗で充分じゃないか、なんでわざわざ競走しなきゃならないんだ、と。

「長距離を走ると言ってもだね」と漆原が続ける。「もちろんずっと駈歩で行くわけじゃない」

「そりゃそうでしょ」

志渡は、煙草をもみ消した。

「そんなことしたら、どれだけ鍛えられた馬でもつぶれちゃう。立ち乗りの速歩ですか？」

「そうする場合もあるが、ほとんどは軽速歩だな」

「あたしそれ、大好き」

まりもがとんでいって口をはさんだ。貴子はひやりとしたが、漆原は小さな目を細めた。

「好きって、軽速歩がかね？」

「うん。スットンスットンっていうリズムが、うさぎの餅つきみたいで気持ちいいの」

「ははは、そうか。餅つきか。さっきも気持ちよさそうに乗っていたものなあ。無駄がなくて軽やかで、とても上手だったよ」

ほめられて、少女が嬉しそうな顔になる。

「ただ、エンデュランスはタイムを競うレースでもあるんでね。足もとのいいところでは、全速力ではないにせよ、馬を走らせるよ。そのあたりの判断はそれぞれの馬の能力と、レースの組み立て方によるね。へたに走らせすぎて心臓に負担がかかっては、獣医検査でたちまち失権になってしまう」

「獣医検査？」

訊き返す志渡に向かって、漆原はにやりとした。

「そう。エンデュランス競技のいちばんの特色はだね、途中で何度にもわたって獣医による馬体の健康チェックがあることなんだ」

どこか誇らしげな口調だった。

「百マイル、つまり百六十キロ競技ともなれば、もちろんいっぺんには走れない。コースの地形にもよるが、全体が何十キロかずつ、多くは六分割くらいの〈レグ〉と呼ばれる区間に分けられていて、スタート前とゴール後を合わせると全部で七回からそれ以上もの獣医検査を受けなくちゃならない。それぞれのチェックポイントで、獣医がチェックシートをもとにいちいち細かく検査をするんだ。馬の心拍数や呼吸数が正常の範囲かどうか、脱水症状を起こしていないか、目は血走っていないか、鼻の穴や歯茎の色は、歩様はどうか、肢をかばったり引きずったりしていないか……。その上で〈すべて異状なし〉と判断されない限り、その先の競技を続行することはできないんだよ」

「へばった馬を途中で替えることはできないんですね？」

「できない」

「最後まで、一人と一頭？」

「そうだ。乗る人間がどれだけ元気でも、馬に異状があれば、人馬ともに失権となってしまう。あるいはその前に自分から棄権するかだな。この競技で何より重視されるのは馬の健康状態だからね。ゴールの後の最終チェックにおいても、その馬がこのあともまだ平然と競技を続行できるほどの余力を残していると判断されない限り、合格・完走とは認められないんだ。――ああ、ありがとう」

最後のは、目の前にコーヒーを置いた貴子への言葉だった。

ハンドドリップで淹れたコーヒーの香りがクラブハウスに充ち満ちている。貴子がテーブルから少し離れた窓際のベンチに腰をおろすと、まりもも自分のコーヒー牛乳を持って隣に座った。

「要するに、乗り手はよほど頭を使わなくちゃならないってことなんだよ」

熱そうにコーヒーをすすった漆原が、旨い、と呟く。

「タイムを競うからといって、速く走ればそれでいいわけじゃない。勝つためには、いやそれ以前にまず完走するためには、馬の体調をどれだけ良い状態に保つか、どうしたら馬の肢や背中に負担をかけずに済むかを懸命に考えながら、乗り方を工夫しなくちゃならない。なおかつ、コースの特徴に合わせたレース運びを戦略的に組み立てて、タイムを縮めていかなくちゃならないということなんだ。わかるかね、志渡くん。要するにエンデュランスというやつは、ほかのどんな乗馬競技よりも、馬という生きものに対してフェアであることを要求される競技なんだよ」

だからこそ、馬のことを誰よりもよく知る人間が勝つのだと、漆原は言った。

「もちろん、自然の山の中を走る以上、途中でどんなアクシデントが起こるかはわからない。たとえ最高の馬と最高の乗り手が組んだからといって、必ずしも勝てるわけじゃない。だが少なくとも、馬を知らなければ絶対に勝てない。それはわかるだろう？」

「ええ、わかります」

「俺はね。もう何年も前にひょんなことからエンデュランスに興味を持って、まずは海外の大会に出まくったんだが……」

「いきなり海外ですか」

「ああ、アメリカやオーストラリアのね。そのほうが目標の達成には近道だったたから」

「何ですか、目標って」

「とりあえずそれはいい。とにかく、日本でも何年か前から、この競技がようやくぼちぼちと浸透してきてね。北海道の各地や本州を合わせると、冬を除いては毎月のように大会が開催されている」

「そんなに？」

貴子が思わず漏らしたひと言を聞きつけて、漆原はこちらに目を向けた。

「そうなんだ。知らなかったろう。それくらい、この国ではまだまだマイナーな競技だってことだよ」

口をへの字に曲げて苦笑いする。

「海外での選手権では、百六十キロを二十四時間以内に走破するのが当たり前なんだが、日本では今のところ百二十キロまでの競技がほとんどでね。出場する馬の数はだいたい、二十キロのトレーニング・ライドから百二十キロ競技まで、各距離を全部合わせても、そうだなあ、平均三十頭前後かなあ」

「日本ではどうしてやらないの？　……んですか？」

そう訊いたのはまりもだった。

「ん？　何をだね？」

「百六十キロ。どうして日本では、百六十キロのが少ないんですか？」

ずいぶん真剣な表情だった。

「いい質問だ」

漆原は、少女の目を見て言った。

「簡単なことなんだよ。馬も人もいないんだ」

「いない?」

「ああ。それだけの距離を完走できるだけの力を持った馬も、あるいはそれだけの距離を馬に完走させられる技術のある人間も、どちらもまだほとんど育っていないんだよ、この国には」

「……ふうん」

少女は思案げに頷き、なおも訊いた。

「おじさんは、北海道の大会には出ないの?」

こら、おじさんは失礼でしょ、とたしなめる貴子に、

「いいよ、おじさんで」

漆原は鷹揚《おうよう》に笑った。

「いや、俺も国内大会には何度も出場しているよ。でないと体がなまってしまうからな」

「そういう時に乗る馬はどうしてるんです?」

志渡が訊くと、

「そこなんだ。まさにそこなんだよ、志渡くん」

漆原は座り直し、力をこめて語り始めた。

曰《いわ》く、海外では、馬を借りて出るのが当たり前だった。何週間も前から現地入りし、競技当日に実際に乗る馬でコースを走って練習をして、といった形がだ。

だから、日本での大会にエントリーし始めたころも同じように考え、馬は、とある乗馬クラブから借りて出場していた。当然、六十キロまでしか走れない馬と百二十キロを走れる馬とでは、貸し馬代が違う。それだけではない、北海道は広い。その時々で競技会場が遠く離れたところにある時は、そこまで運ぶ馬運車代《ばうんしゃだい》なども含めると出費がばかにならないのだが、それもまあ仕方がない、海外遠征に比べればはるかにましだ、そもそも自分が好きでやっていることなのだから……そう思ってきた。だが、しかし――。

そこまで話して、漆原は、不味《まず》いものを口に含んだような顔をした。口直しのように、冷めかけたコーヒーをすする。

「何かトラブルでも？」

水を向けた志渡に、漆原は苦い顔のまま頷いた。

「俺がふだん関わっている世界も、きれい事だけでは済まない話が山ほどある。互いに相容《あいい》れない相手だっているし、そういう人間とも時と場合によっては笑って仕事ができるもんだがね。俺は……どうしても、あの男だけは許せない」

「あの男？」

「その、馬を借りていたクラブのオーナーだよ。そいつは、たまたま日本のエンデュランスの黎明《れいめい》に関わるようになって、誰より早くそれなりの馬を作るようになり、自分のところの会員に貸し、やがては外部の者にも貸し出すようになった。はっきり言って他で借りるよりはだいぶ割高だが、そのかわり、勝とうと思えば勝ちにいける馬だった。少なくとも日本の大会でならな。途中までは、お互いうまくやっていたんだよ。一緒に飲み食いすることもあったし、話好きで世話好きな、基本的に気持ちのいい男だと思っていた。自分のやり方に拘《こだわ》りすぎるという意味でいささか頑迷なところはあるにせよ、そりゃお互い様ってもんだ。しかし……去年の夏の大会から、事情が変わってしまった」

志渡が、黙って言葉の続きを待つ。

漆原は、ため息をついて言った。

「そいつが言うにはな。俺が、やつの馬を乗りつぶした、と」

「乗りつぶした？」

「百二十キロ競技を半分ほど走ったあたりだった。乗っていた馬が、峠道で急に調子を崩して、前へ進まなくなってね。暑さでバテたか、これは俺が下りて曳いて歩くかなと思っていたら、下りるより先に、めちゃくちゃにふらふらと千鳥足《ちどりあし》で歩いて……突然、ばったり横倒しになってそのまま死んだんだ」

ひゅっ、と息を呑んだまりもが両手で口もとを覆った。

貴子は急いで手をのばし、その肩を抱き寄せてやった。貴子自身、喉のところに白い塊がつかえているようだった。

「……すまん」

漆原は言った。外では陽光に照り映えていた頭が、急に色艶《いろつや》を失ったように見えた。

「原因は？」

「心臓麻痺」

「なるほど。それで？」志渡は、冷静に先を促した。「本当のところはどうなんですか。つまり社長の側から見て、ということですが」

「ああ、わかってるさ。物事は見る角度によってまるで様相が変わってくるものだからな。だが……」

漆原は、大きく息をついた。

「俺から言わせてもらえば、まったくもってとんだ言いがかりだよ。馬は、確かにかわいそうだった。本当にかわいそうだった。この気持ちは、乗っていた馬にいきなり死なれた者にしかわからんだろうな。まかり間違えばこっちが下敷きになって大怪我をしていたところだが、それどころの話じゃない、目の前で痙攣《けいれん》しながら息絶えていく馬の腹帯をゆるめてやりながら、やりきれなかったよ。相手は、生きものだ。何だって起こりうる。だが俺がその日にたまたま競技になど出なければ、こいつは死なずに済んだのかもしれん。厩舎でじっとしていたなら、心臓が多少ばくばくするだけでひとりでに治っていたのかもしれん。……そう思ったら、なおのことやりきれなかった。だが、信じてほしい。俺は、断じて、断じてあの馬に、常識をこえる無理などさせていない。エンデュランス競技に関わるようになって以来、どれほど馬のことを研究し、乗り方も考え抜いてきたか……そんじょそこらの獣医なんぞ敵《かな》わないほどの知識を身につけてきたんだ。それを、あの男は勝手にド素人扱いして、この俺が――この俺がだぞ、山の中の誰も見ていないところで無茶苦茶な乗り方をしたから、自分の馬は心臓が破れて死んだ、と言い立てたんだ。スタート前の獣医チェックをきれいにパスしている以上、馬の健康状態に問題はなかったはずだ、とね」

「周りは、向こうの言い分を?」

「あいにく俺はよそ者だし、相手は地元の人間だからな。わかるだろう？」

「ありがちな話ですね」

と志渡は言った。

「そういうわけでな。あいつの根も葉もない申し立てによって、俺は思いっきり顔に泥を塗られたわけだよ。人として最低の、不名誉な烙印《らくいん》を押されたんだ。〈東京の漆原一正は、勝つためならば馬の一頭や二頭、死ぬまで走らせようが使い捨てようが気にも留めない人間だ〉とね」

漆原が口をつぐむと、部屋の中は静まり返った。決して激しい口調ではない、むしろ淡々と語られていたはずなのに、あまりにも生々しく感じられた。まるで、死んだ馬の赤剝《あかむ》けの心臓が目の前のテーブルに載っているかのように。

貴子もまりもも、何も言えなかった。息を詰めるようにして、志渡の言葉を待つ。

「いや、すまん」

漆原が背筋を伸ばし、両手で顔をごしごしとこすった。

「話がすっかり回りくどくなったな。まあ、そういったようなわけで、一年ほど前からは誰からも馬を借りずに、自馬で競技に出るようになったんだ」

「そんな目にあったのに、いっそ競技自体を止めてしまおうとは思わなかったんですか」

「はっ」

漆原は鼻先で嗤《わら》った。

「まったく思わんね。あんな男のでたらめな言い分に負けて、おめおめと引き下がるなんざ冗談じゃあないよ。ふざけるなって話だ」

いらいらと膝を揺すりながら窓の外を見やる。

「むしろ、あの男に正々堂々と勝つためにこそ、わざわざ海外から血統のいいアラブ馬まで輸入したんだ。しかし、自国ではちゃんとした成績を残していたはずの馬なのに、どういうわけかなあ……」

「こちらでは成績がはかばかしくない、と」

「ああ、残念ながらな」

「それで俺に調教をってわけですか」

「そういうことだ」

志渡が、黙って煙草をもう一本抜き出す。今度は吸っていいかと訊かなかった。ジッポーを擦って火をつける時、ふと、貴子と目が合った。じっとこちらを見つめたまま、志渡はカチリと蓋《ふた》を閉じた。

「もう一度うかがいますけどね。なんで、俺だったんですか」

漆原は、まばらに生えた白っぽい無精ひげをぽりぽりと掻《か》いた。

「ふむ。エンデュランスに興味は持てんかね」

「そんなこと言ってねえしょ」

苛立って土地の言葉が出る。

「そのもっと前の段階の話です。おたくさんみたいな人からしてみれば俺なんか、海のものとも山のものともつかん、それこそ馬の骨でしょや。そんな人間に、わざわざ輸入してまで手に入れた大事な自馬を任せようだなんて、いくらなんでもおかしいしょ」

「つまり、逆に俺を信用できん、と？」

「有《あ》り体《てい》に言えば、そういうことです。うまい話には裏がある、ってね」

漆原は、小さな目をさらに半眼にして志渡を眺めた。まわりの人間の居心地が悪くなるほどの間、そうしてまじまじと眺めていた後で、ふと、呟くかのように言った。

「富良野の、高岡恭介《たかおかきようすけ》」

びくりと志渡の指が跳ね、煙草の先から灰が落ちた。

「知っているな？」

志渡は、黙っていた。傍《はた》から見ても、ただ黙っているだけで相当の努力を必要としているのがわかった。顎の筋が強ばっている。奥歯に相当の負荷がかかっているのだ。

「だったら、どうだって言うんですか」

食いしばった歯の間から、志渡がようやく言葉を押し出す。

「じつはな。俺をこけにした、その乗馬クラブのオーナーというのは、」

「待った」

遮《さえぎ》り、志渡は睨むように漆原を見やった。

漆原も、志渡を見つめ返す。対照的に、観察するかのような冷徹なまなざしだ。

と、ふいに志渡が、煙草をはさんだ手を額に押しあてた。

「……なんなんだよ、そりゃ」

かぶったままだった帽子を脱ぎ、がしがしと髪をかきむしりながら、ちきしょう、と漏らす。

初めて目にする志渡に、まりもが半分泣きそうになっているのがわかったが、貴子にもどうしてやることもできなかった。動くことすらはばかられるほど、空気が張りつめている。

富良野の高岡恭介——初めて聞く名前だった。

だがそれだけで、志渡はこんなふうになるのだ。触れればこちらの腕一本とびそうなほど剣呑《けんのん》な刃物に。

どれだけたったただろう。実際は短い時間だったのかもしれない。志渡が、ようやく自分の中に渦巻く何かを力ずくで押しこめ、低い声で言った。

「……で？　誰がおたくさんに、俺と高岡の因縁話をしたんです」

漆原の答はあっさりとしたものだった。

「東京からしょっちゅうここへ来る女性がいるだろう」

「女性？」

「編集者の近藤理沙」

え、と身じろぎした貴子やまりもをちらりと見て、漆原は続けた。

「じつを言うとな。あれは、俺の娘なんだ」

「はああ？」

志渡の声が裏返った。まりもが、跳ねるように顔をあげて貴子を見る。

平静を装うのに苦労しながらも、貴子は、（びっくりだねえ）というふうに目を丸くしてみせた。——近藤理沙。どうしてまた、ここで彼女が関わってくるのだ。

「なんだ、あんたたち。そんなに驚くこともないだろうが」

「驚きますよ、そりゃ」

「そうか？　別れた前妻との間にできた一人娘なんだがね。いまだに、俺とも今の女房とも仲良くしてくれている。ああ見えて親孝行な娘なんだよ。ただ、芸能界にはまるで興味がなくてなあ。好きな仕事をしたいと言うから何かと思えば、あんなやくざな仕事に就いてしまった」

芸能界のほうがよっぽど、とおそらくは志渡も思ったはずだが、さすがに口には出さなかった。

「ほんとうは、婿《むこ》でも取って俺の跡を継がせたかったんだがなあ」

漆原は言った。ふざけた口調でも、目は笑っていなかった。

「まあ、それはともかく――あいつが言ったんだよ。本気で高岡恭介に勝てる馬を作りたいって思うんだったら、志渡銀二郎を引き入れない手はない、ってね。どこの誰だそいつは、と俺はもちろん訊いたよ。どういうヤツなんだ、と。そうしたら理沙のやつ、言うに事欠いて、日本のホース・ウィスパラーだと思っとけばいい、ときたもんだ。知ってるか、あんた、あの映画。メロドラマみたいな甘々の筋立てはいただけなかったが、あの映画でレッドフォードに馬の扱いを教えた調教師が、バック・ブラナマンといってな。本物のホース・マンであり、ホース・ウィスパラー——馬と話せる男なんだよ。で、俺が以前から彼のやり方に心酔しているのを知っている理沙がそこまで言うんだから、志渡銀二郎というのはよほどの人物なんだろうと思った。だからこそ時間を取って、はるばるあんたに会いに来たというわけだ」

漆原は言葉を切り、まっすぐに志渡を、そして貴子を見た。初めてここを訪れた時から今までで、最も真摯《しんし》な視線だったかもしれない。

「これだけは誤解のないように言っておくがね。あんたと高岡恭介との確執についてはオマケみたいなものであって、何もそれだからあんたを誘ってるわけじゃない。俺自身、あの男のやり口への怒りと、エンデュランス競技への熱意とは、あくまでも別々に分けて考えたいんでね。そこはわかってもらいたい」

志渡は、黙っていた。

「理沙は、男からすると生意気で可愛げのない女かもしれんがね。父親から見れば、いくつになっても可愛い娘だ。しかしそういう親の欲目をまったく抜きにしてもだな、志渡くん。俺は、この世の誰より、あいつの目を信用しているんだよ。物であれ人であれ、その中からごくわずかなホンモノだけを見抜く目をね。あいつが編集を任される雑誌がことごとく成功して売れているのも、おそらくはその目があればこそだろう。まったく、つくづくうちの会社に欲しい人材なんだがなあ」

ぼやきのような漆原の言葉に、志渡が、思わず苦笑いをもらした。ようやくいくらか余裕が戻ってきたようだ。それを見て、貴子の腕と触れあっているまりもの肩先からもほっと力が抜ける。

「どう聞いても、親の欲目にしか聞こえませんけどね」

志渡の言葉に、漆原は笑いだし、だがすぐに真顔になった。

「馬の件については、今すぐ答えてくれとは言わんよ。だが、真剣に考えてみてくれると嬉しい。ちなみに俺としては、この間ここへ来てからもうひとつ考えていることがあってね」

「まだあるんですか」

あきれたように志渡が言う。

「いいじゃないか。俺は退屈が何より嫌いなんだよ」

漆原は、飄々《ひょうひょう》と言った。

「何かというとだね。まりもくんのことなんだ。もしも志渡くん、あんたが俺の馬を見てくれるのなら、俺のほうは彼女の面倒を見てみたいんだが、どうだろう」

「は？　なんですと？」

志渡がまりもを見る。貴子も隣を見た。少女は、難しい話の途中で自分の名前が突然出てきたことにぽかんとしている。

「まりもの、何をどう面倒見ようっていうんですか」

するとが漆原は、じわじわと笑みをひろげた。貴子は「バットマン」のジョーカーを思い浮かべた。

「その子に、一からエンデュランスをやらせてみたいんだよ。もちろん、あんたが調教する俺のところの馬で、〈G／E〉のロゴをしょってもらってね」

少女に向き直り、漆原はぐっと身を乗りだした。

「なあ、まりもくん。きみ、いま話していたエンデュランス競技に興味はないかね」

まりもが、隣で唾《つば》を飲みこむのがわかった。心細そうに、貴子に体を寄せてくる。

「馬の中でも最も美しいアラブ馬に乗って、野山を駆けめぐる。それも、大好きな師匠が調教して作りあげる、おだやかで優秀な馬だ。きみ、馬場の外で乗ったことはあるのかね？」

まりもが首を横にふる。

「なに、すぐに慣れる。外で乗るのは気持ちいいぞう？　おまけに競技だから、単なる遊びの外乗では味わえない緊張感まで楽しめる。スタートしてからだって、ゴールまで一人きりじゃないんだぞ。俺と一緒がいやなら師匠と出ることだってできるし、山の中のあらかじめ許可されているポイントでは、このお姉さんがきみを待ちかまえてて、汗をかいた馬の首筋を冷やしたり、水を与えたり、きみには飴《あめ》やチョコやおにぎりなんかを手渡してケアをしては、また送り出してくれる。『次のポイントで待ってるから、気をつけて頑張っておいで！』ってね。そうして、きみと馬は再び走りだす。春なら、新緑の山の中へ。秋なら、紅葉の谷間を見おろしながら。前や後ろの選手と離れたら、森の中に響くのは、きみの乗る馬の息づかいと、ひづめの音と、きみ自身が馬を励ます声だけだ。……どうだ、面白そうだろう」

まりもは引き込まれるように頷きかけたものの、ふと、ためらった。

「どうした？」

「でも……それって、競走なんでしょ？」

「ああそうだよ」

「じゃあダメだ。あたし、競走で一番にならなきゃいけないって思うと、おなか痛くなっちゃうんだわ。運動会のクラス対抗リレーの前とか、いっつもそうだったもん」

漆原は笑った。

「まりもくんは、気持ちが優しいんだな」

「そういうんじゃ、ないけど……」

「でも、だったらよけいに、きみはこの競技に向いてるよ」

「え、なんで？」

「いいことを教えてあげようか。エンデュランスには、世界共通の合言葉があるんだ。〈To Finish is To Win〉といってね、つまり、『完走することが勝つこと』という意味だ」

「完走……することが、勝つこと？」

「そうだ。自分の乗っている馬を大事にいたわって、最後まで元気で無事にゴールできることこそが、勝利に等しい。しかも、上位で完走した馬たちの中で、最も健康状態がよかった一頭には、ベスト・コンディション・ホース賞という、優勝以上に名誉ある賞が与えられるほどなんだよ」

「うそ、優勝よりえらいの？」

「そうさ。もちろん、優勝もして、さらにベス・コンまで取れればもっと素晴らしいがね」

「へーえ。すごいねえ、それ」

目を瞠っている少女を見つめ、

「どうだね、まりもくん」

漆原は、小さな目の端に盛大に皺を寄せた。

「この競技、ここにいるみんなで一緒にやってみないか。一番になってもなれなくても、楽しいぞう？」

3

映画俳優としての自分の才能には、早々に諦《あきら》めをつけた。ホンモノかどうかを見抜き、人の一歩先を読む眼力は、娘の理沙に遺伝するより前に、まずは漆原一正自身に備わっていたのだ。

とはいえ、最初から芸能プロダクションの社長業のほうが合っているとまで考えたわけではなかった。俳優養成所の同期生として出会った親友・織田健鉄《おだけんてつ》の才能に惚《ほ》れこみ、この男を最も輝かせる場を用意してやらねばとの思いが募るあまりに、はじめは所属俳優が健鉄ただ一人のところから始めた。それが後に、業界でも最大手のひとつ、押しも押されもせぬ〈G／E〉へと発展を遂げていくなど、あの当時は誰が予想しただろう。

持ちつ持たれつという言葉が、あれほどしっくりはまる関係もなかった。あまりにしょっちゅう一緒にいるものだから御神酒徳利《おみきどくり》などと呼ばれ、果ては男同士の関係を疑われて揶揄されたことさえある。

だがもちろん、そういうことではないのだった。漆原はふつうに女が好きで、一度目の結婚は早かったし、たとえ健鉄と二人きりになっても互いの間に色めいた気配が立ちこめた例しなどない。断言できる。

ただ、一度だけ——健鉄が任侠《にんきょう》映画の主役を張っていた時のことだ。人手が足りずに、監督の指示で漆原までがかり出され、いわゆる玉よけの役を演じたことがあった。

若頭役の健鉄が、敵対する組の差し向けた鉄砲玉に待ち伏せされ、あわや、という瞬間に、心酔する兄貴の目の前へ飛びだして身代わりに撃たれる弟分。ありがちな設定だが、まあせっかくだからと四肢を引き攣らせながら盛大にもがき苦しんでみせているさなか、抱き起こした健鉄から悲痛な声で名前を連呼され、がばと胸に掻き抱かれた時には、正直、妙な気分になった。この男のためなら、本当に死ねるかもしれない——女との色恋とはまったく別の陶酔、喩《たと》えるなら健鉄が神で、自分はその殉教者のような、そんな一種尊い心持ちだったのを覚えている。

乗馬も、健鉄に誘われて始めた。根っから真面目で融通のきかない彼は、どんな役どころでもスタントを使うのを良しとしなかった。

二人して信州の乗馬クラブまでせっせとニンジンを持って通い、馬の機嫌を取っては乗り方を覚えた。何年かたって大河ドラマの脇役の仕事が舞いこんできた時、健鉄はすでに、共演者の誰よりも自在に馬を乗りこなせるほどの腕前になっていた。

とはいえ、彼を一躍スターの座に押しあげたのは、ある有名作家による捕物帖《とりものちょう》を原作とした時代劇だったろう。無能な上司のもとで不遇をかこちながらも、自らの本分を全うすべく黙々と努力する男。その姿が現代サラリーマンの悲哀に重なったのか、じわじわと人気が出て、その後も続編が何本も制作された。主人公の不器用な生き方が健鉄の個性にぴたりと重なり、これ以上のはまり役はないほどだった。

遅咲きではあったが、もとより青春スターなどに向く顔立ちではない。演技が巧いというほどでもなければ、小技も利かない。それどころか、任侠であれ、侍であれ、頑固な職人であれ、コミカルな父親役であれ——何を演じても健鉄は健鉄でしかないのだが、むしろそれこそが味になっているのが不思議だった。彼が出るだけで画面には得も言われぬ情緒が漂い、味わいが増して、あとには深い余韻がいつまでも残るのだ。まさに、換えのきかない、唯一無二の俳優だった。

入院したのは八年前の春のことだ。

抗がん剤の副作用で髪がほとんど抜け落ちてしまった親友に合わせて、漆原は次に行く時、自分も頭をつるつるに剃っていった。

見るなり健鉄はあきれかえって言った。

〈ばかか、お前は〉

その目頭に透明なものが溜まっていくのを見て、漆原もまたあさってのほうを向き、同じ衝動をやり過ごさなくてはならなかった。

スキルス性の胃がんは、時に進行が早い。

漆原は願をかけるかのように頭を剃り続け、励まし続けたが、健鉄はとうとう最後に、これ以上は治療をしないことを自ら選んだ。

〈もういっぺんぐらい、お前と思いっきり馬を走らせたかったなあ……〉

それが、意識のはっきりした友と交わした最後の会話だった。

だから漆原は、その後も体が空く限り信州へ出かけていっては一人で馬に乗った。友とともに所有していた二頭の馬たちの、両方に等しく乗っては野山を駆けた。

時間が充分に取れない時など、もう一頭をカラ馬で曳いて走ることはあっても、他の人間は誰も乗せなかった。そうして馬たちのひづめの音を聞いている時だけ、今はもういない健鉄がすぐ隣にいるかのように感じられるのだった。スキンヘッドはいつしか漆原のトレードマークのようになっていた。

その頃には〈G／E〉もすでに売れっ子をたくさん抱えていたので、彼はやがて信州の乗馬クラブをスタッフごと買い取り、一般客向けに営業を行うほかに、所属タレントたちの乗馬訓練所として使うことを決めた。

馬に乗る技術があるというだけでも、役柄の幅は大きく広がる。大河や時代劇ばかりではない。ある年若い女性タレントは青春映画の主役に抜擢《ばってき》され、草原を馬で疾走するシーンをスタントなしで見事にこなして、結果、新人の登竜門とされる大きな賞を獲《と》った。今では会社の看板女優の一人になっている。

漆原は、所属する彼らに向かってくり返し言い聞かせた。

「換えのきかない存在になれ。唯一無二の存在に」

エンデュランスに出合ったのは、偶然だった。

親友が逝った、たしか翌年だったろうか。たまたまつけたテレビのドキュメンタリー番組が、アメリカはシエラネバダ山脈で行われる乗馬の耐久レースのことを伝えていたのだ。

テヴィス・カップ。その語感になんとなく引っかかるものを感じて音量をあげた漆原は、それがもう十年も前、つまり健鉄がぴんぴんしていた頃に興奮気味に話していた、まさにその競技であることに気づいた。

（――これのことか、健鉄！）

心拍が上がり、毛穴が全部ひらいた。食い入るように見入った。

まだ夜明けの気配すら感じられない漆黒の闇の中を、おびただしい人馬がひたひたとスタートしてゆく。あるいは、日を遮るものとてない荒野の炎天。馬一頭が通るのがやっとの崖っぷち。

「テヴィス・カップ・ライド」というのは通称で、正式な呼び名は「Western States 100 Miles One Day Ride」というらしい。読んで字のごとく、たった一日で百マイルを走破する競技ということだった。

コースとなっている山中の道は「トレイル」と呼ばれていた。十九世紀半ば、ゴールドラッシュに沸くカリフォルニア州へと一攫千金《いっかくせんきん》を夢見る人々が馬や幌馬車《ほろばしゃ》で旅をした、そのルートとなった山道を、彼ら出場者は一人と一頭で越えてゆくのだ。

峻険《しゅんけん》な山々、切り立った崖《がけ》、谷底を蛇行する白い糸のような川、昼なお暗い森。あまりの過酷さに、かつてはいったいどれだけの者が旅の続行を断念し、また力尽きて死んでいったことだろう。

　山の中へ入ってしまえば、当時も今も事情はさほど変わらない。何が起ころうが、携帯電話の電波は届かない。山奥の細い崖道にガードレールなどがあるわけもなく、一歩踏みはずせば谷底へまっさかさまだ。実際、出場した人や馬が死傷する例も少なくない。それでもなお、「自己責任」というひと言のもとに競技が続行されるところがアメリカのアメリカたる所以《ゆえん》だった。

　さらに漆原が驚いたことに、そうして命がけで百マイルを完走したとしても、優勝者にさえ賞金などは出ないのだった。ただ完走者全員にニッケルシルバーの――雑貨店へ行けば数十ドルで買えそうなバックルが、一つずつ、恭《うやうや》しく授与されるだけだ。

　しかしそのオリジナル・バックルは、このライドの存在を知る者にとっては最高の栄誉であり、絶大なリスペクトの対象なのだった。なぜなら、かの「テヴィス・カップ・ライド」を完走したということはすなわち、乗馬の技術、馬を労《いたわ》る優しさ、知力と体力、精神力と勇気、すべてにおいて超越的であるということの証しだからだ。

〈とにかく、フェアなんだよ〉

　あの時、健鉄が前のめりに語った言葉が思いだされた。

〈アメリカ人の好きなフェアネスの精神が、最も純粋な形で表れてるレースなんだ。

どうだい、漆原。もっと練習を積んで、一緒に出てみないか？　ちゃちなバックル一個のために命を賭けるんだぜ。そんな馬鹿ばかしい人生、最高じゃないか〉

――そうだな、健鉄。

番組が終わる頃、漆原はすでに決めていた。

――エンデュランスをやろう。俺一人でも、このテヴィス・カップ・ライドに出る。そして、出るからには完走してみせる。

二度目の妻からも、一人娘の理沙からも、年を考えるようにとたしなめられたが、もちろん聞き入れるつもりはなかった。人生が下り坂に差し掛かってもまだ挑戦できることがある。そう考えると血が沸いた。仕事の成功とともにどこかけだるく飽いていた日々に、いま再び新しい光が射してきたように思えた。

何も知らないうちは、健鉄とともに可愛がっていた馬たちで出られれば、などと甘いことを考えたものだったが、遊びの外乗ならばともかく、彼らは百マイルという長距離を走るには向かない。馬の種類によって、競技にも向き不向きがあるのだ。

その点、海外のエンデュランス競技に多いアラビアン・ホースは、その名の通りアラブの砂漠民族に育《はぐく》まれた馬だ。乾ききった砂漠で生き抜く彼らは、どこまでも水を求めて走り続けるうち、心肺機能が素晴らしい発達を遂げていった。競技中に何度もくり返される獣医検査においては、一定の時間内に心拍数が規定値まで下がるかどうかが大きなポイントになる。その一点だけでも、アラビアン・ホースこそはエンデュランスにもってこいの馬だと言えた。

調べてみると、「テヴィス・カップ・ライド」に出場するには、六年以上の乗馬歴を持ち、なおかつ本番以前に公式競技で五十マイルの距離を六回以上完走しておかなくてはならない、というルールが定められていた。五十マイル——つまり八十キロを少なくとも六回完走。それでなくとも危険なライドに、相応の技術を持たない者を出場させるわけにはいかないという配慮には違いないが、クリアするには相当の努力を必要とするルールだった。

会社を妻と部下たちに任せ、漆原は日本とアメリカ各地を往復し、一度などオーストラリアまで遠征しては、転戦に転戦を重ねた。そうして、公言したとおり一年以内にその完走距離のノルマをクリアしたばかりか、夏前には「テヴィス・カップ・ライド」のゴール地点となる町、カリフォルニア州オーバーンに入り、滞在しながらコーチに付いて特訓を積み、なんと初出場で見事、世界一過酷とも言われる百マイルを完走してみせたのだった。

だが、それだけで満足する漆原ではなかった。一度きりの完走なら同じ日本人にも前例はある。所属タレントたちに向かってあれだけ〈唯一無二〉を標榜してきた自分が、ここで満足してしまうわけにはいかない。

続けて翌年もエントリーした。その翌年も。またその翌年も。

気がつけば、完走は連続五回になっていた。当然シルバーバックルも五個。日本人としては初、現地のアメリカ人でさえめったに達成できない快挙だった。

その頃には、日本でもだんだんとエンデュランスが知られ始めていた。

漆原も、当初は軽い気持ちで日本の大会に参加してみた。馬そのものや大会運営について、本場で得てきた知識をもってすれば、日本におけるエンデュランス競技の発展に協力できるのではないか、との思いもあった。

しかし現実は、漆原の想像とは遠く隔たっていた。日本のエンデュランス界はまだ、試行錯誤どころか混沌の真っ只中にあって、いわば洋行帰りの漆原の意見など聞き入れる段階にはなかった。もっとはっきり言うならば、お呼びでなかった。

漆原特有の、歯に衣着せぬ物言いも、要らぬ敵を作るもとだったのかもしれない。

そのことは、娘の理沙からくどいほど説教された。

「パパはね、言わなくていいことを、言わなくていい時に言い過ぎるのよ。同じことを言うんでも、角が立たないようにもっと言葉を選べばいいじゃない。パパほど賢い人が、相手の目線まで下りてモノを言うってことがどうしてできないの？」

「どうしてって、失礼じゃないか、そんなことは」

漆原は反論した。

「相手の目線まで下りるってのは、相手を下に見ているからだろう。それくらいなら、角なんかいくら立ったって結構だよ。同じ土俵で話が通じないのなら、わざわざそんな相手とわかり合う必要はない」

いま思えば、理沙の言い分にも一理はあったのだろう。それこそ、富良野の高岡恭介と決裂したあの事件にしても、それ以前の段階で、知らぬ間に自分のきつい物言いが楔《くさび》のようになり、相手との関係に亀裂を生じさせていたことが遠因だったかもしれないのだ。

漆原は、娘から聞かされた高岡恭介と志渡銀二郎との確執を思った。詳しい事情までは理沙も知らないと言っていたが、志渡の側からすれば、とうてい許しがたい裏切りがあったらしい。

親友同士だったという高岡と志渡の関係に、漆原はどうしても、かつての自分たちを重ねずにいられなかった。健鉄との間柄、そこに流れていた確かな情の温《ぬく》みを思えば思うほど、人ごとながらやりきれなくなった。

日々が、馬漬けだった。

妻に経営の才があるのをいいことに、細かい判断はすっかり任せて、自分は馬に耽《たん》溺《でき》していた。所属のタレントたちから、まるで馬にやるニンジンのために働いている気がする、と笑われるくらいだった。

何のためにそこまでして乗るのかと問われても、その問い自体が無意味だと漆原は思う。

ただ、今はもう、人から借りた馬に乗るのでは食い足りない。自分の馬を調教し、体格も能力も、魂までも理想のかたちに作りあげ、その馬で彼の地での百マイルに挑戦したい。

そしてゆくゆくは、世界に通用する乗り手を育てていきたいという野望もあった。日本の中だけで競い合って満足するのではなく、世界選手権にも挑戦できる選手、はてはオリンピックの種目として認められた際にも堂々と送り出せる選手として、今から新しい才能を見つけ出し、伸ばしていってやりたい。

馬も乗り手も、自分が調教してトレーニングできるものならと思うが、さすがにそうもいかない。馬に乗るのと、馬を育てるのとはまったく違う作業だ。

だから、理沙に志渡銀二郎の話を聞かされた時は一瞬もためらわなかった。新千歳までなら、飛行機に乗れば一時間半ほどだ。そこから石狩までも、どういう距離ではない。気が向けばいつでも行き来できる。信州に通うのと変わらない。

とりあえずは話をしてみるべく会いに行き、志渡の人柄に触れた。

偏屈だが、面白い男だと思った。親友を失った頃の自分と、どこか似ている気もした。何か大きなものをあきらめ、けれどあきらめきってしまうことを自身に許せずにいる、そんな目をしていた。それでいながら、一番弟子の少女に注ぐまなざしだけは、傍で見ているほうがせつなくなるほどの慈愛に満ちているのだった。

実際、漆原自身、あの少女が馬を駆るところを初めて見た時の昂揚《こうよう》は今でも忘れられない。あんなにも楽な乗り方があるのかと感動すら覚えた。未熟ではあるが、すでにして無駄な力がどこにも入っていない。巧さすら感じさせないほど自然だった。まさに人馬一体のケンタウロスだ。ケンタウロスはおそらく、巧く走ろうなどとは考えもしていないだろう。

話してみると、少女の受け答えははきはきしていた。物ごとの理解も早い。気は優しいが芯は強い、と言ったのは志渡だ。そして何より、なかなか愛らしい顔立ちをしている。

見つけた、と漆原は思った。この子だ。この子を育てよう。

――岩館まりも。

名前も、そのままで悪くない。

4

「何を考えてるのかわからなくないですか?」

と、貴子は言った。

プロダクション〈G/E〉のことにはあれほど詳しかったわりに、彼女は漆原社長の申し入れにはあまり気乗りがしないようだった。

むろん、自分からそんな差し出がましいことを口にする彼女ではない。志渡のほうから、どう思うかと訊いたのだ。

預かる馬が増えれば当然、収入も増える。預託だけでなく調教まで任されるとなればなおさらで、〈シルバー・ランチ〉の将来を考えれば迷う余地もないほど良い話であることはわかっているはずなのだが、貴子は漆原への警戒を隠さなかった。

「まあなあ。したけど、それはある程度しょうがないしょ。まだいっぺんしかまともに話してないんだしさ」

「そうですけど、そういう意味だけじゃなくて。ああしてここで話をしてる時でも、なんて言えばいいのかな、こう、上から押さえつけられるような威圧感があって……私、あの社長が最初に志渡さんと話してるのを、馬場の向こうから見ただけでも緊張したくらいだったんです」

「たしかに、迫力のある人ではあったよね。どうもこうもマイペースだったし。したけど、じつは俺はそんなに嫌な感じは受けなかったんだわ。だいたい、ああいう類《たぐい》の仕事しててちっとも迫力がなかったら、それはそれでまずいしょ」

「そうですけど」

と貴子がくり返す。

「けど？」

「なんか、顔が笑ってる時でも目が笑ってなかったり、逆に、真顔なのに目だけが笑ってる時もあったりして……なんか、笑い方がジョーカーみたいだった」

「ジョーカー？」

「バットマンの。ほら、ジャック・ニコルソンが演《や》ってた」

「ははあ、なるほど。うまいこと言うね」

「その印象もあって、なんとなく油断ならないっていうか、不安にさせられるっていうか……。ごめんなさい、これからお付き合いが長くなるかもしれない人のことを、こんなふうに言いたくないんですけど」

「いや。貴ちゃんの言う意味はよくわかるよ」

「すみません」

貴子が、目の前に淹れたての紅茶を置いてくれる。まりもの前にはミルクと砂糖たっぷりの一杯。マグカップは彼女の好きなミッキーマウスだ。

最近、人が来た時でないとコーヒーが出てこなくなったのは、こちらの胃を気遣ってくれてのことらしい。ありがたいことだと思うと、志渡は、たまにはコーヒーが飲みたいとはなかなか言いだせずにいる。

まりもによれば、志渡の胃のためには紅茶のほうが、と最初に指摘したのは近藤理沙だったそうだ。

〈貴ちゃん、すごく気にしちゃったみたいだよ。これまで、志渡さんが好きなものをと思ってどんどんコーヒー淹れてたから、それでよけいに胃を悪くしちゃったんじゃないかって〉

〈いや、全然そんなことはないんだけどな〉

よくわからないが、なんとなく、この問題はあまり深く突きつめないほうがいいような気がした。

ちなみに漆原社長へのまりもの印象は、貴子とは逆だった。

「あたしの面倒を見るとかいうのは、よくわかんないからおいとくとしてさ。したけど、何考えてるかはだいたいわかるしょ。たぶんあのおじさんって、口で言ってることしか考えてないよ。っていうか、ほんとに思ったことしか言わない人だよきっと。いいことも、悪いことも」

そのあたり、志渡もどちらかというとまりもに近い感覚だった。

表情を読もうとするから、ややこしいことになる。口で言ってることしか考えてない、というまりもの感覚は鋭いように思えた。

漆原という男はおそらく、こちらが忖度《そんたく》しようと思っても無駄なのだ。彼の側でこちらを気に入れば気に入ったようにふるまうし、気に入らなければ歯牙にもかけない。裏表がないというのともまた少し違って、なんと言えばいいのだろう、腹の底では裏表どころか十重二十重《とえはたえ》に考えをめぐらせているのだが、いざ口に出すときにはすでに決断を下したあとなので、こちらはもう裏を読む必要がない。そんなふうな感触だった。

——エンデュランス。

以前耳にした時は、何が悲しくて地図を片手に競走なんかと思ったものだが、今では印象ががらりと変わっていた。漆原の話術に乗せられたとは思えなかった。聞けば聞くほど、これまで自分が馬に関して試みようとしてきたこと、その都度ばかにされたり軽視されたりしてきたことが、実地で活かせる競技のような気がした。

それはつまり、馬の心を作る、といったようなことだった。乗り手と馬が、共に戦わなくては勝てない競技なら、核になってくるのは馬との間の信頼関係ではないのか。志渡はそう考え、それを証明してみせたいと思った。

「本場のレースは凄いぞ」

あの日、漆原社長は言った。おそろしく熱のこもった口ぶりだった。

「日本のエンデュランス界や各大会の運営スタッフが、それぞれに努力しているのは俺も認めるさ。まったくのゼロからここまでやってくるのは、そりゃあ大変だったろう。だがね、今のままじゃ早晩行き詰まるのが目に見えてるんだ。日本の大会でどれだけ努力してどれだけの距離を完走しても、今のところはあくまでも日本の中だけのことに過ぎない。世界へ出られる結果は残らない。たとえ何百マイルの完走記録を積みあげたところで、海外の試合に出場できるノルマをこなしたとはカウントされないんだよ」

「なんですか？」

「公式の資格を持つ審判員が、日本にはいないから。あるいは、海外から公式審判員を呼ぼうとしないからだ」

漆原は難しい顔で腕組みをした。

「それにね、最近出場してる人馬のリストを見ると、どの大会もほとんど同じなんだ。上位入賞者の顔ぶれもいつも決まっていて、新しく始める者がなかなか増えてこない。参加者が少ないから、貸し馬代は高い。高いから、小金持ち以外は参入できないし続けられない。こんな悪循環のままじゃ、世界に通用する選手なんか育つわけがないよ。どんな競技だって、目標を高いところに設定して初めて発展していく。それがこんな閉塞状態じゃ、いずれは頭打ちだ」

だったらどうしろと言うのか、打開策は考えているのかと志渡が訊くと、漆原は声を低めた。

「俺はね、志渡くん。アメリカから審判員を呼んで、世界公認の大会を開きたいんだ。そうして、馬と選手たちが日本にいながらにして、海外の競技に挑戦するための資格を取れるようにしていきたい。俺のように、年に何度も渡米してまで資格を取るような阿呆はそうはおらんだろうし、ふつうは事情が許さんだろうからな」

志渡は、あっけにとられて漆原を見た。

「何だね？」

「いや……立派な志だとは思いますよ。しかし、社長一人がいくらそんなこと言ったって、」

「不可能だと思うかね」

漆原は腕組みを解いた。

「そうかもしれんな。だが、不可能に見えることをやるから面白いんじゃないか。簡単にできることなんか、誰かに任せておけばいいんだ。俺にだって考えがないわけじゃない。信州にあるうちの乗馬クラブだが、あのまわりの土地を山ごと買い占めれば、一周四十キロのコースぐらいは作れると思うんだ。四十キロを四周すれば百六十キロ。それで審判を呼べば、日本国内で、公式の百マイル競技が行える。ま、ほんとうに実現可能かどうかはまだわからないが、有言実行ってやつさ。せっかく花火を打ち上げるならデカいのでなきゃな」

「……どうしてそこまで」

すっかりあきれて呟く志渡に、

「だから言ったろう。俺は退屈が死ぬほど嫌いなんだ」

漆原は、貴子が苦手だと言ったあの笑顔を向けた。


おいおい調べてわかったことだが、通常、競技に出場するための参加費や貸し馬代、会場まで馬を運ぶ馬運車代、競技中に人馬をケアするクルー代などは、合計すると十万から数十万にものぼるのだった。距離が延びていけばいくほど高額になる。借りるのは何せ生きものなのだ。車を借りるような簡単な話ではない。

それに加えて、選手当人や関わる人間の移動代、宿泊代、食事代……。それらのすべてを志渡と岩館家だけでまかなおうとするなら、競技にはせいぜい年に一度出られればいいほうだろう。小金持ちでなければ続かない、と言った漆原の言葉の意味がようやく胸に落ちる思いだった。

しかし、まりもに関しては、競技にかかる全費用を漆原が持つと言う。それも彼個人ではなく〈G／E〉がバックアップする形でだ。そこには、まりものクルーに付くか一緒に競技に出ることを前提に、志渡や貴子のぶんまでが含まれていた。それでいて馬たちの月々の預託料、調教とトレーニング料などは別立てで支払うと言う。

あり得なくないか、と志渡が言うと、漆原は肩をすくめた。

「簡単な話さ。〈エンデュランス選手・岩館まりも〉のスポンサーになろうと言ってるんだ。あんたたちは彼女専属のスタッフだから、すべては経費だ。なに、条件？　彼女がうちの会社のロゴをつけて、うちの馬に乗ってくれればそれでいい」

まりもの面倒を見たいというのは、要するにそういう意味だった。

「何せこのとおり、マイナーな競技だからな。費用対効果なんぞ、はは、今のところ皆無に等しいさ。それでも俺は、夢を見たいんだよ。日本で調教された馬に乗って、日本人の少女が耐久レースに出場。徐々に距離を延ばし、国際資格を手にして、とうとう世界の大舞台に挑む――。どうだね。これが番組の企画だとしたら、なかなか感動的だと思わないかね」

「まさか、社長……」

「いや、番組うんぬんは冗談だがね」

漆原は、小さな目もと以外をほころばせた。

「ああ、そうさ。俺は、最終的にはまりもくんに、あのテヴィスを走りきってもらいたいんだ」

エンデュランスと出合ったことによって、人生に光が射した――そんな意味のことを、何かの折に漆原が口にしていた気がする。

どうやらそれは自分も同じかもしれない。志渡は、そう思うようになっていた。〈シルバー・ランチ〉を立ちあげ、少ないなりに会員もいて、とりあえず生活は立ちゆくものの、未来に希望が持てるとは言いがたかった。焦るべきではないと自分に言い聞かせながらも、胸の内側を黒く塗りつぶされるような不安にうまく眠れない夜もあった。

漆原一正という男を、はたしてどの程度まで信じていいものかはまだわからない。もしかすると貴子の案じるように、腹に一物《いちもつ》も二物もためこんだ裏表のある人物なのかもしれない。

だが、一人の少女を守り育みながら、長距離耐久競技というまったく新しい世界へ飛びこんでみようかと考え始めて以来、志渡は軀《からだ》の奥底に何か種火のようなものが灯《とも》るのを感じていた。どうしようもなく閉塞していた自分自身に、思いがけず風穴があいたような感覚があった。

とはいえ、現実には一つずつ解決しなくてはならない問題が山積みなのだ。

あれからすぐに、漆原は自分のところのアラブ馬を三頭運んできた。手始めに二頭と言っていたくせに、気が変わったとのことだった。

慣れない環境に緊張したものか、着いてからしばらくは三頭とも落ち着かず、そのうち一頭は下痢が止まらなかった。これまで使われていなかった納屋にとりあえず三頭分の馬房を作る費用は漆原が出したが、頭数が増えればむろん、朝晩の飼いつけや掃除に時間を取られる。

　放牧も、ランチの馬たちと一緒にするのはためらわれた。群れの中で新たな上下関係ができあがるまでは小競《こぜ》り合《あ》いが必至だし、もしそれで競技に差し障るほどの怪我でもさせたらと思うと気が気ではなく、結局は裏手にある予備の牧草地へ放すことにした。となれば当然、柵もあちこち直さなくてはならなかった。

　その一方で、会員やビジターから外乗に出かけたいと連絡が入れば、断るわけにはいかない。ほんとうは馬のトレーニングをしたくても、あるいはまりもの練習に付き合ってやりたくても、海のコース、山のコースとお好みのままに案内しながら、話術で楽しませ、乗馬で満足させなくてはならない。

　漆原への信頼がどうこうという問題とは別に、さすがに全体重をそちらへ預けてしまうような危険は冒せなかった。ランチの経営そのものは、やはりエンデュランスとは独立させて考えなくてはならなかった。

　スタッフが欲しい、と志渡は真剣に思った。それも、今すぐ、即戦力として使えるスタッフが。

そう思ってから初めて、自分がいささか疲れていることに気づいた。

貴子の病院勤めもきつかろうが、この仕事、一人では夜勤明けの休みすら無いのだ。

5

「あ、あの人だよ!」

乗馬靴のひもを結びながらまりもが指差すと、隣にいた貴子は目をあげた。まりもの人さし指の先をたどって、設営テントのほうをうかがう。

「あの、青い服着たムーミンみたいなおなかの人さ」

「あの人が、何?」

「こないだのテストの時の監督さん。言ったしょ。答えがどっちだか迷ってたら、黙って指さして教えてくれたよ、って」

慌てて「しっ」と言い、貴子はあたりをうかがった。

「そういうことは大きい声で言っちゃダメ」

「だーいじょうぶだよう。一緒にテスト受けた人たち、みんなちょっとずつ教えてもらってたもん」

まりもは口を尖《とが》らせ、今日これから乗る芦毛のアラブ馬の肩を撫でた。まだ六歳と若いので、ファルコンみたいに純白とはいかず、背中から尻にかけてグレーの斑点がある。漆原が志渡に預けた馬のうちの一頭で、サイファという名前の牝馬だった。

スタートは六時。あと二十分くらいある。この日に合わせて、貴子は夜勤のシフトを調整して二連休を取ってくれていた。

長距離耐久レースとひとくちに言っても、最初から誰もが長い距離を走ってよいわけではない。騎乗者資格には細かい規則や条件が定められており、段階を踏んで一つずつクリアしていかなくては、ほんとうの〈競技〉に出場することができないのだ。

ライダーはまず、トレーニング・ライドと呼ばれる二十キロを完走し、同じく四十キロを二回完走し、六十キロの一回目を完走できた上で初めて、着順を競うことのできる六十キロの二回目、つまり〈競技〉への出場が許される。そして、さらにそれを完走した者だけが、八十キロ以上の〈長距離競技〉に出られるのだった。

加えて、まりもの年齢ではまだ、経験と資格を持つ誰かが同伴者として一緒に走ってゴールしない限り、出場も完走も認められない。八十キロ競技に至っては、十四歳になる年からでなければ出場できない。あれやこれやとなかなかに不自由だった。

とはいえ——夏からの二ヵ月足らずで、まりもはまず二十キロのトレーニング・ライドに出場し、同伴者として付き添ってくれた漆原社長と一緒にのんびりと完走を果たし、終了後にはエンデュランスC級の筆記試験を受けて合格していた。当初は、練習のためにランチのそばで外乗するだけでも怖かったのに、初めての二十キロが終わってみると、もっと走りたい、これじゃぜんぜん物足りないと思うほど楽しかった。

続いて、つい半月ほど前の大会では、四十キロの一回目を再び漆原に付き添われて完走し、エンデュランス限定B級の筆記試験にも（監督によるいささかのお目こぼしはあったにせよ）無事に合格した。これであとは、今からスタートする四十キロの二回目を完走できれば、次回の大会では六十キロの一回目を走れるというわけだ。

昨日は、昼間から開会式があった。今回は出場選手が各競技合わせて四十二人、馬もほぼ同じだけ集まったらしい。多いほうじゃないかな、と志渡は言った。

設営テントの前に集まった選手たちの前で、町長や議員が次々に来賓《らいひん》の挨拶を述べる。

まりもは、すぐに飽きてしまった。どうしてみんな、同じことをまるっきり同じ順番で喋るのだろう。初めは時候の挨拶、次が各地からお集まり頂いた選手の皆さんへの歓迎の言葉、それからこのあたりの土地柄への賛美、そして最後は明日からの競技のご健闘とご無事を祈って話が結ばれる。

「もしかして誰も、前の人の話を聞いてないのかな」

小声でささやいたつもりだったのだが、貴子はその時も慌てて、「しっ」と言った。

競技の各コースに関する説明が終わった後は、いよいよ馬体と歩様の検査があった。前回も、さらにその前の二十キロの時も同じような検査はあったのだが、まりも自身がまだ緊張でいっぱいいっぱいで、ようやく様子を観察する余裕が生まれたのは今回が初めてだった。

ブースへ馬を連れていくと、獣医たちがそれぞれ馬の心臓や脇腹のあたりに聴診器をあてては、一分あたりの心拍を数え、腸音をさぐり、ひものついた体温計を肛門に挿入して熱を測る。端にはクリップがついていて、計測しているあいだ尻尾に留められるようになっていた。測り終わったあとはひもを頼りに引っぱり出せるわけだ。

十数ヵ所のチェック項目をクリアすると、ようやく歩様の検査に進める。数十メートル向こうに円錐形のコーンが置かれ、選手は馬を曳いて軽く走りながらそこまで行って戻ってくる。コーンをぐるりと回る時だけは常歩に落として歩かせるというのが決まりだった。

その間、獣医たちは手前に集まって、馬の歩様に異状がないか、肢をかばったり引きずったりしていないかなどをチェックする。足もとだけではなく首から上も見るのは、馬がどこかをかばう時は頭や首を大きく上げ下げすることが多いからだ。

サイファは、体調も歩様も何もかもオールAで通過した。とりあえずは何よりだった。

「ねえ、貴ちゃん」

「うん？　どう、準備できた？」

「あのさ。今日の四十キロと、次の六十キロの一回目までは、競走しなくていいんだよね？」

「そうよ。一回目のノービス・クラスはまだ〈競技〉じゃないからね」

言いながら貴子が、サイファの腹帯をきゅっと締める。

「〈競技〉として着順を争えるようになるのは、六十キロの二回目から」

「争わなくていいよ」まりもは言った。「あたし、ずーっとトレーニング・ライドのまんまでいいんだけどな」

「まあまあ、今からそう決めちゃうこともないじゃない。馬での駆けっこも、やってみたら案外楽しいかもよ？」

「そうかなあ」

誰かと競うのが苦手なのは昔からだった。

自分以外の者が競り合っているのを見るのはいいのだ。小さいころ父親の蓮司に連れていかれた競馬場でも、だからこそ存分に胸弾ませることができた。抜きつ抜かれつする馬たちを見るだけで大いに興奮した。

けれど同じ競うのでも、自分が、となるとたちまち気持ちが萎《な》えてしまうのだった。漆原にも話したとおり、結果に対して責任の一端を負っているのだと考えただけでおなかが痛くなる。

こんなふうだから学校へ行けないのかな、とまりもは思った。

七月に〈シルバー・ランチ〉を訪ねてきた同級生たちの前で、ああして馬に乗ってみせてから後、まりもにとって学校はほんの少しだけ、怖いところではなくなった。夏休みが明けてからはちょっとずつ保健室登校も試みているし、行けば、岸田大地をはじめ藤原奈々恵や小林健一がひょっこり覗きに来てくれる。彼らとのお喋りは楽しかった。

でも、教室で授業を受けるのは、まだどう頑張っても無理だった。

教室という場所にはあらかじめ〈競争〉を連想させる空気が満ちている気がする。

まりもはその空気が嫌いだった。息を吸うだけで感電してしまいそうだった。

スタートを前にそわそわと落ち着かない様子のサイファの首筋を、貴子がゆっくりゆっくり撫でさすってやる。灰色がかった白馬がブルルル、と鼻を鳴らし、深い息をつく。

どうしてなんだろう、といつも不思議に思う。馬たちはみんな、貴ちゃんが触ると落ち着きを取り戻すように見える。看護師さんだから？　あの手には何か特別な力が備わっているんだろうか。

自転車競技用の赤いヘルメットをかぶり、選手ゼッケンや脛《すね》あてのチャップスも着け終わったまりもは、椅子代わりにしていた道具箱から立ちあがって広場を見渡した。

空模様がいくらか怪しいけれど、まだ雨が落ちてくる気配はない。

いつも練習している角馬場の二倍ほどある草地のあちこちで、毛色も体格も様々な馬たちが、それぞれのクルーから力のつく穀物を与えられたり、足回りのチェックを受けたり、丁寧にグルーミングしてもらったりしている。適当にほったらかされているのはたぶん、念のために連れてこられた予備馬だ。出番はないとわかっているのか、半眼で突っ立ったままぼうっとしている。

逆に、すでに鞍をのせられてきっちり馬装まで済ませているのは、十五分ほど後にはまりもと共に四十キロのスタートを切る馬たちだった。六十キロや八十キロ競技の出場人馬はといえば、もう二時間ほども前に出発して、今ごろはどこか山の中を走っているはずだった。

どきどきしてくる。どうしよう、緊張してきたかもしれない。

と、貴子がくすっと笑った。

「なに？」

「ううん。このあいだの漆原社長を思いだしたの。なんか、駄々っ子みたいだったなあと思って」

まりもも思いだして笑った。

「そうだったねえ。しょうがないのにね、お仕事なんだもん。っていうか、社長なんだからワガママ言っちゃダメでしょや。ねえ？」

「……悪い人じゃないのかもね」

貴子が呟くように言った。

今日は、漆原は来ていない。前回会った時、この日は東京ではずせない用事があるのだと言ってものすごく残念がっていた。

かわりに今から始まる四十キロに付き添ってくれるのは、なんと、志渡だった。まりもが二度の完走と筆記試験を重ねている間に、志渡は志渡でもう一つ多く大会に出場し、すでに限定B級の資格を取得していたのだ。B級の資格さえあれば、まりもの同伴者として認めてもらえる。漆原がいない時でも対応できるという判断だった。

その志渡が、ようやく向こうからジャスティスを曳いてやってくるのが見えた。慣れない競技前の空気に、やたらと入れ込んで暴れていたジャスティスを、離れた草地で運動させて落ち着かせていたのだ。

四十キロ程度ならアラブ馬でなくても充分走れるし、いつも乗り慣れているジャスティスで伴走したほうがまりもも安心するだろう。そんな相談をして、昨日の獣医検査もきれいにクリアできたのに、ここまできて興奮するとは、本当に何が起こるか予測がつかない。

「やーれやれ、やっとだわ」

そばまで来ると、志渡は疲れた苦笑いを浮かべて言った。

「スタートする前からバテバテだべや」

「だいじょうぶかな、ジャスティス。四十キロ、もつかなあ」

「違うって。バテバテなのは俺。だいじょうぶかな、は俺に訊いて」

思わず噴きだしたまりもに、志渡がおどけて舌を出す。

「なあ、まりも」

「うん？　じゃなくて、はい」

「二人して思いっきり楽しんじゃおうな。俺とジャスティスが一緒だったら、いつものランチの外乗と変わんないしょ」

＊

そう簡単には、いかなかった。

栗毛のジャスティスに乗った志渡と、銀色の芦毛のサイファにまたがったまりもが、スタート地点へ向かう間はまだよかった。二頭ともそれなりに落ち着いて見えた。

けれど、

〈四十キロ、スタート三分前〉

仮設テントの本部からマイクでのアナウンスが響きわたったとたんに、様子が一変した。二頭だけではない。あたりで他の選手たちがみな巻き乗りをしながらスタートを待っている、その馬の一群に端からぴりぴりと緊張が伝染していくのがわかった。

〈ゼッケン1番、志渡銀二郎さん。ゼッケン2番、岩館まりもさん。ゼッケン3番……〉

ばたばたと落ち着かなくなった他の馬たちに釣られて、息づかいのやたらと荒いジャスティスを手綱で押さえながら、

「馬はよくわかってんだ」

志渡が言った。

「な、何を？」

「これがレースだってことを。あのアナウンスで何か感じるんだわ、きっと」

「まだレースじゃないよ、トレーニング・ライドだよ！」

「残念ながらそこまではわかんねえんだな」

「どうすればいいの」

「落ち着け、まりも。今だけだ。スタートするまでの辛抱だ」

〈四十キロ、スタート二分前〉

「あと二分もあるよ！」

「大丈夫だ。お前が不安になったら、サイファも怖がる」

まりもは懸命に手綱を握りしめた。いつかみたいにまたあぶみから足が抜けないよ

う、いつもより深く差し入れる。

「前のめりになるな。体を起こせ」

「そんなこと言ったって」

「いつもどおりだ、まりも。何も特別なことしろなんて言ってねえべ」

心臓が早鐘を打っている。内側から体当たりされて痛いくらいだ。今、馬ではなく自分の心拍を測ったらいくつぐらいだろう。

よその馬が長々といななく。サイファが頭を上げていななき返す。ももの間にはさんだ馬体が、それに合わせて痙攣のように大きく震える。

怖い。馬に乗ってこんなに怖いと思ったことはなかった。初めてランチの馬場でまたがった時だって、どきどきはしたけれど怖くはなかったのだ。まわりに柵があるかないか、馬が落ち着いているかどうかでこんなにも違ってくるものなのか。

「体を起こせって！」

志渡の声が飛んでくる。

怖くて気持ちが引けるものだから、騎乗の姿勢がへんに前屈《まえかが》みになる。腰が浮くとかえって不安定になることくらい頭ではわかっているのに、つい体が縮こまってしまうのだ。

「もっと深く座る！　そう！」

その志渡も、ともすれば後肢で立ちあがろうとするジャスティスに手を焼いている。あんなジャスティスは見たことがない。まるで知らない馬みたいだ。

ガツン！　という音に、おびえたサイファの腰が落ちた。興奮した誰かの馬が、隅っこのほうに停めてあった車を蹴りあげた音だった。

〈四十キロ、スタート一分前〉

電光掲示板の赤い数字が、一秒ごとに減っていく。

あと五十五秒。それまでは馬を抑えきらなくてはならない。時間より前にスタートラインを越えさせたら、たちまち失格になってしまう。

離れて見守る人々の中に、貴子のあまりにも心配そうな顔を見つけて、まりもは奥歯を嚙みしめた。大丈夫だよ、と笑いかけたいのに、頰が強ばって動かない。このままスタートして自分たちが山の中へ消えたら、貴子は最初のクルー・ポイントで会うまで一時間近くも一人ではらはらし続けることになるのに。

でも、無事にそこまでたどりつけるんだろうか。いつもとまったく性質が変わったようなジャスティスとサイファで……。

〈三十秒前〉

――ううん、ちがう、そうじゃない。この間の四十キロだって、最初の五分くらいサイファがひどく落ち着かなかったけれど、漆原社長はのんびりと励ましてくれた。馬との折り合いがつけば大丈夫だよ。それまでの間だけなんとかして落ちなきゃいいんだ、あとはどうにでもなるから。そう言った。

〈十五秒前〉

サイファには、練習でだって何度も乗ってきた。優しくて信頼できる馬だということはわかっている。

そうだ、あとはもう馬の問題じゃなくて、あたしの問題なんだ。

（体ヲ起コス、体ヲ起コス）

呪文のように唱えながら、まりもは前後左右に揺れ動く鞍にどっしり深く座ろうと躍起になった。乗り手がびびって気持ちで負けてちゃダメしょ。逆にサイファの不安を取り除いてやれるように、ちゃんとリードしてやんなきゃ。

〈十、九、八、七……〉

前へ行きたいのに行けないサイファが、苛々《いらいら》と後ずさり、激しく首を振り立てる。手綱を押さえるといやがって、いきなり尻を跳ね上げた。

「きゃっ」

前へ転がり落ちそうになり、慌てて鞍の前橋をつかんだまりもに、

「体を起こせ！」

志渡が叫ぶ。

〈……三、二、一、ゼロ。四十キロ、スタートです〉

思わず手綱をゆるめたとたん、サイファがいきなり走りだした。

続いて十数組の人馬がわらわらとスタートする。志渡が後ろからついて来ているのはわかったが、とうてい振り返る余裕などなかった。

（体ヲ起コス、体ヲ起コス）

最初はクマザサの茂みを抜ける細道だった。そこから斜面を下って原野を横切り、アスファルトの道路を渡って、山の中へと入っていく。

（体ヲ起コス、体ヲ起コス）

入れ込んでいるサイファの反動は縦に大きく、軽速歩で合わせるのに苦労する。

（体ヲ起コス、体ヲ起コス）

と、道ばたの白っぽい岩に驚いて、いきなり横っ飛びした。

（うわっ落ちる！）

じゃなくて、

（体ヲ起コス！）

ぐううっと手綱を引きしぼってスピードを落とさせながら、まりもは、すっぽ抜けた右のあぶみに何とか足先を差し入れることに成功した。

心臓が止まるかと思った。泣きだしてしまいそうだった。いきなり落馬はいやだ。もう、あんなに痛いのはいや。

「サイファ、だいじょうぶだよ、サイファ。なんにも怖くないよ、落ち着いて だいじょうぶ、だいじょうぶ、だいじょうぶ。」

くり返し掛ける声は、すべてが自分に向けたものだった。

6

スタートから最初の獣医検査が行われる地点までのコースを、〈第一レグ〉と呼ぶ。その第一レグの五キロ地点を過ぎたあたりで、サイファは目に見えて落ち着いてきた。白っぽいもの、光るもの、動くものを見るたび横っ飛びするのは相変わらずだが、それ以外はまりもの指示をよく聞いてくれるようになり、駈歩や速歩のリズムもゆったりしたものに変わってきた。

他の馬たちは先へ行ったようだ。

「ふう。第一関門はなんとか突破だな」

ジャスティスを隣に寄せてきた志渡が言った。

「大丈夫だったか？」

「……うん」

「えらかったよ。よくもまあ抑えきったな。さっきのサイファを止めるのは俺だって難しかったさ」

「……ん」

「うまくなったなあ、まりも。やっぱ、外で乗るってのはものすごいトレーニングなんだな。二十キロと四十キロのライドを走ったことで、むちゃくちゃ腕が上がったべや」

「それ、ほんと？」

「ほんとさ。なんで俺がお前にお世辞言わなきゃなんねえのよ。いやあ、たいしたもんだわ。俺は嬉しい」

「………」

「なんだ、おい。泣いてんのか？」

「泣いてないよ。さっきまではほんとに泣きたかったけど」

　志渡がおかしそうに笑う声が、あたりの山に吸いこまれていく。ひづめの音も、馬の息づかいもそうだ。右も左も深い森に囲まれた山道では、音がほとんど響かない。

　空は灰色で、大気は湿気を含んで重たかったが、色づきかけた広葉樹は美しかった。時折、まりもが名前を知らない鳥たちが枝を揺らし、鳴き交わすのが聞こえた。

「落ち着けばこんなにおとなしい馬たちなのにな。こういう平常の状態をもっと早い時点で取り戻させてやれるようになったら、乗り手だけじゃなくて、きっと馬のほうも楽なんだべ。ま、これからの課題だわ。な」

　八キロ地点にある木造校舎脇のウォーター・ポイントで、待ちかまえている貴子の顔を見たときには心の底からほっとした。貴子のほうも胸を撫で下ろしていた。

　なみなみと水をたたえた備えつけの容器から、二頭はあまり積極的に飲もうとしなかった。志渡がひらりと下りて、二頭の足もとをチェックする。蹄鉄がすべてついているか、脛《すね》に手を当てて熱を持っていないか。

「大丈夫だ。落鉄もしてないし、どこも悪くない」

　ウォーター・ポイントとクルー・ポイントを兼ねたこの場所では、クルーが選手に手を貸すことが許されている。まりもは騎乗したまま、貴子の渡してくれたスポーツドリンクを一口だけ飲んで返した。

「もういいの？」

「ん。あんまり飲むとトイレが心配だから」

「チョコは？」

「まだいいや。ありがと」

志渡が再びジャスティスにまたがった。

「よし、行こうか」

「休ませなくて大丈夫？」

「なあに、ここんとこずっと、もっと急な坂道で鍛えてきたんだ。たかが八キロくらいでへばるわけないしょ」

「雨が降りそう」貴子が心配げに空を見あげた。「もし降り始めたら、まりもちゃん、うんと気をつけるんだよ。馬だって滑ることはあるんだから、常歩に落として、ゆっくりゆっくり行ってね。一緒になって人馬転《じんばてん》したら、ほんと危ないからね」

雨粒が落ちてきたのは、後半の二十キロに差しかかったあたりからだった。直前のクルー・ポイントで、貴子の用意してくれた雨具を着ておいたのがまだしもの幸いだった。

川沿いの砂利道を走り、アスファルトの町道を常歩に落として横切る時、誘導係の青年が志渡に言った。

「気温が五度にまで下がってます。脚の痙攣で失権する馬も何頭か出てますんで、気をつけて行って下さい」

「了解」

ふたたび山道へ入ったところで、まりもは訊いた。

「脚の痙攣って？」

「ああ。冷えるとな、筋肉が急に収縮するべ？　それで痙攣を起こすことがあるのよ」

「気をつけるって、何をしてやればいいの？」

「そうだなあ。祈るしかないな」

寒かった。ふつうは馬に乗っているだけで自分も汗だくになるのに、どれだけ走っても歯の根が合わない。

まりもは、鞍の上でがたがたと震えた。たぶん唇は紫色になっているだろう。

赤いヘルメットのふちからは雨が滴《したた》り落ち、革手袋とレインウェアの袖口の間からしみた水が手首を凍らせる。寒くて、辛くて、いったい自分はどうしてこんなことをしてるんだろうと首をひねりたくなる。

どうしてだっけ？　漆原社長が誘ったから？　でも、その社長はここにいないのだ。東京が雨かどうかは知らないが、少なくとも乾いた暖かい場所にいるに違いない。

どの馬もゆっくり歩くせいで、遅れていたはずのまりもたちも自然と追いつき、そのあとは列になって進んだ。

ときどき雨足が弱まり、小糠雨《こぬかあめ》にぱらぱらと粒が混じるくらいになると、前をゆく馬たちの体から立ちのぼる湯気が何頭ぶんもあわさって、あとに続くまりもは濃い霧の中を抜けていくような具合になる。

すぐ前のジャスティスの長い尻尾にはびっしりと雨粒がついて、まるで銀色の珠を連ねたかのようなそれが時おり勢いよく撥ね上げられてはただの尻尾に戻り、そしてしばらくの後にはまた細かいビーズ刺繡《ししゅう》がほどこされていく。

静かな林や、谷間や峠道に、馬の息づかいと濡れたひづめの音が吸いこまれ、ほかに聞こえるのは鳥たちの鳴き声と、ヘルメットをたたく雨音ばかりだった。

まりもは、だんだん、催眠術にかかったようなぼんやりとした状態へと入りこんでいった。音が、水の膜を通したかのように鈍って聞こえる。

と、突然、目の前の道を十頭ほどのエゾシカたちがひらりひらりと跳んで横切っった。驚いたサイファが久しぶりに横っ飛びした拍子に、

「あうっ……」

右膝に激痛が走った。

「どうした！」

志渡がふり向く。

まりもは顔をゆがめ、歯を食いしばった。道の片側から迫り出していた樹の幹に、膝小僧の皿を、したたかにぶつけたのだ。声も出ないほどの痛みだった。右足がきかない。あぶみを踏むこともできない。

「大丈夫か？」

すぐに馬から下りた志渡が、ジャスティスを木にくくりつけてそばに来てくれる。他のライダーたちは、志渡が行っていいと合図すると、再び先に進んでいった。

「ここ、ぶつけたのか？」

そっと膝に触れられただけで、まりもは飛びあがった。

「よし、ちょっと休もう。どれぐらい痛い？　ヒビでも入ったみたいか？」

かろうじて首を横にふってみせる。

「だい……じょうぶ。ちょっと、休めば、たぶん」

「慌てなくていいからな。時間はまだたっぷりある。ってか、棄権したっていいんだ、次のチェック・ポイントで連絡すれば、迎えの車がとんできてくれる」

「だいじょうぶ」まりもはくり返した。「しばらく常歩で行けば、平気」

「そうか」

さぐるようにまりもを見あげていた志渡が、ようやく少しほっとした表情を見せた。白いヘルメットの下の日に灼けた顔が、すっかり雨に濡れてしまっている。

「まったくこいつら、自分の体の幅しか考えてくれねえもんな。俺も昔、全速力で草競馬やってる時に膝を木にぶつけて、そん時はさすがに全治一ヵ月だったわ。膝はなあ、痛いよなあ。よしよし、かわいそうになあ」

思わずぽろりと涙をこぼしたまりもの手綱を持つ手を、志渡はぎゅっと強く握ってくれた。大きな手だった。

「志渡さん」

「うん？　どした、やっぱ痛いか？」

「なんか、志渡さんってさ。なんかさ。……父ちゃんみたいだね」

　驚いたように目を瞠った志渡が、続いて、かすかに口もとをゆるめるのがわかった。

「そうか」

「ん」

「いいのか、そんなこと言って」

「なして」

「父ちゃんに、悪くないのか」

「悪いわけないよ」

「そっか」

「志渡さん」

「なんだ」

「ゆっくりなら、行けそう」

　ジャスティスを遅い常歩で進める志渡の背中を視界におさめながら、まりももサイファをじっくり歩かせた。あぶみが揺れるたびに膝は痛んだが、ぶつけた当初よりは感覚が戻ってきていた。

　それでも、最後の十キロほどはもう、ゆるい下り坂でさえ足を踏んばれなくなっていた。気を抜くと馬から落ちそうで、ひと揺れごとの膝の痛みに歯を食いしばりながら、鞍の前部に片手をついて体重を少しでも分散させる。

痛い、と口に出したところで、どうなるものでもない。何度も何度もふり返って気遣ってくれる志渡に、なおさら心配をかけるだけだ。

ここまで来たのに、今さら棄権はいやだった。今日のためにわざわざ休みを取ってくれた貴子や、そうとう無理をして同伴者の資格まで取得してくれた志渡を、がっかりさせたくなかった。そんなことでがっかりするような二人でないのはわかっていても、それでも何とかして完走を手に入れたかった。

数時間前まではスタート地点だったゴールをゆっくりと通過すると、雨の中、見ていた人たちや運営陣からぱらぱらと温かい拍手がわいた。まりもが負傷したことは、途中のチェック・ポイントのスタッフから連絡が入っていたらしい。馬から下りるのを、よそのクルーまでが手伝ってくれる。

「よくここまで頑張って戻ってきたね。たいしたもんなんでない？」

小柄な女性と細身の男性がそばに来て、人なつこい笑みでねぎらってくれた。昨日の開会式のとき小耳にはさんだのだが、二人は兄妹で、共に海外で行われた世界選手権ですごい成績を残した腕前らしい。

まりもは、おずおずと言った。

「ありがとうございます。でもまだ、合格かどうかわからないから」

「それにしたって、頑張りは充分、合格だったしょ」

と、兄のほうが言った。

志渡が、まりもを抱きあげ、雨のかからない本部テントの下に座らせてくれた。

「そこで休んでれ。あともうちょっとだからな。獣医検査さえパスしたら、すぐ診《み》てやるからよ」

「だいじょうぶ。もうあんまり痛くないよ」

「……そっか」

貴子が来て、まりもにきゅっと微笑みかけ、志渡と一緒に二頭の馬を広場のほうへ曳いていった。四十キロを走って熱を持った四肢や、首筋の動脈に水をかけて冷やし、ゆっくり曳いて歩かせながらクールダウンさせるためだ。筋肉を冷やしてはいけない。冷やすのは、頸動脈と腱だけだ。逆に、腰から後ろは毛布を掛けて温めてやる。

歩かせている間にも、志渡が何度か聴診器をあてるのが見えた。左前肢の付け根のすぐ後ろにあてて、サイファの心拍を測っている。

まりもは、テントの支柱にすがるようにしてそっと立ちあがった。首を伸ばして二頭の様子をうかがう。

どうやら、思うように心拍が下がらないらしい。一分間に六十以下でなければ失権なのだが、念のためもっと低く下げておかないと、見知らぬ獣医の前に出た馬はそれだけで緊張して脈が上がってしまう場合も多いのだ。

制限時間が迫ってくる。やがて志渡は腕時計から目を上げると、何かを思いきるように貴子に頷いた。

最後の獣医検査場は、テントの目の前だった。まりもは思わずよろよろと近づいた。

「おい、座ってなくて大丈夫か」

「見ていたいの」

ここまで一緒に頑張ってきたのだ。どんな結果が出るにせよ、その瞬間はサイファのそばにいたい。

(――どうか、点のうんと甘い獣医さんが診てくれますように)

両手を合わせて祈ったのだが、進みでた二人のうちサイファを担当したのは、譲れないものは譲れないぞ、といった顔つきの中年の獣医だった。

肛門に黙って体温計を挿し、昨日の検査記録と項目をひとつひとつ比較しながらチェックしていく。

「心拍。……速いな」

ひと言つぶやいたきり、何度も首をひねりながら、聴診器を当てては測りなおす。

(お願い、サイファ。今だけでいいから心臓を止めてて！)

「——六十」

まりもはふうっと息をついた。ぎりぎりセーフだ。

続いて、皮膚のあちこちをつまんでは放す。

「うーん。脱水症状はないようだけれど、筋緊張が少し。震えも少しきてるね」

(それは、雨に打たれて長いこと検査されてるからだよ！　凍えてるんだよ！)

……とは言えない。

「寒いから」

まりもは小さな声で言った。

獣医が、サイファの唇をめくりあげ、歯茎を指で押す。押して白くなった部分が何秒でピンク色に戻るかを見る、血行の検査だ。

「だいぶ遅いんだよな」

まりもはうつむいた。

「んー、微妙だなあ。とにかく歩様を見てみないと何とも言えませんね」

目の前が暗くなりかけていた。

「まりも。もっぺん座ってれ」

先にゴールした人たちも一緒に震えながら見守る中、ほかの馬が歩様検査場へと入っていく。順番が回ってくるまでの数分間を、志渡と貴子はそれぞれ、広場の隅のほうへ行って馬たちを歩かせていた。体が冷えると、とくに肩まわりが冷えてこわばると、馬は肢に問題がなくてもびっこを引いてしまうことがある。

(サイファ、ジャスティス、お願い。あたしも膝が痛くてたまらないけど、どうかお願い、もう少しだけ頑張って。みんなの前できれいに走ってみせて……!)

「ゼッケン1番、入って下さい」

貴子がスタンバイする。

ジャスティスに問題はないようだった。向こう端のコーンをゆっくり回り、そこから再び走って戻ってきた貴子に、四人の獣医師たちがあっさりとうなずく。

「オーケー。ゼッケン1番、完走です」

まりもはほっと息をついた。

「次、ゼッケン2番」

志渡が、サイファの曳き綱を長めに持って進み出る。

「それ！」

強いかけ声とともに、先にたって走りだした。大股に走ってゆく志渡の後ろを、濡れていぶし銀の色に光るアラブ馬が、泥水を撥ね上げながらトットットッと力強くついていく。

向こう端のコーンを常歩に落として回り、再び、

「そら！」

速歩で戻ってきた馬と志渡がそのまま勢いよく駆けこんでくると、迎えた四人の獣医は顔を見合わせ、安堵《あんど》したようにうなずき合った。

「ゼッケン2番、合格！」声を張りあげた獣医師長が、わざわざまりものところまで来て言った。「岩館まりもさん、四十キロ二回目、完走おめでとう」

がっしりと握手を交わす。背の高い獣医師長に手を握られて、まりもは深く頭を下げた。

「あ……りがとうございました」

そのまま、顔があげられなくなった。涙がぼろぼろこぼれて地面に落ち、う、う、

と呻《うめ》き声がもれる。いっぺんに気がゆるんだのと、嬉しいのと痛いのとが一緒くたになり、自分でももう何の涙なのかわからなくなっていた。

志渡が、黙ってサイファをそばまで曳いてきてくれる。まりもがその首に腕をまわして抱きつくと、牝馬はブルルル、と甘えるように鼻を鳴らし、雨に濡れた髪の匂いを嗅いだ。

「ありがとね。サイファ、ありがと……お疲れさま」

温かい首で涙を拭う。喜びよりも安堵のほうがまさっていて、それ以上に、あの長い道のりを自分のために走ってくれたサイファへの愛しさがあまりに強烈で——こんな、小さい子みたいな泣き方はしたくないのに、こみあげてくるものをどうしても我慢できなかった。

ああ、この瞬間のためなのか。雨に濡れて、寒くて、辛くて、痛くて、いったい何のためにこんなことをしているんだろうとわからなくなりかけた時もあったけれど、もしもすべてがこの瞬間のためだったのなら、ぜんぶ理解できる。もう二度と、わからなくなったりしない。

漆原社長の言う百六十キロといったら、単純に考えてもこの四倍の苦しさだろう。でも、完走した時の喜びはきっと四十倍、四百倍、いやもっとかもしれない。だからこそ、ここにいる人たちはみんな、あんな苦しい思いをしてでも自分の馬をいたわりながら完走を目指そうとするのだ。きっとそうだ。

競技が終わった今ごろになって、ようやく雨が小降りになってきた。雲がどんどん流れて、遠くの山がきれいに姿を現す。

テントの下に座ってぼんやり放心していると、

「どうだ。痛むか、膝」

濡れた馬たちを拭きあげてとりあえず馬運車に入れてきた志渡が、気遣わしげにまりもを覗きこんだ。

「ん……痛い」

まりもは、ようやく正直に白状した。

「ズンズクする。背中も、脇腹も、おなかも、肩も首も腕も手も、お尻も太腿もふくらはぎも、足の指も足の裏も痛いよ」

「満身創痍《まんしんそうい》だな、おい。痛くないとこ、どこだ」

「……顔？」

貴子が、ぷっと噴きだした。

「貴ちゃん、冗談じゃないんだよう。ほんとに痛いんだよう」

「わかってるってば。ほんとによく頑張った。あとで湿布してあげるからね。でも、とりあえずは早く着替えなきゃ、風邪ひいたら大変」

貴子の腕にすがって立ちあがり、そろそろと歩きだした時だ。

「次は六十キロだね、岩館さん」

後ろから声がかかった。ふり向くと、さっきの獣医師長が満面の笑みでこちらを見つめていた。

「待ってますから、怪我をしっかり治してまた挑戦して下さい。今日のきみの頑張りは、見ていてとても気持ちのいいものでした。改めて、完走おめでとう」

テントの中にいる人たちが、みんな笑顔になって、また拍手を送ってくれる。

まりもは、こくん、とうなずくようにおじぎを返した。

本当はありがとうと言いたかったのに、声にならなかった。

第四レグ　勝ち負け

1

卒業写真の中のまりもは、懸命に笑おうとしていた。

それを見た時に込みあげた切なさを、貴子はいまだに忘れることができずにいる。

まりもにとって、小学校最後の一年半ほどはほんとうに苦しい時期だった。五年生の冬から六年生の一学期までをほとんど休み、そのあとも保健室登校が精いっぱいだった彼女がなんとか卒業式に出席できたのは、支えてくれた幾人かの友だちに負うところが大きかったろう。別の日に一人だけ校長室で卒業証書を受け取るという選択をせずに、自分を学校から弾き出した元凶とともに写真におさまるほうを選んだのは、その友人たちの思いになんとか応《こた》えようとしてのことだったに違いない。

「あんなに休んだんじゃ卒業はもう無理かと思ってたときは、目の前が暗くなったものだけどねえ。小学生で留年だなんて、あまりにも可哀想だもね」

そう言って、冨美代はやれやれとため息をついた。孫娘が〈シルバー・ランチ〉から帰るのを待って食事にしようと、台所に向かっている時のことだった。義務教育の間は、落第、留年といった措置が取られることはまずない。そのことを、貴子もまた初めて知った。

ポテトサラダのできあがりを見計らい、貴子が食器棚からガラスの器を人数ぶん取りだす。このごろではもう、夜勤以外の日はとくに用事でもない限り、岩館家で一緒に夕食を取るのが当たり前のようになっている。

「昔から、欠席日数が何日をこえるとどうこうって言われたものですけど、あれは何だったんでしょうね」

サラダを盛りつけながら言うと、

「さあねえ」冨美代も首をかしげた。「まあ、先に甘いことばっかりも言えないしね。実際、私の行ってる老人会の俳句教室にね、おんなじように学校へ行けなくなったお子さんを持つ人がいるんだわ。聞いたら、中学校もやっぱりそうだったたって。入学式と卒業式くらいしか学校行かなかったのに、担任の先生が他の先生方や校長先生に諮《はか》ってそのまんま卒業させてくれたそうだわ。でも……こんなこと、今あの子に聞かせるわけにもいかないでしょ」

薄くなった眉をへなりと下げ、冨美代は貴子に向かって頼りなげに微笑んだ。

中学に上がってからというもの、まりもは周囲の気持ちに懸命に応えようとするかのように毎日学校へ通っていた。小学校から事情の申し送りがあったおかげか石本博美のグループは幾つかのクラスにばらばらにされ、まりもはその誰とも別のクラスだったし、藤原奈々恵や岸田大地とは一緒だった。

もともとは明るく物怖《ものお》じしない性格だけに、ほかの小学校から来た子たちともすぐに仲良くなり、それは二年生に進んで再びクラス替えが行われても変わらなかった。家に帰るとその日あったことを楽しそうに話すまりもの様子に、冨美代も祖父の秀司も、もちろん貴子や志渡も、すっかり安堵しきっていた。それなのに——。

二ヵ月ほど前、六月の半ばを境に、彼女は再びぱったり学校へ行かなくなってしまった。

何があったのかはわからない。話そうとしない。またいじめかと心配した祖父母が聞き出そうとしても、違う、と首を横にふるだけでその先は口をつぐんでしまう。

小学校の時とは異なり、少女の心は大人びて複雑さを増し、今は何より自分自身を責める気持ちが強いようだった。

——行きたいのに。

——行かなくてはならないのに。

——今度こそは行けると思ったのに。

それなのにまたしても足が前へ出なくなってしまった情けない自分。周りじゅうからこれほど親身に心配してもらっているにもかかわらず、その期待にどうして応えられないのか。そんなふうに焦《じ》れ、自らを責めれば責めるだけ、彼女の心がなおさら縮こまってゆくのが貴子にはわかった。

冨美代によれば、きっかけの一つには、担任である保健体育の先生が家まで訪ねてきて少し厳しいことを言ったせいもあるらしい。

「悪い先生じゃないとは思うんだわ」

冨美代は再びため息をついた。

「ただ、なんていうのかねえ……子どもの気持ちをすくいあげる網の目が、ちょっとこう、粗《あら》いようなとこがある気がして」

「何て言ったんですか、先生は」

「まりもを目の前に座らせてね。『思春期ってものは本来そういうものだ』って。『誰だって悩んだり苦しんだりするものだし、それを乗り越えようとするからこそ人間の成長がある。事情がどうであれ、学校へ来たり来なかったりするのは、お前の弱さや甘さにも原因はあると思うぞ』って、そんなふうにね」

「弱さや甘さ……ですか」

「そう。お説教っていうよりはまあ、励まそうとする感じの口調だったし、あの子を見ててそう言いたくなるのは私もわからないじゃないんだけど……」

それでも、今のまりもにそれは、いちばんの禁句だったろうと貴子は思った。

冨美代の言う通り、その先生の考えも理解はできる。しごく一般的、常識的な意見だろうとも思う。これがもし、まりもと出会う前の自分、あるいはまるで関係のない子に起こった出来事であったら、同じように考え、同じことを口にしていたかもしれない。

けれどまりもは、それでなくとも責任感が強くて、何かうまくいかないことがあるたびに〈自分のせいだ〉と思い詰めてしまいがちな子なのだ。だからこそ、心配性の冨美代も言いたいことの半分以上を言わずに呑みこんでいる。

先生にはむしろ、〈お前が弱いせいじゃない〉と真逆のことを言ってもらいたかった。現状の否定から入るのではなくて、今はいっそ闇雲《やみくも》なまでの肯定をもって彼女に自信を取り戻させてやってほしいのに——と、そこまで他人に願うのは欲張りというものなのだろうか。

「それで……先生には、あのことは？」

冨美代は首を横にふり、お玉に取った味噌を溶いた。

「言えないわ。この先まりもがもしも学校へ行けるようになった時、そういうことを周りに知られてるのはいやなものだろうし」

「ですよね」

ひと月ほど前の、あの日のことを思いだす。

雨が降っていた。激しい雨だった。夜勤明けでせっかくの二連休なのに、こんな天気では馬に乗りにランチへ行くこともできない。行けば志渡を無駄に煩《わずら》わせてしまうかもしれない。そう思って、たまにはまりもとゆっくり過ごそうかと岩館家を訪ねたところ、冨美代が貴子の顔を見るなり半狂乱で泣きながら縋《すが》りついてきた。孫娘の二の腕に、自らカッターでつけたいくつもの切り傷があることに初めて気づいたせいだった。

祖父の秀司の顔も、さすがに白かった。

見せてごらん、と貴子が言うと、まりもは、死んだような目をしたままおとなしく左腕を差しだした。

二の腕の内側の、柔らかな部分。傷はどれもごく浅いものだったが、縦に横に刻まれたその数の多さに、貴子は打ちのめされた。どうして、いつのまにこんなことをという思いと、なぜ今の今まで気づいてやれなかったかという思いとで、気持ちがどん底まで落ちた。今ふり返っても、あのとき冨美代と一緒になって泣きださなかった自分を褒《ほ》めてやりたい。

ことさらに冷静を装い、新旧の傷を消毒し、きっちりと包帯を巻いてやった。あらためて理由を訊くのは控えた。考えてみれば、答などわかりきっている。体に傷をつけることで、心の傷が少しだけ楽になるように思えるのだろう。傷が深くないこと、そしてそれが手首の内側でなかったことを、天に感謝するしかなかった。

「あのね。大丈夫なんだよ、まりもちゃん」

巻き終わった包帯の上から、シャツの袖をそっと下ろしてやりながら、貴子はできるだけふだんどおりの口調で言った。

「まりもちゃんだけじゃない。いろんな理由で学校へ行けない子は日本じゅうにいっぱいいて、そのためにこそ、別の道がちゃんと用意されてるの。焦る必要も、自分を責める必要も、全然ないんだからね。ふつうの中学校だけが学校ってわけじゃないし、その気になったらフリースクールとかへ通うっていう方法だってあるんだから」

「そうだ、貴ちゃんの言うとおりだわ」

潤んだような声で、横から秀司も言った。

「なーんも気にすることないんだぞ。ほれ、おじいが前に言ったこと忘れたかい。お前はお前のペースで、のーんびりやりゃあいいって言ったべや」

まりもは小さく頷き、ごめんなさい、とつぶやいた。

「もう、しないようにする」

それでも傷は、時おり増えた。

そのたびにおろおろと気を揉《も》む冨美代を、貴子は懸命になだめた。今は強く咎《とが》めたりしないほうがいい、とにかく彼女のすることを否定しないでやってほしい。小児科の、カウンセラーの先生に相談してのことだった。

「けど、今にあの子、ほんとに自分で死んでしまうんじゃ……」

「違うんです。ああして自分を傷つけるのはむしろ、必死になって生きようとしてる証しなんです。あの子は、そんな弱い子じゃないでしょう？　まりもちゃんを信じて、どっしり構えててあげて下さい」

冨美代にというより、自分自身に言い聞かせるような思いでそう口にしながら、貴子はまるで、背後から刃物をふりあげた何者かに追われているような心地がしてたまらなく恐ろしかった。

こんな呑気なことを言っていて、もし万が一にも富美代の言葉が現実になったなら――いったい、誰に責任が持てるのだろう。

2

「ねえ、誰あれ」

ある暑い日のことだった。空港から運転してきたレンタカーを降りるなり、近藤理沙が言った。

サングラスを押し上げたその視線のずっと先には、厩舎の前につながれた馬と、そばに立つ二つの人影がある。一方は、黒いウエスタンシャツの志渡。もう一方は、赤いTシャツを着た若者だ。

「理沙さん、会ったことありませんでしたっけ？」

「初めてだと思うけど」

「山田さんっていう獣医さんです。以前は日高で仕事してたとかで、志渡さんとは獣医になる前からの古い付き合いみたいですけど」

「ふうん、そうなんだ」

後部座席の荷物を下ろすのを手伝おうとしたのだが、後でいいからと押し止められ、かわりに土産の紙袋を渡される。

「あ、すみません、いつも」

「後でみんなで食べましょ。チーズケーキなの。志渡さん、好きでしょ」

そうですね、と貴子は言った。

「まりもちゃんも喜びます」

「あら、まりもちゃん今日来てるの？」

「このごろはほとんど毎日。今は中で勉強してますけど」

「ははあ、例のノルマか。じゃあしばらく邪魔しないようにしよう」

向こうで志渡が顔をあげ、ひょいと手を挙げる。理沙がにっこりして手をふり返すと、志渡の隣で山田がこちらに頭を下げてよこした。

「志渡さんの呼ぶ獣医さんって、浅野先生だけかと思ってた」

会釈を返しながら、理沙が言う。

「浅野先生ももちろん時々みえますけど、ちょっと馬の調子を診《み》てもらうくらいの時は山田さんが多いかな」

「つまり、わざわざ御大《おんたい》を呼ぶほどじゃない時ってこと？」

「そう……ですね」

答えにくそうにした貴子を見て、理沙は笑った。

「まあ、あの彼はまだ若そうだものね。私はまたてっきり、志渡さんの言ってた新しいスタッフが見つかったのかと思った」

「え？」

思わず訊き返すと、理沙のほうも、え？ と貴子を見た。

「あれ、聞いてない？ ここんとこ真剣に探してるみたいだったけど」

初耳、だった。

「そっか。でも、スタッフぐらい雇って当然っていうか、もっと早く探せばよかったのにって思わない？ ちゃんと手伝ってくれる人がいないと、彼一人だけじゃもういいかげん限界でしょうよ」

うちの父親の馬まで押しつけられちゃったしね、と理沙はすまなそうに言った。

貴子は、わからないように深呼吸をした。動揺をさとられたくなかった。

人に手伝ってもらったほうがいいのではないかと、何かの折に貴子のほうから提案してみたことはある。だがその時も志渡は、そうだなあ、まあそのうちなあ、と生返事をするだけだったのだ。それなのに、なぜ自分には相談してくれなかったのだろう。なぜ理沙にだけ……。

「たぶんあのひと、気を回したのよ。貴子さんに求人のことなんか聞かせたら、家でゆっくりしていたい休日にまで無理して手伝いに来ると思ったんじゃないかな。ごめんね、よけいなこと聞かせちゃって。気にしないであげてね」

「あ、全然そんな。きっとそういうことですよね。わかる気がします」

慌てて取《と》り繕《つくろ》ったものの、顔に出ていたかと思うといたたまれなかった。

どうして理沙が謝ったりかばったりするのだと思った。まるで自分だけが志渡の理解者であるかのようなしたり顔で、彼の気持ちを代弁しないでほしい。

(——ああ、いやだ)

理沙のことが、ではない。理沙の言葉や態度にいちいちささくれだってしまう、その自分の根性が、醜くて、厭《いと》わしくてたまらない。

背後でクラブハウスのドアの開く音がした。

「あー、理沙さんだあ。こんにちは」

まりもの声の明るさまでが、いやな角度で胸に刺さる。ずっと学校へ行けずに刃物で自身を傷つけてしまう少女はもちろんだが、こんな自分もまた相当危ういところに立っていると思った。

「こんにちは。ふふ、また来ちゃった」理沙が言った。「勉強は終わったの？」

「まだ。あともうちょっとだけ」

「じゃあ、頑張って一気にやっつけちゃいなさいよ。チーズケーキは逃げないから」

「うそ、チーズケーキ⁉」

「どうよ、頑張る気になった？」

こくこくと頷く。

「慌てて適当にやっちゃだめよ。落ち着いてちゃんとやるのよ」

「わかってる！」

まりもが、そそくさと顔を引っこめる。ドアが閉まるのを見守っていた理沙が、その笑顔をふっと消して言った。

「最近はどうなの、彼女」

「どうって？」

「いまだに傷は増えていってるの？」

貴子は口をつぐんだ。

理沙が前回ここを訪れたのは、いつだったのだろう。いつであるにせよ、そのどれかの折に、志渡はまりもの事情を打ち明けたことになる。もちろん、誰に何をどのように打ち明けようと彼の自由だ。

「そうですね。時々は」

と、貴子は言った。

「でも、前よりは減ってきてると思いますよ」

まりもが自傷の衝動をけんめいに我慢するようになったのは、志渡が彼女を抱きしめたまま男泣きに泣いて以来だったが、そのことは話さなかった。理沙が知らないといい、と思った。

加えて、子馬のスーの存在も、まりもの心を支えるのに一役買っていた。母馬と引き離した後のスーを、彼女はまるで自分の妹のように可愛がり、必要ならば厳しく叱った。志渡が舌を巻くほどの、完璧な調教ぶりだった。

「よーう、こんちわあ」

厩舎のほうから志渡が山田を連れてやってくる。

理沙と山田が挨拶を交わすのをひとしきり待ってから、貴子は訊いた。

「メロディの湿疹《しっしん》、どうでした？」

「ああ、やっぱし、ただの皮膚炎だったわ。なんてぇこともなさそうだ。すぐ治るしよ、な？」

山田も頷く。

「明日かあさって、別件でまたこっちへ来る用事があるから、そん時に軟膏《なんこう》持って寄りますよ。ちょっと強い薬だけど良く効くのがあるんで」

「そうそう、そういえばさ」

山田の首っ玉をぐいと抱え寄せ、志渡がやんちゃな顔で言った。

「こいつも今度からエンデュランスやることになったんだわ」

「え、出るんですか？」

驚いて訊き返した貴子に、

「まさか」

山田がどこか眩しそうな苦笑いを向けた。

「出るんじゃなくて、診るんです。ほら、獣医検査があるでしょ。馬をちゃんと診られる獣医が全然足りてないからお前もやれって、浅野先生に誘われちゃって」

「誘うってよか、命令だったべや」

「そうなんスけど」

「〈馬をちゃんと診られる獣医〉な。ほんと少ないんだよ」

「そうなの？」

と理沙。

「そう、そうなのヨ」志渡がおどけて言った。「牛を診る獣医は多いんだけど、牛と馬とじゃ、まるきり違ってっからよ。こいつだって、えらそうに威張っちゃいるけど、まだまだどうだかなあ」

「ひどいな、志渡さん」

「でも、あれでしょう？　さっき貴子さんから聞いたけど、山田さんは日高にいたんでしょ？　じゃあ馬には慣れてるじゃない」

「慣れてるのとちゃんと診られるのとはまた別だべや」

「ちょっともう、勘弁して下さいよ」

山田は本気でむっとしたらしく、首に回された腕をほどいた。志渡が、面白がるようににやりとする。

「ま、競技会場で会った時にはよろしく頼むわ。心拍の一つや二つ、気前よくオマケしてもらわんとな」

「できるわけないっしょ」

「堅いこと言うなって。融通のきかねえ男はモテねえんだぞ」

山田は返事をしなかった。

「それで、まりもちゃんは、この次は何キロ競技に出るの？」

理沙がさりげなく割って入り、話題を変える。

「六十キロの二回目は、もう完走できたんだっけ？」

「ああ、今度は八十キロだわ」

と志渡は言った。

六年生で初出場、二回目の四十キロまでを完走したあと、まりもはそのシーズンいっぱい、大会に出ることがかなわなかった。樹の幹にぶつけて負傷した膝が完治するのに思いのほか長くかかったせいだ。

また、翌年、中学に上がってからようやく出場した六十キロの一回目では、なかなかの好タイムでゴールできたにもかかわらず、最後のチェックでサイファが失権してしまった。歩様検査の際のわずかな跛行《はこう》のためだった。

原因ははっきりしない。終盤の山道で石でも踏んだのかもしれないが、一緒に出場して完走した漆原社長は、まりもがもう痛くないはずの膝を無意識にかばっていたせいもあるかもしれないと言った。乗り手のバランスがほんの少し崩れただけでも、長い距離、長い時間積み重なれば馬にとって大きな負担となり得るのだ。

いずれにしても、学校へ通うようになったまりもは、不登校の頃のようには頻繁《ひんぱん》に大会に出られなくなった。先シーズンのうちにどうにか六十キロの二回目まではクリアしたものの、今シーズン初めての五月の大会は学校の行事と重なって出られず、そして六月から後しばらくは——とうてい競技どころではなかった。

だから、来月、帯広《おびひろ》で行われる大会でまりもがエントリーしている八十キロは、約十ヵ月ぶりの挑戦ということになる。ふだんはふさぎがちなまりもも、馬に乗ることだけは厭わなかった。

八十キロの競技規定には、〈十四歳になる年から出場可〉とある。まりもにも、もう同伴者は要らない。

「そろそろ狙ってくとするかな」

と、志渡が言った。

「何を？」

「優勝に決まってるしょ」

どうやら本気の物言いに、貴子は慌てた。

「ちょっと、志渡さん」

「うん？」

「あんまり煽《あお》らないで下さいよね」

「なしてよ」

「あの子、自分じゃ人と競い合うことが苦手だなんて言ってますけど、いざとなるとけっこう、」

「熱くなっちゃうほうだってか？」

胸ポケットから取りだした煙草を一本くわえ、うつむいてジッポーを擦る。再び顔をあげ、クラブハウスのほうをちらりと一瞥《いちべつ》すると、

「知ってるさあ」志渡は、煙草をはさんだ歯をむき出すようにして笑った。「だぁから面白いんだべや」

貴子は、どきりとした。わけもなく、〈あの男〉の名前が思い出される。

——富良野の、高岡恭介。

その男との間に過去に起こった出来事について、志渡が打ち明けてくれたのはつい先週のことだ。突然の夕立ちに降り込められ、三人で手持ちぶさたに雨が上がるのを待っている時、おもむろに彼が切り出したのだった。

〈ずっと考えてたんだけどな。貴ちゃんとまりもには、やっぱ知っといてもらったほうがいいんでないかと思ってさ〉

もう十年以上も前のことだわ、と志渡は言った。

彼と高岡恭介は当時、道南部のとある乗馬施設で、観光客相手のインストラクターとして働いていた。高岡は独身だったが、志渡にはすでに妊娠中の妻がいた。ちょうど、日高の競走馬育成牧場を辞めてすぐの頃だった。

人間相手には気短《きみじか》なところのある高岡恭介は、おもに五頭の馬たちのトレーニングを担当。人をそらさない志渡が、客を案内して外乗に出かける。そんな役割分担が自然にできていった。

娯楽の少ない町で、酒を飲んでは深い話をするうち、やがて意気投合した二人は共通の夢を抱くようになった。できるだけ早くここを離れて独立しよう。どこかに別天地を探し、あんな子犬の散歩みたいな外乗ではなく、本格的なトレッキングやキャンプもできるような乗馬クラブを作ろう。広い牧草地にカウボーイスタイルのクラブハウスとレストランを建て、カヌーでの川下りや雪の中での橇遊《そりあそ》びなど、子どもから大人まで四季折々に楽しめるような……。

互いに熱く語れば語るほど、実現の日がどんどん近づいてくるように思えた。代表を高岡にして口座を作り、給料の中から少しずつ独立のための資金も貯めて丸二年、これならなんとか思い描く夢の頭金くらいにはなるのではないかと思えてきた矢先。

富良野近郊に、某大手企業の資本で豪華なオーベルジュが建設されるという話が持ちあがった。高岡の遠い親戚筋の男がその開発と運営に関わっており、内々に打診してきた。新設オーベルジュには、カヌーやフィッシングのクラブと並んで、乗馬クラブも併設することが決まっている。敷地内だが経営はほぼ独立採算制、マージンは取られるが悪い話じゃない。お前たち、その乗馬クラブをやってみないか。そんな提案だった。

高岡は大乗り気だった。この話にうまく乗っかれれば先々安泰だ。なんてツイてるんだ。一から土地を探して牧場を作るなんてリスクをわざわざ背負うことはない、メジャーどころの息のかかったオーベルジュならただ待ってるだけで向こうから客が来るぞ、と。

だが、志渡は反対した。

そりゃ俺だって安定した収入は欲しい。女房子どものいる身だ、なおさら欲しい。したけど、自分の思うようにもできねえで、人の顔色うかがいながら金儲《かねもう》けしたって嬉しくねえべ。人間、生まれる時期も死ぬ時期も自分の意思じゃ決められねえんだ、せめて生きてる間くらいは自由気ままがいちばんだって、お前とはいつもそやって喋ってたべや。おまけに、あと一年も頑張れば、土地を見つけてきて具体的に銀行へ掛け合うことだってできそうだっていうこの時に、その選択はねえしょ。二人してさんざん熱く語り合ってきた夢はどうなったのよ。

　何度も話し合い、最終的には高岡も「そうだな、たしかにお前の言うとおりだ」と納得したはずだった。先方には断りを入れた、とも聞かされた。

　しかし、いざふたを開けてみれば、オーベルジュの乗馬担当責任者は高岡恭介となっていた。そればかりではない、高岡は今までいた施設の経営者に話をつけ、五頭いる馬のうち優秀な三頭だけを買い取って連れていってしまったのだ。

　感じやすいまりもも聞いていただけに、志渡は、すべては終わったこととして淡々と語ったし、それ以上の細部についてはあえて話さなかった。だが、後になって貴子にだけ打ち明けた実情は、もっとずっとどろどろしていて救いがなかった。

　一人ではもう、どうすることもできなかった、と志渡は言った。それまでいた乗馬施設の経営者は、人件費を引けば赤字すれすれの仕事を早くやめたがっていた。そんなことさえ、高岡は自分だけが聞いておいて、志渡の耳には入れなかったのだ。

　使える馬が三頭とも消え、あとに残ったのは曳き馬にしか使えない痩《や》せた老馬と、客が乗るには難しい若馬の二頭だけだった。経営者はさっさと施設をたたみ、志渡はといえば辞める以外になかった。

二人で貯めた金を、高岡が持ち逃げしたわけではさすがにない。だが、残った半分きりの額では新天地の頭金になどとうてい及ばなかった。何より、志渡の気概が失せてしまっていた。全幅の信頼をおいていた友にさえやすやすと裏切られる程度の男、しかもすべてが手遅れになるまで一片の疑いも抱かなかった間抜けな男を、誰よりも志渡自身が信じられなくなっていた。

そこから酒びたりの日々まではあっという間だった、と彼は苦笑いで言った。

〈そろそろ狙ってくとするかな〉

今、志渡はいったい、何を見つめているのだろうと貴子は思う。馬とまりもに関しては彼を全面的に信頼しながらも、ふと、不安に駆られる時がある。

志渡が暴走しそうだから、ではないのだった。志渡の気持ちを思うあまり、彼に共鳴してしまうまりものことが気がかりなのだ。

3

馬だけが、特別だった。〈頭が空っぽになる〉というのとは少し違う。むしろ、〈他のことを考えられない〉というのに近い。

まだ子どもっぽくていたずら好きなスーに、大事なことを教えている時もそうだ。あるいは、サイファや他の馬に乗って走らせている時はなおさらそうだ。

脚の間にいるそれは生きものだから——しかも大きな図体のわりにひどく臆病《おくびょう》なところがある生きものだから、いつ何に驚いて横っ飛びするか、止まるか、棹立《さおだ》ちになるか、予想がつかない。とっさの動きに対応するには、鞍の上にいる間じゅう、全神経を研ぎ澄ませ、集中していなくてはならない。

でも、そのおかげでよけいなことを考えずにすむ。

最近では、まりもが何もかも忘れていられるのは馬を思いきり走らせている時だけだった。


「もうすっかりベテランの貫禄《かんろく》だなあ、え？」

灰白色のアラブ馬の腹帯を締めながら、志渡がまじめくさった顔で言った。

「誰、サイファ？」

「ばか、お前がよ」

「なして？」

「レース前なのにずいぶん落ち着いてるなと思ってよ」

「あたしはもとからこうだよ」

「はは、よく言うわ。最初の頃は、スタートが近づくと緊張で顔が白っぽくなってたべや。どっちがまりもで、どっちがサイファか区別がつかなかったさ。腕なんか両方ともつっぱらかって棒杭《ボッコ》みたいだったし」

まりもは頬をふくらませた。

「そんなの、しょうがないしょ。サイファってば、あの頃は秒読みが始まると、きまってばたばたしてたもの。別の馬の霊でも乗り移ったかと思っちゃうくらい」

志渡は笑い、サイファをうながしてハミを噛ませた。頭絡のうなじ革と額革の間から両耳と前髪を引っぱり出し、艶やかに波打つたてがみを整えながら、確かにこいつもずいぶん落ち着いたもんだよと言った。

午前四時半、八十キロ競技の開始まで、あと三十分。あたりがようやく薄明るくなってきた。

サイファの体軀《たいく》がぼうっと浮かびあがる。この一年余りで、まりもの相棒は白さを増し、以前より芦毛らしくなってきた。いつかはファルコンのように純白になる日がくるのだろう。

今日のクルーは志渡一人だけだ。貴子はどうにかして休もうとしてくれたが、同僚が病欠しているせいでどうしても休めず、漆原社長もまた急な海外出張で来られなかった。そのかわり、あとで理沙が応援に来てくれることになっている。

クルー・ポイントごとに貴子の笑顔が見られないのは寂しかったが、まりもが不安なのはそのせいではなかった。生まれて初めて同伴者なしで走るせいだった。

「心配いらねえって」

まりもの心を覗いたかのように、志渡が言った。

「一人で走るったって実際は周りに他の選手がいるんだし、昨日の説明会でも、みんなまりものこと気をつけてくれるって言ってたべ。あとは、山道でたまたま一人になった時に道にさえ迷わなきゃ、何てことはねえよ。サイファを信じてりゃ大丈夫だ」

「わかってるけど」

「したら、もうちょっと元気な顔すれ。たかが競技だ。楽しんだもん勝ちだぞ」

「……うん」

スタート＆ゴール地点となるこの競技場は、中央の芝地を囲む大きなトラックになっている。さらに外側の砂地のあちこちに鉄パイプの柵がめぐらされ、各乗馬クラブの名前を記した札の下に出番を待つ馬たちがつながれていた。ほかの大会とはまるで違う、異様に張りつめた雰囲気だった。

頭上に掲げられた垂れ幕を、まりもは上目づかいに見やった。

〈全日本エンデュランス馬術大会〉

その全日本競技、つまり百二十キロを走破するレースにエントリーした人馬のスタートは、なんと午前一時。皆ヘルメットの前部にライトを装着して出発し、一レグ目の四十キロ区間を走りきってここへ戻ってきたあと、すでに二レグ目へと出ていった。制限時間、十三時間——いつかは自分もそれを走ることになるのか。そして百六十キロは、さらにそれより長いのか。想像してみるだけで気が遠くなる。

腕時計を覗いた志渡が言った。

「まりも」

「はい」

「試しに今日は、いつもより早めのペースで行ってみれ」

「え、なして?」

「何でも『なして?』だな、お前は」

「したって、」

「いいから言う通りにしてみれって。無理し過ぎることはねえよ。けど、これまでよりちょっとだけ頑張ってペース上げてみれ。何ごとも経験だから。な？」

「……はい」

「馬の状態を無視して突っ走るのは最低だけど、失敗を怖がって安全策ばっかりとってたら、サイファの本当の限界なんていつまでたってもわからないまんまだべ。いくらかは危ない橋を渡るの覚悟で、あえて負荷をかけてみるのも、この先長くバディを組んでいく上では必要なことだと思うぞ」

「……うん」

「とにもかくにも、サイファと一緒に愉しんでこい。ほんとうに調子いい時のこいつは、上機嫌でよ、走ることを心から愉しんでるのが鞍越しに伝わってくるだろ。お前も知ってるべ、わかるべ」

「わかるよ」

「したら、今回はできるだけ早くその状態まで持っていけるように頑張ってみれ。ついでにできるだけ長くキープできるように、な」

「はい」

志渡は頷き、サイファの首をぽんぽんと愛撫した。

〈八十キロ競技、スタートまで二……〉

マイクに不備があったのか、アナウンスが途切れる。

ごくん、と喉が鳴った。ベテランの貫禄だなんて嘘ばっかりだ。もしかすると、今まででいちばん緊張しているかもしれない。長袖のポロシャツの上から、まりもは無意識に左腕の傷を撫でた。

きっかけは、と訊かれてもうまく言えない。あったとしてもささいな、本当にささいなことだったはずなのだ。藤原奈々恵と岸田大地の二人が付き合い始めたと知った時点ではまるで自覚していなかった。あとになっていきなり衝撃と絶望が襲ってきたとき初めて、自分が本当は何を望んでいたかを知った。

だが、それだけならまだ耐えられた。どちらも、ずっと自分を支えてきてくれた友だちだ。うまくいけばいいと心から思った。傷ついたのは、大地が奈々恵とのことをからかわれて口にした言葉をたまたま漏れ聞いてしまったせいだった。クラスの連中から、お前は岩館のことが好きだと思っていたというような意味のことを言われた大地は、うるせえよ、と笑ったあと、こう言ったのだ。

〈いいやつだけど付き合うのは無理しょ。あいつに女を感じたことなんかただの一度もねえもん〉

そうだよなあ、あいつさばさばしすぎてて男みたいだもんなあ、もしかしてチンコもついてんじゃねえの、などと騒ぐ男子たちに混じって、大地までが声をあげて笑っていた。

いいやつ、という言葉には少しも慰められなかった。無理、のあとに続く言葉、生まれて初めて好きになった異性の口からこぼれた本音に、まるで自分という存在を全否定されたような気がした。哀しくて、やりきれなくて、試しにほんの少しだけ腕の内側を傷つけてみたら、痛みと引き替えにふっと楽になるものがあった。死にたいわけではない。ただ、こんな自分が嫌でたまらないだけだ。

一週間ほど前にまたこっそり作ってしまった傷が、こうして触ると少しだけ痛む。ばかなことをしている。こんなことをしたって大事な人たちを悲しませるだけで少しも楽になんかならない。それがわかっていても、どうしてもやめられないのだった。何日かは我慢しても、結局また同じことをくり返してしまう。

でも今日は、その痛みが心強かった。なんだか、自分がここにいることを確認できる気がして落ち着く。

〈八十キロ競技、スタート二十分前です〉

まりもは、さっきから気になりながらもできるだけ見ないようにしていた方角へと目をやった。

スタート地点のすぐ横にある白いテント。その下で忙しく立ち働く大会スタッフたちに混ざって、背の高い、頑丈な体つきの初老の男の姿が見える。赤いシャツに30番のゼッケン。間違いない、昨日のあの男だ。

昨日の夕方、選手説明会が行われる会議室の前で、志渡とあの男がばったり鉢合《はちあ》わせした瞬間――まりもは、心の底から震えあがった。

向こうはあからさまに驚いて顔を歪《ゆが》めたが、志渡のほうは両耳を後ろへ引き絞っただけでほとんど表情を変えなかった。どちらも、ひと言の言葉も発しなかった。にもかかわらず、二人の間にびりびりと高圧電流が走るのがはっきり目に見えた気がした。

配られた選手リストをそっとめくってみると、思ったとおり、名前があった。

〈高岡恭介〉――あれがその男か。

説明会の間、前のほうに座った男の背中から頑《かたく》なに目をそむけた志渡は、時折こめかみを小さく痙攣させていた。その隣で、まりもはひたすら息を殺しているしかなかった。終わってあの男が出ていってしまってからも、しばらく動けなかったくらいだ。

ブルルル、とサイファが鼻を鳴らす。

目を戻すと、志渡は芦毛の馬の足もと、飛節から繋ぎにかけての腱をてのひらで撫で下ろしては入念にチェックしていた。

「志渡さん」

「うん？」

「あのさ、訊いてもいい？」

「どした」

「あのね」

まりもが言いよどんでいると、志渡が体を起こした。どした？　と繰り返す。日に灼けたその顔を見たら、胸がツキンと疼《うず》いた。あの時、責める言葉などひと言も口にしないまま抱きしめてくれた腕の力強さを思う。志渡の涙を見るのはあれが初めてだった。

「あのさ。志渡さんはさ。あたしに、勝ってほしい？」

驚いたように目を瞠り、何か言いかけた志渡が、ふっと口をつぐんだ。

そのまま、まりもを見つめる。

〈八十キロ競技、スタート十五分前です〉

キィーンとスピーカーがハウリングを起こす。それと同時に、まるで池のおもてに小石を投げたかのように、会場全体に緊張のさざ波がひろがってゆくのがわかった。

　やがて、志渡はくしゃりと頬をゆるめ、情けない苦笑いを浮かべた。

「あのなあ」あきれた口調で言い、ため息をつく。「ばかか、お前は」

「なして？」

「『なして？』じゃねえっての。相手は、ありゃ百戦錬磨の化けもんだぞ。おまけに超優秀なクルーが何人もついてる。お前や俺がどんなに頑張ったって、今の実力で勝てるわけねえべ」

　とりあえず、こちらの言いたかったことは正確に汲《く》み取ったらしい。

「……だよね」まりもはつぶやいた。「やっぱ、そうだよね」

「なーにが『そうだよね』だ。ばかなこと気にしてねえで、お前は無事に完走することだけ考えれ。べつに、誰にも勝たなくていい、したけど、ちんたら走るのは駄目だぞ。ちょっとでもましなタイムで帰ってくることを目標にして、あとはただやれるだけのことをやってくりゃそれでいいから」

「わかった」

「わかったじゃねえ、『はい』だ」

「——はい」

　もう一度向こうへ目をやると、本部テントの下に高岡恭介の姿はすでになかった。

スタートの最終準備をしに行ったのだろう。

説明会で配られた資料を思いだす。高岡の乗る馬も、サイファと同じ純血のアラブ馬だった。

〈勝てるわけねえべ〉

〈勝たなくていい〉

まりもは、左の二の腕をぎゅっと握りしめた。

正直ほっとしたけれど――でも、なんだか悔しくて苛々《いらいら》した。


落ち着いているかのように見えたサイファだったが、スタート十分前になり、まりもがまたがって巻き乗りを始めると、やはり興奮して入れ込んできた。

何しろ、広いトラックを持つ競技場のあちこちに、風にはためく運営テントが張られ、見知らぬ馬たちがいななき交わし、人々が忙しく動き回っては大声で叫び合ったりしているのだ。ぴりぴりした雰囲気に感電してばたつくサイファの上で、まりもは懸命にバランスを保とうとした。これまで経験した何度かの落馬の場面が、いやな感じに脳裏をよぎる。

志渡は、見ているだけで何も言ってくれない。

「お願い。なんか言ってよ」

「体を起こせ」

「そういうことじゃなくて」

「何を言えって？　これからお前、一人でスタートして出て行くんだぞ。俺ばっか頼りにしててどうする。頭を使え」

「う……。はい」

「ほれ、深呼吸」

そのくせ、まりもが素直に大きくスーハーとやると、げらげら笑いだした。

「ひどいよ」

「はは、大丈夫だって、まりも。お前、自分で思ってるよりずっと乗れてんだから」

「そ、そうかなあ」

「怖いか？」

「怖いよ。当たり前じゃない」

「そうか。でもそれだって、悪いことじゃないんだぞ。怖いと思うその気持ちが、今までお前を守ってきたんだから。な、自信を持てって」

「……うん」

「ちなみにな。上位入賞を狙いたかったら、トップ集団とは十五分以上離れないようにしたほうがいいぞ」

「ええっ？」

「それ以上離れちゃうと、あとで追いつくのはちょっとキツいもんね」

「し、志渡さん？」

まりもは思わず手綱を引いて見おろした。止まるのを嫌がったサイファが、首を振り立てながら足踏みをする。

「志渡さん、さっきと言ってることが違うしょ」

「そうだっけ」

「勝たなくっていいって言ったじゃない」

「そうだったかあ？」

しれっと言って、志渡が目尻に皺を寄せる。

「そういえば、思い出したわ。俺ここんとこ、漆原社長から渡されたビデオで、レース運びってやつを研究してたんだった」

「やだもう、なんで今ごろ」

「あのな。敵さんの背中が見えようと見えまいと、だいたい十五分くらいの間をあけてひたひたひたひたついてくのがいいらしいぞ。だからって、ただついてくばっかで最後の最後だけ追い抜いたりすっと、後でブチブチつまんねえこと言われっからさ。時々ちょこっと追い抜いて前に出てみたりして、またさりげなく下がると。基本は後ろからマークだな。トップを走るより、後ろついてったほうが馬も楽だから。おい、聞いてっか？」

「聞いてるよ！　それどころじゃないんだよう！」

「で、おしまいのほうで、もしも勝負かけられると思ったら、その時は思いきってまくっちゃえ。抜くと決めたら、失権覚悟でぶっちぎっちゃえ。競り合いましたー、競り負けましたー、失権しましたーじゃ、あんまりにもカッコ悪いべ。勝負をかけるからには絶対勝ってやれ」

ひと息に志渡は言い、暴れる馬から落ちまいと必死のまりもを眺めて、ニヤリと不敵に笑った。

4

スタートは、どうにか無事にやり過ごすことができた。競技場のトラックから外へ出るより前に、すぐ横を走っていた馬から誰かが落ちたがどうにもできはしない。まりもはひたすらサイファにしがみついて、懸命に反動を合わせ続けた。

ところが、だ。

トップ集団にひたひたついていくどころか、出走した十七頭のうちの過半数が、レース序盤から競馬状態に突入してしまったのだった。五キロ地点をようやく過ぎたあたりの山道で、いちばん後ろを走っていたはずの茶色のぶち模様のドサンコが、あっけにとられるような勢いで追い抜きをかけてきたのだ。

なんでわざわざこんな狭い山道で抜きにかかるのかと目をむいたのだが、どうやら乗り手のおじさんは、はやる馬を止めきれなかっただけらしい。スピードに釣られた先頭の二頭、中年の夫婦が乗ったそれぞれが、まるでブチッと脳の血管が切れたかのように猛追を始めると、あとはもう、次々にブチッと伝染していき、あっというまに団子になって抜きつ抜かれつの大暴走になった。

そうなるともう、まりもの腕では、サイファ一頭だけを止められるものではない。なんとかスピードを抑えられたと思っても、何しろ道が狭いものだから、後ろから来た馬の肩にぐいぐい押されてまた走りだすしかなくなってしまうのだ。まるでレミングの集団自殺のようだった。

登りはいい。カーブもまだいい。怖いのは下りだ。反動が大きくなり、お尻を突きあげられてあぶみが抜けるのを、

(落ちるっ落ちるっ落ちるッ！)

爪先で必死にまさぐって再び差し入れる。

「だめだってサイファ、ついて行っちゃだめ！」

前を行く選手たちにも聞かせるつもりで、まりもは大声を張りあげた。

「まだ先は長いんだよ、こんなのについてってたらつぶれちゃうよ！」

隣を走る男性が、わけのわからない唸《うな》り声をあげる。

「は、八十キロの先頭って、いつもこんなペースなんですか？」

悲鳴のようにまりもが訊くと、

「いや、これはいくらなんでも……」

言いかけた男性は、先頭をゆく奥さんの背中に叫んだ。

「抑えろ、これじゃ続かないぞ！」

「わかってるけど、止まらない！」

一頭での暴走もそれはそれで怖いけれど、とりあえずその馬の気が済みさえすれば自然にスピードはゆるむ。それまでの間、落ちずに乗っていられれば何とかなる。

だが、集団での暴走となると話が別だった。一頭の行く気が萎えてきてスピードを落とそうとしても、ほかの馬に押されると再びスイッチが入ってしまい、代わるがわる互いを引っぱる形でなかなかテンションが下がらないのだ。

結局、山を一つ越えるまでの七キロほどの道のりを、およそ想定外のスピードで走り抜けてしまった。そんなに長く走り続けたのは生まれて初めてだった。

志渡の待つ林の中のクルー・ポイントに走り込んだ時には、サイファだけではない、どの馬も息が上がって汗まみれの泥まみれだった。おまけにサイファの右前肢の蹄鉄ははずれていた。

安堵で泣きそうになるのをこらえるまりものそばで、志渡がひづめを裏返しにして手早く鉄を打ち直してくれる。前肢《まえあし》を預けたままサイファは水を飲み、そのへんのクマザサを少し食べたが、呼吸はまだ荒いままだ。

「こんなペースじゃ、とても最後までなんかもたないぞ」と志渡が言った。「先頭を先に行かせて、少し後から出ようか」

わかった、と頷いた時、ようやく後ろから四、五頭の馬たちが山道を下りてきた。率いているのは高岡恭介と、彼のスタッフらしい若い男性だった。彼らとその後ろの選手たちは、暴走集団に巻きこまれるのを免《まぬか》れたらしい。

ゆっくり速歩で坂を下ってきた彼らは、さほどの呼吸の乱れもない馬たちに水を飲ませると、ものの数分でさっさとクルー・ポイントを出ていってしまった。

見送る志渡が、小さく舌打ちをもらした。


思ったとおりだった。疲労は、後から表れる。第一レグ、全長三十キロの後半は、恐れていた以上に時間がかかってしまった。

まりもが最初のゴールとなる競技場に戻ってきた時には、これから歩様を常歩に落としてぐるりと周回していかなくてはならない長いトラックの向こう側で、すでに高岡たちの馬が二頭とも獣医検査を通過するところだった。純血のアラブ馬は本来、心拍が下がるのが圧倒的に早いのだ。

獣医検査にチェックインするのは、各レグのゴールから二十分以内ならいつでも良い、と定められている。だがクルーチームは、ゴール直後から馬体を冷やしたり歩かせたりなどして懸命に心拍を下げようと努める。できる限り早く。一秒でも早く。なぜなら、獣医検査のブースにチェックインした時点で、その選手の時計は止まり、そこから馬のために設けられた四十分の強制休止時間を経れば、またスタートしてよいことになっているからだ。

つまり、心拍が下がるのが早ければ早いほど、どんどんタイムを稼げる。一レグ目は同時にゴールしたとしても、片や五分で心拍が下がって獣医検査を受けられ、片や制限時間の二十分まるまるかかったとしたら、それだけで二レグ目のスタートには十五分もの差がついてしまうのだ。

そして、サイファはといえば——。

「あと五分か。なんとかぎりぎり下がったな。よし、検査行くぞ」

当然だった。あんなに急な山道を、とんでもないスピードで走らされたのだから。

「ごめんなさい。止めてやれなくて」

「ヘコんでる暇はないぞ。選手は自分のケアもちゃんとしないとな」

四十分の強制休止時間のあいだに、スポーツドリンクをラッパ飲みし、トイレに走る。用を足し、手を洗いながら鏡を見て、まりもはびっくりした。ゼッケンが、番号も見えないくらいに泥だらけだった。前を走る馬が撥ね上げる泥を、もれなく体で受けとめたらしい。

目の中にも砂が入って、痛くてたまらない。白目が血走って真っ赤だ。

トイレから走ってサイファのところへ戻ると、志渡がぼそっと言った。

「ちょーっと引き離されちゃったな。トップとは、今の時点で二十分差だそうだわ」

「……そう」

「さて、どうする？　この二レグ目で差を詰めておかないと、最終の三レグ目は平坦で楽なぶん、ちょっとやそっとじゃ抜けねえよ」

まりもは、サイファを見あげた。

スタート前に志渡から言われた言葉の一つひとつが、くっきりと脳裏に甦《よみがえ》る。同時に、志渡があえて口に出さなかった言葉も。

「走ってもいい？」

すると、志渡が目で笑った。

「走らなくて、どうやって追いつくのよ」

「んー……っていうか、追いつくまで走ってもいい？」

「いいよ」

「サイファは、大丈夫かな」

「今のところは大丈夫だと思う。途中、様子見ながら行こう」

「そのせいで、最後に失権する羽目になったとしても？」

「それはそれ。覚悟の上でしょ」

志渡は、まりもを見おろして言った。

「さっきも言ったべ。どこまでやれるか、負荷をかけてみることも大事だって。あとは、まりもに任せる。乗るのはまりもだ」

話している間にも、あの夫婦の乗った二頭が、そしてドサンコが、次々にスタートしていく。まりもの後には、まだ強制休止中の馬が三頭残っているだけだ。

「わかった。やるだけやってみる」

まりも一人だけのスタートが、一分後に迫っていた。

競技場から二キロほどの地点で、まずは東京の乗馬クラブ所属の女性が乗る馬に追い越しをかけた。

「すみません、右から抜きます！」

こういう時はあらかじめ声をかけるのがマナーだ。うっかり声をかけずに抜いて驚かせ、乗り手が落馬でもしようものなら、あとあと〈失権〉より厳しくて不名誉な〈失格〉の対象になってしまうこともある。

三キロほど進んだところのウォーター・ポイントで、まりもは、前を行く夫婦が水を飲ませに立ち寄るのを横目に、そのまま馬を進めた。サイファなら、まだ飲まなくても大丈夫なはずだ。ついさっきまでの休止時間にしっかり飲んでいたのだから。

第二レグの順路を示す矢印に従って山道を右へ折れると、そこから急な上り坂が長々と続く。サイファが自然と駈歩になった。たくましい両肩が大きく動き、後肢がぐいぐいと深く踏みこまれて、軀《からだ》を前へ前へと運びあげる。その動きをできるだけ妨げないように、まりもは鞍から腰を浮かせ気味にして騎手のような体勢をとった。

呼吸が、やや荒い。一歩進むごとに、ブルッフ、ブルッフ、と鼻から息をつく。頂上近くになると、足取りも重くなってきた。速歩に落とし、さらに励ましながらてっぺんを越え、ほんの数歩の平坦な道をはさんで、今度は急な下りに入る。

早朝、一レグ目にここを通ったときは道がひどくぬかるんでいて、なのに馬たちは入れ込んだままで、いきなり横滑りしたサイファとともにあやうく人馬転しそうになったものだ。ひやひやしながら、常歩と速歩を交互にとりまぜて、ゆっくり、ゆっくり坂を下りると、今度は大きな石がごろごろした林間コースだった。

前に怪我をしたときのことを思い出し、慎重に進む。あのとき志渡が言っていたように、馬は自分の体高と横幅のことしか考えてくれない。気をつけないと、覆いかぶさる幹に頭をぶつけそうになったり、枝で目を突きそうになったりする。もう、膝をぶつけるのは御免だった。

しばらくの間、山道にはサイファの鼻息とひづめの音だけが大きく響いていた。そのほかには、鳥たちのさえずりと、梢《こずえ》を揺らす風と、はるか下を流れるかすかな川音。それに名残りの蟬《せみ》しぐれ。

まりもは、胸の奥深く息を吸いこんだ。山あいの空気はみずみずしく、かぐわしい。袖まくりをした腕が、木漏れ日に染まって緑色に見える。なんだか体じゅうの血まで入れ替わって、今だけ別の自分になれるような気がした。

山道は続く。登っては下り、下っては登り、右に左にカーブしながら延々と続く。苦しい。サイファが、重い。駈歩どころか、速歩でさえきびしない。重たくなった馬を前に進めるのほどくたびれることはない。

やはり疲れがたまってきたのだろうか。けれど以前出場した六十キロの大会でもサイファはこんな具合で、なのに終盤には打ってかわってものすごい脚力を見せたのだ。今のこの重さはどっちなのだろう、馬の疲れから来るものなのか、それともただの怠け心なのか――。

わからないから、不安で仕方がなかった。わかっていることがあるとすればただ一つ。このままでは、絶対にトップには追いつけないということだ。

「サイファ。頑張って、サイファ」

声に出してみる。

「お願い。ほら、ほら、さ、もっと、もっと、もっとだよサイファ、そら、そら、もう少し……そう！　いい子だ、ようし、そら行け、そう、その調子、よーしよし、いい子だねえ、ようしサイファ、大好きサイファ、大好き……！」

馬に、人間の言葉が理解できるのかどうかはわからない。けれど、声の調子には間違いなく反応する。大げさなくらいに抑揚をはっきりさせ、叱るときと褒めるときの差をつけて、そのかけ声と脚の合図などをきちんと連動させながらトレーニングすれば、しまいには「よし行こう」と声をかけるだけで馬は前に出るようになっていくのだと志渡が言っていた。

「よし、行こう、サイファ。どんどん行こう」

やがて、はるか行く手にドサンコの背中が見えた。正確に言うならば、ドサンコの丸いお尻と、乗り手のおじさんの背中が見えた。

「……なにあれ、止まってるよ？」

当たり前のようにサイファに話しかけながら、まりもはあっという間に追いついた。やけっぱちのように、おじさんがドサンコの腹をばんばん蹴っている。

「どうしたんですか？」

「いやあ」おじさんは照れ笑いをした。「ぜんぜん動かなくなっちゃってよ。僕程度の腕では、このクラスの馬はなかなかねえ」

（……そういうことは乗る前に気づいてよ）

サイファに釣られてドサンコもようやくまた走りだしたけれど、すっかり行く気をなくしたようで、すぐに後方へ消えていった。

くねくねと曲がりくねる山道を、ほとんど駈歩で行く。せき立てたりしなくとも、また気分の乗ってきたサイファは素晴らしい駈歩をぐんぐん続けてくれる。下りまでそのまま駈歩で行こうとするのを、肢を痛めないよう、手綱を引いて速歩に落としてやらなくてはならないほどだ。

と——行く手の木々の陰に、ちらっと赤いものが見えた気がした。

心臓がどくんと音をたてる。ヘルメットの中で、毛穴がじわりと開く。

駈歩のままカーブを曲がる。

いない。違ったんだろうか。

次のカーブを曲がる。

もうひとつ。

その先で、視界がひらけた。平坦な林間コースを、二頭のアラブ馬が速歩で行くのがはっきり見えた。

まりもは思わず、右手のこぶしを高々と突きあげてしまった。体を前へ倒し、

「つかまえたよ！」

サイファの耳にささやく。

駈歩のまま、ぐんぐん、ぐんぐん追いすがり、あと百メートルほどの距離にまで追いつめると、ひづめの音に気づいた高岡恭介がふり返った。

その瞬間の表情を、どれほど志渡に見せてやりたいと思ったことだろう。まさか、という顔だった。信じられない様子だった。

慌てて前へ向き直った高岡が、思いきり馬に蹴りをくれた。

ふもとのクルー・ポイントまでの残り二キロほどを、サイファは、前を行く二頭にぴったりついて走りきった。見事としか言いようのない駈歩だった。まりもはその耳に、大好き、サイファ、大好き、とささやき続けた。

高岡たちのすぐ後ろにつけてクルー・ポイントに走りこんだ時、志渡は、ちょうどバケツに水を汲み終えて待ちかまえていた。満面の笑みだった。

「よくもまあ、追いついたもんだな」

「ほめてくれる？」

「ああ、いくらだってほめてやる。お前は凄い」

まりもは声をあげて笑った。

サイファが志渡からバケツを奪うかのように鼻面をつっこみ、音もたてずに水を吸い上げる。いつのまにか気温がずいぶん上がっていて、馬ばかりでなくまりもも汗だくになっていた。

向こうで高岡たちのクルーが、桶から水を汲んでは二頭のアラブの首のあたりにかけている。その彼らに向かって、高岡はわざとこちらにも聞こえるような大声で言った。

「ここからはずっと駈歩で行くぞ！」

まりもが見おろすと、志渡は声を低めた。

「無理のない範囲で、できるだけ後ろをついてけ」

「オッケー、まかして」

高岡とスタッフの乗る馬が、矢印に従って林の中へ駆けこんでいく。

「行ってきます」

まりもとサイファもすぐに続いた。

第二レグの終盤、ウッドチップが敷きつめられたまっすぐな林間コースで、高岡はふいに馬を速歩に落とすと、まりもをふり返り、右手を大きく振りまわして怒鳴った。

「先、行って！」

おやおや、とまりもは思った。ずいぶん親切なおじさんだ。

「ありがとうございます。でも、この子もだいぶ疲れてるので、気にしないで下さい」

できるだけ愛想よく言ったはずなのだが、なぜだかそれが癪《しゃく》に障ったらしい。高岡の形相が、みるみる変わった。数秒間、まりもをにらみつけると、まるで大見得《おおみえ》を切るかのように前を向き、

「ソリャア！」

叫んで、馬の腹を蹴った。若い男性スタッフもそれに続く。

まりもは、歯を食いしばった。馬に乗り始めてこのかた、ここまでのスピードを出したのは初めてだった。朝の暴走よりもさらに速い。駈歩の上をいく、襲歩《しゅうほ》だ。

(体ヲ起コス、体ヲ起コス！)

前を行く高岡たちの背中を、必死に追う。

この速度を少しも怖れている様子がないのはさすがだけれど、でもあの人、乗り方は全然きれいじゃない、と思った。いったい何だってあんなに無駄な動きが多いんだろう。早回しの盆踊りみたいだ。

やがて、高岡もあきらめて走るのをやめた。

途中、ふっと志渡の教えを思いだし、一度か二度はまりもが先に立ったりもしてみたが、競技場近くで再び三位につけ、トラックをぐるりと回ってとりあえず二度目のゴールを切る。

迎えてくれた志渡の横には、理沙が来ていた。笑いかける元気もほとんどないまま、彼らに馬を預け、本部テントのところへ行く。大会スタッフから、ゴールした時間や獣医検査のチェックイン・タイムなどが印刷された個票を受け取って歩く膝が、かくかくと震えていた。

氷水をかけて頸動脈を冷やしてやると、サイファの心拍は一レグ目よりも早く下がってくれた。検査結果も歩様も、オールAだ。

後続の馬たちはまだ一頭も入ってこない。よほど引き離してしまったらしい。

理沙が椅子代わりにすすめてくれたクーラーボックスに座りこみ、まりもは、ズキズキする頭を押さえた。慣れないヘルメットと馬上の振動のせいだろう。

「お薬、飲んどく？」

「ん……いい、それほどじゃないから大丈夫」

と、志渡がそばへやってきて言った。

「やるじゃんか、まりも」

「でしょ」

「もちろん、次も行くよな」

「志渡さん」理沙がたしなめる。「またそういうこと言ってけしかける。まりもちゃん、頭が痛いんだよ、かわいそうに」

「なあ、行くよな。ここまできたら行くしかないっしょ」

「行くよ、もちろん」

まりもは言った。何の迷いもなかった。

「ただ、問題はさ。サイファ、ほかの馬の後ろをついてくぶんにはどんなスピードでも行けるんだけど、いざ抜いて自分がトップに立つと、そこで安心しちゃうんだよね。後ろの馬を置き去りにして自分一頭だけガンガン走るってことをしてくれないの」

「思いっきり蹴ってみたか？」

「まだ。いざって時のために取ってある」

「なんなら、三レグ目はここへ戻るまでぴったり奴らの後ろにくっついて入ってきて、最終カーブからゴール前の直線で蹴り入れて思いっきりまくってやれば？　その時はインコースを取るのがコツだからな。鼻の差でも一位さえ取っちゃえばこっちのもんだ。みんなの見てる前で堂々と追い抜きゃ、あの親父も文句は言えないしょ」

その視線は、ちょうどスタートを切った高岡たちの背中に注がれていた。例によって、彼らは七分ほど稼いで先にスタートすることができたのだ。

「七分差なら、きっと詰められるよね」

「たぶんな。サイファの調子がすべてだから、途中でどうなるかはわかんないけど、この際、とことんやってみるしかないべ」

まりもは頷いた。

なんだか、自分が自分ではなくなってしまったかのようだった。こんなぎりぎりの状況で誰かと本気で競り合ったことなんて、これまでただの一度もない。それなのに、体の血が沸いている。心の憂さなどどこかへ吹き飛んでしまっていた。もしかすると、最後の最後に勝負を分けるのは、自分が土壇場でどれだけ強気に出られるか——その一点かもしれないと思った。

強制休止時間のほとんどが過ぎ、スタートゲートの横にある時計が12：45を差している。まりもに定められたスタート時間は、12：48：25だ。それより早くスタートを切ると失権になってしまう。

サイファにまたがり、ゆっくりと走路に出た。

その時だった。

「待て、まりも」

志渡が、張りつめた声で言った。

「サイファ、びっこ引いてる」

「うそ！」

ぎょっとなって見おろす。

「どの肢？」

「ちょっと歩いてみれ」

言われたとおり、スタート前の走路をゆっくりとした速歩で往復してみせると、乗っているまりもにもはっきりわかった。右前だ。まだそんなにひどくはないけれど、あきらかに右前肢をかばっている。

志渡が寄ってきて、サイファの肢に触れた。足首ではないらしい。関節でもない。

もっと上、右の肩だ。付け根のあたり。つい三十分前の歩様検査は問題なく通ったものの、休ませている間に筋肉が冷えて、そのせいで痛みが出たのかもしれない。

「どうしよう」

おろおろするまりもに、

「今はまだ大丈夫だ」と志渡は言った。「したけど、無理させれば、たとえ戻ってこられたとしても最後の歩様検査で引っかかるかもしれない。あるいは、もしかすると逆に、体があったまることで、このびっこも解消されるかもしれない。あくまでも無理させずにうまく持ってってやれればの話だけど」

本部からのアナウンスが告げる。

〈ゼッケン34番、岩館まりもさん。スタートまで三十秒です〉

「どうしよう。ここでやめてやったほうがいい？」

「まりもが決めていいよ」

「あたしは、どこでやめてもかまわない。今すぐでもいいよ。だってサイファには、まだ先があるもの」

そうしていると、今日の獣医師長を務めている浅野がやってきて、サイファの肢に触った。

「ゆっくり行ってみたらどうだろう」と、やがて浅野は言った。「この肢を、今より悪化させずに戻ってくることを最優先にして、そうっと行ってみてごらん。これも、大事な勉強だから」

5

目標を、〈優勝〉ではなく〈とにかく完走〉に切り替えて、まりもはそろりとスタートした。

ほかの馬の姿は見えない。そのせいもあって、明らかにサイファのテンションが下がっている。さっきの山道の登りでも重かったが、あの時ともまた違う重さで、なかなか前に進まない。

そして、乗っているまりもは、サイファの右肩が気にかかってならなかった。少しでも楽なようにとタイミングをはかり、右肩が前に出る瞬間にお尻を浮かせて反動を抜いてやる。

そうしてうつむいて、馬の肩ばかり見ていたせいかもしれない。

もしかして道を間違えたのではないか、どこかで曲がり角の矢印を見落としたのではないかと疑い始めてからも、土の上には惑わせるように馬のひづめの跡が現れて、やっぱりこの道でいいはずだと思い直すうちに三キロほども進んだろうか。

右側には一面、見わたすかぎりのジャガイモ畑。

左側は一面、見わたすかぎりの牧草地。

遠くに古いサイロが見え、ところどころに農場らしき家が建っているほかは、前にも後ろにもただひたすら日ざらしの砂利道が続くばかりで、人の影すらない。ふだんなら気持ちいいと感じるはずの風景の真ん中に、馬とふたりきりでほうり出されて、まりもは心細さに泣きたくなった。

途中、アスファルトの道路を横断するのに、誘導してくれるおまわりさんも大会スタッフもいないことにさすがに不安が募り、とうとうゼッケンの前ポケットから携帯を出して志渡にかけてみた。

開口一番、志渡は言った。

「どうした？　やっぱり駄目そうか？」

「ううん、サイファはまだ大丈夫そうなんだけど……道、こんなまっすぐでいいのかな。なんか心配になってきて」

「今、どこ」

「わかんない。えっと、向こうに大山《おおやま》牧場っていう、わりと大きな牛屋《ベコ》さんが見えるんだけど。ホルスタインがいっぱいいるよ」

志渡がすぐに、そばにいる誰かに確かめる。そして言った。

「そのまま、まっすぐ戻っておいで。俺らも今から車で探しに行くから」

ごめんなさい、ごめんなさいと謝り、携帯をポケットにしまって引き返しながら、まりもはサイファにもひたすら謝り倒した。

ごめんね、サイファ。それでなくても肩が痛いのに、こんな蒸し暑い砂利道を延々歩かせて、ほんっとごめん。

十分くらいかけて、来た道をぼくぼくと歩いて戻る。そのうちに、ようやく遠くのほうに、本来の曲がり角らしきところが見えてきたので、連絡しようとゼッケンのポケットに手を入れ——青くなった。

……携帯が、ない。

「うそ、どこで落としたの?」

どのポケットをさぐってもなかった。本当にどこにもなかった。どうしよう。どうすればいい。この先を走りきる気力さえ萎えそうになる。

と、後ろからクラクションが鳴り、志渡と理沙と、コース委員長のおじさんが乗ったランドクルーザーがゆるりと止まった。コース委員長は、この干渉がクルー・ポイント以外での選手への援助と見なされてまりもが失格にならないようにと、特別についてきてくれたのだった。

「ごめんなさい。途中で迷わないように気をつけろって、あんなに言われてたのに」

「まあ、しょうがねえや。サイファの肩を気にしてやってたんだべ。それで矢印を見落としたんだ、きっと」

全部わかってくれている志渡の言葉に、気がゆるんで本当に泣きそうになる。まりもは、目に力を入れて、奥歯を噛みしめた。

「……あとね、携帯落としちゃった」

「だろうと思った。何べん鳴らしても出ないんだもん」

ここへきて、まりもも認めないわけにいかなかった。どうやら自分はだいぶ疲れているらしい。暑くてふらふらするし、腰も膝も痛む。頭の中は雲がかかったみたいだ。

「心配すんな、携帯は俺が探して拾っとくから。それより、ちょっと歩いてみれ」

その場でサイファの歩様をもう一度じっくり検分した志渡は、うん、行けそうだぞ、と言った。

「どうする、まりも。お前は続けられそうか？　それともここでやめとくか？」

まりもは、迷った。

理沙が心配そうに見ている。その目が、やめたっていいんだよ、と言いたがっているのがわかる。

「……大丈夫。行く」

「そうか。よし。行ってこい」

本来の順路だった林の中へと、まりもは再び一人で入っていった。

この期に及んで、三十分以上もロスしてしまった。後続の選手たちももうみんな先に行ってしまっただろう。制限タイムは午後三時二十分、あと二時間強。とにかく最後の一人になってもいいから時間内にたどりついて、それで獣医検査をパスできたら御の字だと思うしかない。

サイファの速歩は、もうほとんど歩きに近いくらいの重さだった。

目の端に、手綱を結んだ余りの革紐が映る。これを振り回して一発鞭をくれてやれば、サイファはびくっとなって、いっぺんにきびきびと走りだすだろう。エンデュランスの競技ルールで鞭と拍車《はくしや》は使用を固く禁じられているけれど、今なら……この林の中でなら、誰も見てなんかいない。一発や二発くらいなら痕《あと》も残らない。ほかの馬術競技だったら、あるいは調教中にだって、ごく当たり前に行われていることだ。

でも――と、まりもは唇を噛んだ。

なぜだろう、いやなのだ。何があろうとそれだけはしたくなかった。

偽善者ぶっているつもりはない。どんなに弱くていいかげんな人間かは、自分がいちばんよく知っている。

ただ、こういう瞬間にだけは、大事な何かをごまかしたくないのだった。どんなに馬が動かなくても、そのへんの枝を折り取って尻をひっぱたいたりはしたくない。人に対してより何より、馬に対してフェアであることを放棄してしまうくらいなら、最初からこんな競技に出なければいいのだ。長い、ながい距離を共に走りきった時、馬の目をまっすぐ覗きこめる自分でいられないのなら、今のこの苦しささえ何の意味もなくなってしまうじゃないか。

ゆっくり、ゆっくり、まりもは速歩と常歩を交互に続けた。

気持ちを立て直そうと、誰も聞いていないのをいいことに歌を歌い出すと、サイファの両耳がひょいと後ろへ動いて、また元に戻った。

てっきりビリだと思っていたのに、やがて後ろからドサンコのおじさんが追いついてきて、しばらく一緒に歩いた。彼によれば、後ろにもまだ何頭かいるとのことだった。

「一頭、第三レグに出る前の時点で棄権したのもいたよ」と彼は言った。「念のために点滴を打ってたようだけど」

レースの最中は、馬に対するいかなる医療行為も認められていない。治療したければ、その前に棄権する以外にない。弱っている馬をよく効く注射一本で無理やり走らせるなどということのないように、そういうルールが定められているのだ。

それにつけても、レースの序盤で暴走した馬たちが、今になって次々に潰れてしまっている。狙ってのことではないにせよ、結果的にはまんまと高岡たちにしてやられたというわけだ。

まだまだだな、とまりもは思った。

この競技はほんとうに、いつ何が起こるかわからない。状況をきちんと把握して、それに正しく対処できる者だけがレースを制するのだ。

最後のクルー・ポイントは、ゴールから十三キロ手前の、大きな川を渡った先にあった。向こう岸には、志渡と理沙とがすでにスタンバイしていた。

急な土手の斜面を、一歩ずつ上手に下りたサイファは、けれど、川の真ん中で突っ立ったまま彫像のように動かなくなってしまった。

水を飲みたいのではない。冷たい水が肢に気持ちいいのだ。というよりも、もうこれ以上、一歩も動きたくないのだ。

まりもは、鞍の上から体を傾けてサイファの目を覗きこんだ。黒々とした瞳にきらきら光る川面《かわも》が反射して、吹き渡る緑の風がその白いたてがみをそよがせている。

唐突に、声をあげて泣きそうになってしまった。

川底の小石を見おろしながら、自分自身の胸の底をまさぐる。

——さあ、どうする。

むずかるサイファをどうにか促し、志渡たちの待つほうへと斜面を上がった。

「どうする？」

全部わかっているみたいに、志渡がまりもを見あげた。

「肩……やっぱりかばってるよね」

と、まりもは言った。

「うん。そうだな」

「でも、そんなにひどくはない？」

「うん。ひどくはない」

「ここから先、あたしが下りて、サイファを曳いて走ったら、このびっこ治るかな」

「無理だと思う。獣医検査はもしかすると誤魔化せるかもしれないけど、痛みはしばらく残るんじゃねえか。たぶんね」

まりもは、激しく迷った。

もう一度、自分で自分を問いただす。

「わかった」まりもは言った。「ここでやめる」

「いいのか？　お前はそれで」

「いい。全然かまわない。サイファには、まだまだ先があるもの。優勝がかかってるわけでもないのに、今ここで無理させることに意味はないと思う」

「じゃあ、本部に電話して、馬運車まわしてくれって連絡していいか？」

「はい。お願いします」

するると志渡は、

「よし。オッケー」

明るく声を張って言った。むしろ志渡自身が、この瞬間に何かをふっきったようにも見えた。

下りようか、とまりもが訊いても、志渡は、せめてそのまま馬運車が来るまで乗っててやれさ、と言った。

理沙が黙ってにっこりしながら、サイダー味の飴《あめ》と冷たい水のボトルを手渡してくれた。こんなにおいしい水を飲んだのは初めてのような気がした。

川べりで待つ間に、ずっと昔に追い越した覚えのある馬と乗り手が川を渡ってきた。そのままよろよろと油照りの道をゆく後ろ姿を見送りながら、まりもは言ってみた。

「あのね、志渡さん」

「うん？」

「これ、負け惜しみとかじゃなくてね。なんだかあたし、今、すっごい爽《さわ》やかな気分なんだよね」

サイファの腹帯をチェックしていた師匠が、ちらりと馬上を見あげて笑った。

「そっか。お前もか」

「え？」

「じつは、俺もなんだわ」

やがてゴトゴトとやってきた馬運車に、なかなか乗りたがらないサイファを道端に生えていたヨモギで釣ってまんまと乗せ、その後ろを車で走った。そうしてみると競技場まではまだずいぶんと距離があり、まりもはつくづくと、やっぱりあそこでやめてやってよかったと思った。痛む肩をかばったままこの距離を走らせるのは、いくらなんでも酷だ。

ゴールゲートをくぐることなく獣医検査場へ行き、最後のチェックをしてもらう。なんと、心拍をふくめてサイファの検査結果はオールA、歩様にも異状は認められず、志渡に曳かれたサイファは軽快な速歩で獣医師たちの前に駆けてくると立ち止まり、ふう、と大きなため息をついた。

第三レグのスタートを見ていてくれた獣医師長の浅野が、慎重に肢を触り、まりもに向き直って言った。

「あの時点以上には、悪くなってないよ。よっぽど上手に乗ってきたってことだね。したけど、ここで最後に無理をさせなかったことが、この馬のためには絶対によかった。棄権は勇気ある決断でした。これこそがエンデュランスの精神というものです。お疲れさまでした」

口々にねぎらってくれる獣医師たちや大会スタッフに、ヘルメットを取って、ありがとうございました、と頭を下げながら、まりもは、また泣きそうになってしまった。

悔しさに、ではない。誇らしさに、だった。

＊

後になってふり返れば、すべての敗因は、高岡たちに追いついたあのあたりにあったのかもしれない。二十分という時間差を、距離にしてほんの十五キロほどの峠道で一気に詰めた時点で、サイファの疲れは最高潮に達していたはずだ。

追いつかれたことに気づいた高岡が、まりもを引き離そうと馬に蹴りをくれて駆けだしたあの時、まりもは本来ならばサイファを抑えてやらなくてはならなかった。なぜなら、サイファがそこまで懸命に走り続けてきた間じゅう、高岡たちの馬は、少なくともサイファよりはるかに遅いペースで体力を温存していたのだから。

レースの翌々日、志渡からその分析を伝えられた時、まりもはただただ納得する以外なかった。まさにそのとおりだと思った。

そうして、今になるとまりももまた思うのだった。

木々の陰に、前をゆく高岡の赤いシャツを見つけたあの時、あえてこっそりペースを落としていたらどうだっただろう。感情にまかせてぎりぎりまで追いつめたりせず、彼らが追いつかれていることに気づかないくらいの距離をおいて、それこそ志渡の言っていたようにひたひたと後ろを付いていっていれば……今ごろ、レースの結果はひっくり返っていたかもしれない。

「失敗すると、完走したときの百倍もものを考えるよな」と志渡は言った。「サイファの、現時点での弱点や限界も少し見えてきたしな」

もしも何ごともなく優勝なり完走なりしていたら、喜び以外に、今ほどの収穫はなかったかもしれない。馬に負担をかけずに上手に乗るための技術とはまた別に、エンデュランスには、かつて漆原が言っていたとおり、この競技特有の「レースの組み立て方」というものがある。速さや持久力を競う中にも、コースに合わせた頭脳プレイの部分がたしかにあるらしいのだ。

「あたしも、あたし自身の悪いとこがはっきり見えたよ」

「いいことだ。サイファと同じで、それだって『現時点での』ってことだもな」

今度こそ——と、まりもは思う。次に挑戦するレースこそは、誰にも文句を言わせないくらい見事に完走してみせたい。できるだけいいペースを保ちつつ、確実に八十キロの完走を狙っていきたい。

「そだな」

と、志渡は言った。

「ただし、あくまでも『いいペースを保ちつつ』だからな。完走狙いだからって、最初からビリッケツをのろのろ行くのって、俺あんまり好きじゃないから」

「志渡さん。あたしを誰だと思ってるの？」

「あ？」

きょとんとした志渡に向かって、まりもは言った。

「志渡銀二郎が見込んだ、唯一の弟子だよ」

第五レグ　傷痕

1

鼻と口とをふさがれて、息ができない。もがいて撥ねのけようとしても、体はぴくりとも動かない。迫り上がる恐怖に慄《おのの》き、呻きとも悲鳴ともつかない声を絞りだしたとたん――目が開いた。

窓の向こうのぼんやりした光。天井の模様や壁に掛けた服などが目に入ってようやく、

(ああ――また)

貴子は、そろりと息を吐いた。

こわばっていた体から徐々に力が抜け、ベッドに両肩が着く。心臓が走っている。うなされるのはいつものことだが、だからといって慣れるものではなかった。夢を

見ている間は、それを夢であると認識できない。

（いったいいつになったら……）

こんなふうにぐっしょりと汗をかいて目覚めるたび、絶望する。ここしばらくの間に起こった良いことや嬉しいことのすべてがいっぺんに輝きを失い、色褪《いろあ》せる。終わらない。果てがない。もしかして死ぬまでずっとこんなことが続くのかと思うと、眠らなければ生きていけない体そのものを、ひと思いに抛《ほう》り出してしまいたくなる時がある。目覚めることのできる夢はまだましなのだ。貴子にとってほんとうの悪夢は、目覚めてなお同じ苦しみが続いていることだった。

乱暴に寝返りをうち、胎児のように丸くなって掛け布団に鼻先を埋める。あたたかい布団からは、自分自身の匂いしかしない。そのことにこんなにもほっとしながら、それをまた、寂しすぎる、と思う。

夢の中から地続きの、記憶のすべてが忌《い》まわしい。つかまれた手首の痛み。耳もとに囁《ささや》かれるいやらしい言葉。古くさいポマードの匂いまでが鼻先に甦って嘔吐《えず》きそうになる。

まだ、ほんの五年生だった。母親の何人目かの男に、スカートの中を触られた。

当時、水商売をしていた母親が家に引き入れた男は何人もいたが、あの男とは中でも長くもったほうで、たしか、貴子が中学に上がるまで続いたろうか。不幸中の幸いというのか最後まではされなかったが、思えばそれさえもあの男ならではの卑劣な作戦だったのかもしれない。

いいか貴子、俺がこういうことをしたくて我慢できなくなるのはな、お前がそんないやらしい目で誘うからだぞ。子供のくせになんてやつだ。俺が悪いんじゃない、貴子、お前がいけないんだ。俺は、お前という〈娘〉が大切だからこそ、最後まではしないでおいてやるんだぞ。お母さんだって本当は全部知ってるんだ。知ってて見ないふりをしてるんだ。わかるか、お前の味方は俺だけなんだよ、な、お前をこんなに愛して可愛がってやってるのはこの俺だけなんだ。いいな、よその人には絶対に言うなよ、言ったらどうなるかわかってるだろうな。お前をこの家から叩き出して、どれだけ泣いても二度と入れてやらないぞ。お母さん？　助けてなんかくれないさ。あいつは俺の言うことなら何でもきくんだからな。

――どれほど母親に救いを求めたかったことか。

だが、あの頃の貴子にはとても言えなかった。凍える空の下へ叩き出される恐怖ももちろんあったが、それ以上に、ほんとうに母親が自分の味方をしてくれないのではないかと思うと、怖ろしくて言いだせなかったのだ。信じたくはなかったが、この男の言うように、母親はすべてを知っていながら目をそむけているのかもしれない。男の仕打ちを母親に告発することで、その答を確かめてしまうのが何より怖かった。

日々、家の暗がりでセックス以外の様々なことを強要されるうちに、やがて貴子は、触れられると吐くようになった。さすがの男も、手をのばすだけで条件反射のように目の前で吐き戻す〈娘〉には興醒めしたらしい。

〈汚ねえな。女のくせに、男に触られて吐くかよ。お前なんかどうせ一生そのまんまだ。一生苦しめ〉

わざと貶《おとし》めるようなことを口にするだけでほとんど貴子に構わなくなったが、そのかわり母親にもひどく冷たく当たるようになり、ある日、有り金だけ持ってふいっといなくなった。

こうして思い起こしてみれば、あの頃の自分は、知り合ってから今までのまりもとちょうど同じ年頃なのだ。まだまだほんの子どもだったのにと思うと、今さらのように怒りと憎しみがこみあげる。

札幌の病院に就職が決まり、東京を離れることになった時、思いきって母親に当時のことを切りだしてみたことがある。責めたかったわけではない、ただほんのひとことでいいから、そんな辛い思いをさせてごめんね、と言ってくれたらそれでよかった。

けれど母親は、話を聞き終わった後、冷たい声で言った。

〈そんなこと、今さら言われてもね〉

以来、実の母親と、年に一度か二度の電話以外にほとんど連絡を取っていないからといって、誰が自分を咎《とが》めることができるものかと貴子は思う。

男性に触れられるだけで吐きそうになる症状は、あの男がいなくなってからも消えることはなかった。一生そのまんま、という言葉で呪いをかけられたかのようだった。

高校生の時に初めて好きになった先輩とは、キスをされそうになったとたんに無理だとわかったし、看護師になってから担当患者として出会った男性とも、すべてを知った上で優しくしてもらったにもかかわらず結局は駄目になってしまった。付き合っていた二年間、二人でどんなに努力してみても、一度もまともに抱き合うことができなかったのだ。とうとう貴子のほうが辛くなって、別れを切り出した。

目尻から伝う涙が、自分の匂いしかしない枕にじわじわと染みこんでいく。寂しい安堵の中で、貴子は洟《はな》をすすり上げた。

ここ数日、ずっと気持ちのどこかが鬱々《うつうつ》としていたのは、たぶん、先週末にランチでまた理沙と鉢合《はちあ》わせしたことが影響している。きつい冗談の応酬でじゃれあう理沙と志渡は楽しそうで、あんな気の利いた会話は自分にはできないと思うと、顔には笑みを貼りつけながらも、胸から背中へ開いた穴を風が吹き抜けるようだった。

仕事をしている間は、封じ込めることもできる。だが一人になると、どうしても思いだしてはぐずぐずと挫《くじ》けてしまう。もしかして少し病んでいるのではないかと不安になるほどだった。

志渡への気持ちは恋ではない――とは、今でもやはり思っている。

とはいえ、まりもの存在を通して、志渡銀二郎という男のことをこれまでよりもっと深く知っていくうちに、貴子の裡《うち》にも変化は生まれていた。傷つき果てたまりもを抱きしめて男泣きに泣く志渡を見た時には、自分もまりもと一緒に救われる思いがした。志渡にならあんなふうに抱きしめられてもいい。そうされたいとすら思った。

ほんの時折だが、自惚《うぬぼ》れてしまうことがある。気配に気づいてふと目をあげると、志渡が、あまりにも温かなまなざしで、目尻に盛大に皺を寄せてこちらを見つめている時だ。まりもに注ぐ慈愛の目とはまた異なる、心を許した同志へ向ける類の視線。全存在をかけて愛おしまれているような錯覚に、うっかり陶然としそうになっては、貴子は危ういところで我に返るのだった。

自分はおそらく恋を飛び越えてしまったのだ。志渡に対して抱く気持ちは、恋よりももっと深い、唯一の——もしかすると一生に一度きりのものではないか、と貴子は思う。

けれど、たとえそれが志渡銀二郎であってもなお、相手が男性だというだけで、やっぱり抱き合えないかもしれない。いや、今までのことを思えばそうとしか考えられない。

志渡の幸せを願い、彼に迷惑をかけたくないと本気で思うなら、理沙とうまくいくことをこそ祈るべきではないのか。嫉妬の感情をいっさい抜きにして見るならば、理沙はほんとうに素敵な女性なのだから……。

涙と洟を拭い、深呼吸をして、固く目をつぶり直す。早く眠ってしまわなくては、明日に差し障る。

まりものために打ち上げのパーティを開いてやろうと言いだしたのは志渡だった。先日の全日本エンデュランス馬術大会において、ゴールまであと少しのところであえて勇気ある棄権を選んだまりも。その彼女が主役の、祝勝会ならぬ「お疲れさま会」だ。

〈よく頑張ったんでない会？　なんつってな〉

駄洒落の寒さに自分でしょんぼりしていた志渡を思いだし、貴子は布団の中でくすりと笑った。笑えることにほっとした。

明日はまりもの祖父母も招き、浅野先生や山田獣医などとともにランチでバーベキューをすることになっている。たまたま別件で連絡をした漆原社長に計画を話したところ、東京から自分も駆けつけると言いだしたのにはびっくりした。ランチに預けている馬たちの様子が見たいというのもあったにせよ、それにしてもあの社長のフットワークの軽さには驚かされる。

いつのまにかサイファはすっかりまりも専用の馬となっていたが、漆原はその他の自馬を、かわるがわる信州の乗馬クラブから運ばせては志渡にトレーニングさせていた。国内の大会にも自身が騎乗して出場し、まりもと一緒でなかった時など上位入賞して、ベスト・コンディション・ホース賞をさらったこともあった。

漆原と関わるようになってまだ二年あまり。それでも、どうやら志渡は、社長の望む「強い馬」の育成にそれなりの貢献をしているらしい。

〈いやあ、まったく惜しかったものなあ、この間のまりもくんは〉

と電話で漆原は言った。

〈うんとねぎらってやらんとな。理沙のやつも行けるかどうか訊いておくよ〉

ぜひ、と答えながらも、貴子の胸は引き攣れた。そうして後から、仕事でどうしても無理だと残念がっていたよ、と聞かされれば、やはりほっとしてしまうのだった。

全日本の時、貴子はまりもの応援に行けなかった。全身全霊で駆けつけたいと祈ったが、あの時は自分のほうが〈仕事でどうしても無理〉だった。まりものためを思えば、理沙だけでも行ってくれたことはありがたい。なのにその一方で、せめてエンデュランスの世界くらいは理沙に踏みこんで欲しくないという思いをどうすることもできないのだ。

いつにも増して長丁場だったはずの大会。

その間、志渡は、理沙と二人きりで何を話したのだろうと思った。

*

翌日の朝は、早起きをしてランチに向かった。

クラブハウス前の駐車場に車を停めると、どこからか音を聞きつけてチャンプが走ってくる。せがまれるままに撫でてやりながら、志渡の車がぽつんと停まっているのを見やり、貴子は胸に満ちるものを静かに味わった。

いつものように馬たちの飼い付けから放牧、馬房の掃除までを手伝う間、べつだん何を話すわけでもない。朝のうち、志渡はたいてい無口だ。それでも、二人きりで過ごす時間を誰にも邪魔されないというだけで、ここ一週間の憂鬱とゆうべの夢に波立っていた心の裡が、こんなにも穏やかに凪《な》いでゆく。

九時過ぎになって、次に到着したのは獣医の山田だった。

「なんでこんなに早いのさ」

と志渡が驚く。

「買い出しとか、あるかもと思って」山田は貴子を見て言った。「荷物持ちでも何でも手伝いますよ」

「へーえ。お前にしちゃ珍しく気がきくもんだな」

横合いから志渡が茶化すと、山田はぴくりと眉をはねあげた。

「一言よけいでしょ」

バーベキューコンロと炭の用意をしておくという志渡をランチに残し、貴子は山田と買いものに出かけた。俺の車でという彼の申し出を、遠慮を装って断り、貴子は自分の車を出した。近くの店まで二人きりで行くだけでもきついのに、男の匂いのする車に乗りこむのは考えただけで無理だ。

コンビニに毛の生えたようなスーパーで、肉や野菜、飲みものの類を選んだ。今回は岩館家以外の全員から三千円ずつ会費を徴収することになっている。まりもの好物や、老夫婦が食べられるもの、味にうるさい漆原の好み、食後につまむ甘いものなど、細かいことを考え始めるとけっこうな量になってしまって、車があるとはいえ山田の応援は確かにありがたかった。

レジに並んだ貴子が、志渡から預かってきた軍資金を取りだそうとした時だ。

急に後ろから肘をつかまれて飛びあがった。

「悪い、これも買っといて」

あとで払うから、という山田の声とともに、何かがぽいとカゴにほうり込まれる。すくんでしまって、とっさに返事ができなかった。ようやくカゴに目を落とすと、牛肉や鶏肉のパックのいちばん上に、T字形をしたひげそり用の剃刀《かみそり》がのっていた。

昼前に岩館一家が到着した。まりもが助手席から飛び出し、後部座席の富美代が下りるのを手伝う。

少し遅れて、浅野医師と一緒に漆原社長もやってきた。浅野がちょうど朝から新千歳空港の近くで牛を診ることになっていると言うので、ものはついでとばかり、東京から到着する漆原を乗せてきてもらったのだ。

そんなに高価な肉でなくても、炭で焼き、みんなで火を囲めば美味しい。たらふく食べ、笑い、馬の話で盛りあがった。まりもが主役の席だし、何より大人たちは運転があるのでビールはノンアルコールだったが、志渡はそれさえも断って烏龍茶やサイダーばかり飲んでいた。

「しかし漆原さんには、いつも本当にお世話になってばかりで」

秀司と富美代が漆原のそばに移動してきたので、貴子は席をずれ、それぞれに飲みものをついだ。

「いや、こちらこそあれ以来のご無沙汰で申し訳ありません」漆原が、よく光る頭を下げる。「本来なら改めてこちらからお宅までご挨拶に伺うべきところを、すっかり失礼してしまって」

まりもの祖父母と漆原とは、以前にもランチで顔を合わせたことがある。たまたま二人が孫の馬に乗る姿を見に来た時に漆原も居合わせたのだった。お孫さんを全面的にサポートさせてほしいという申し入れを、あのとき秀司と富美代はぽかんとして聞いていた。まりもに乗馬の才があると聞かされても、まさかそんな、という半信半疑の面持ちだった。

「志渡さんや貴子さんから伺っていますが」と秀司が言う。「漆原さんは、テレビのお仕事をしておいでとか」

「そうですね、正確には芸能プロダクションですが」

「というと？」

「つまり、俳優やタレントを抱えている事務所です。やくざな商売ですよ」

「何をおっしゃいますやら」と冨美代。「お忙しいお仕事なんでしょう？　私たち年寄りにはもう、近頃の俳優さんなんて誰が誰やらわからなくて……」

恥ずかしそうに口をすぼめる冨美代に、漆原は鷹揚に向き直った。

「昔は誰がお好きでしたか？　誰かしら贔屓《ひいき》がいたでしょう、銀幕のスターとか、俳優でなくても歌手だとか」

「そうそう、そうだわ」と秀司が笑う。「あの頃は、俳優にせよ歌手にせよ、〈スター〉というのがいた時代だった。いや、こいつはね、あれです。織田健鉄っていう俳優の大ファンでね」

「ちょっと、気安く呼び捨てになんかしたらバチ当たるしょ」

冨美代が本気で咎める。

「貴ちゃんは知ってるかい？　織田健鉄さんて。もう亡くなってしまわれたんだけど、ほんとに、ものすごくかっこいい人だったのよ。私より年下だったけど、ずーっとファンだった」

冨美代の無邪気なはしゃぎっぷりに、他の話をしていたはずのみんなの耳までこちらへ向いた。健鉄かあ、死んで何年になるかな、と浅野医師までが懐かしそうにつぶやく。

「そんなに好きだったの？」

貴子が訊くと、冨美代はほんのりと頬を染めた。

「そりゃあもう。娘時代から健鉄さん一筋で、映画のパンフレットやら雑誌の切り抜きやらを山ほど集めてたもね。浮気なんかしたことなかったわ。結婚する時は、健鉄さんの写真に謝ったくらい」

「友人でした」

と、漆原が言った。

「え、誰が？」

「健鉄です。友人でした。それも、ただの付き合いではなくて親友――いや、この世界での戦友でした。あいつが生きていたら、きっと今ここに来ていますよ」

その瞬間、そばで見ていた貴子にも、冨美代の漆原への評価がはね上がるのがわかった。その場の全員にわかっただろう。

「あいつがいたからこそ、自分は今のこの仕事を始めましたし、あいつに誘われたから馬に乗るようになった。そもそもエンデュランスという競技にしても、健鉄のやつに教えてもらわなかったらいまだに知らないままだったかもしれない。あらゆる意味で人生を変えてくれた男でした」

そうだったんですか、と冨美代がつぶやく。

「……いい、俳優さんでしたねえ」

「ええ。惜しい男を亡くしたもんです」

しんみりしかけたとたん、

「おばあってば、ダメしょ。おじいの前でそんな乙女みたいな顔したら」

まりもが真剣そのものの口調で言い、座がどっと和《なご》んだ。

漆原社長はそれからしばらく、冨美代へのサービスとばかりに往年の健鉄の話をした。いや、彼自身も心底愉しそうだった。わかってくれる人間を相手に話すこと自体が久しぶりだったのかもしれない。

志渡や山田が中心になって、次々に肉を焼く。チャンプの黒い鼻面がくんかくんかとテーブルの上に突き出され、そのたびにまりもに叱られていた。

「それにしてもこないだの全日本は残念だったなあ」

ひとしきり食べて皆が落ちつくと、漆原はまりもを見やって言った。

「あともうちょっとだったんだろう？」

「うん、ね。でもあたし、棄権してもそんなには悔しくなかったんだ。完走できなかったんだからもっと悔しがらなくちゃいけないはずなのに、全然そういう気持ちにならなかったの。何でだろ、浅野先生に褒《ほ》めてもらっちゃったからかなあ」

「およ、俺のおかげかい」と、老獣医が嬉しそうな顔をする。「あの時は、ほんとに偉かったもんなあ。まりもちゃんはあの馬がほんとにめんこいんだな」

少女は当然といった顔で強く頷いた。

「だってサイファは、あたしの〈戦友〉だもん」

「はは、そうかそうか」

「だけど、悔しいことはまた別にあってさ」

何だね、と漆原。

「あの盆踊りおじさんを抜かせなかったこと」

「盆踊りおじさん？」

「うん。馬を走らせてる時のカッコがね、後ろから見ると盆踊りのビデオを早回ししてるみたいなの」

何だそりゃ、と山田が笑いだす。

「あーあ。あの時、けっこう惜しいとこまで追いついたんだけどなあ」

「いや、まりも。そのことはもう考えるのやめれ」と志渡が言った。「あれはさ、俺が悪かったんだわ」

「そんなことないよ、志渡さん。あたしがあの時、」

「いや、いいんだ。お前、俺のためにって思って頑張り過ぎちゃったんだべ。完走だけに集中させなきゃいけないのに、へんなこと気にさしてほんとに悪かった」

本来、競技の世界に不純物など持ち込むべきではない。わかっていながら個人的なわだかまりを飲みこみきることができず、ましてやけしかけるようなことまで口にして、結果、まりもとサイファに無理を強いるようなことになってしまった。完走できなかったのは全面的に自分のせいだ……。そう話す志渡こそがいちばん悔しそうだった。

漆原社長が、ここにいる自分の馬たちの優秀さについて話す。時に浅野医師が口をはさみ、老夫婦が深く頷き、まりもの目は輝く。

その様子を、目尻に皺を寄せて見つめる志渡の前には今、貴子が買ってきたカルピスのペットボトルが置かれていた。

〈酒はもう一生ぶん飲んだもんね〉

と、あの打ち明け話のとき志渡は笑っていた。見ているほうが悲しくなるくらい苦い笑いだった。

「いいな、まりもくん。来年の夏は一緒にテヴィスを走るんだぞ」

上機嫌の漆原が大声で言う。

結局のところ漆原は、計画どおり信州の乗馬クラブの周りに広大な土地を購入し、山野の道をエンデュランス・コースとして整備したばかりか、そこですでに大会まで開催していた。本場アメリカから公式審判員や有名なエンデュランス・ライダーまで招いての本格的な大会だった。

最長距離は百六十キロ、つまり百マイル、世界と同じ基準だ。当然、そこで出場選手が残した成績は海外でも公式な完走記録として認められる。

画期的なことだった。これまでは国内のレースで何度完走を重ねても、その成績が日本でしか通用しなかったために、トップライダーですら海外の試合の出場資格を得られないことがままあったのだ。

「この国の乗馬界、エンデュランス界に関わる連中の多くが、どうしてそれを知りながら積極的に改善しようとしないのか……。俺にはまったくもってわからんね」

漆原は憤然と言うのだった。

「時期尚早？　日本はまだそこまでいってない？　そんな悠長なことを言ってるから競技人口が増えていかないんだ。どうせ行き止まりとわかっている道を、いったい誰が行きたがる？　この道の先はどこか素晴らしい場所に通じていると思えばこそ、それじゃあ一丁挑戦してやろうかって気になるんじゃないか。そうだろう」

話が少し難しかったのか、あいまいに首をかしげるまりもを見て、漆原は再び破顔した。

「とにかく、来年は俺と一緒にテヴィスだ。いいな、まりもくん、男の約束だぞ」

「あたしは男じゃないけど、うん、いいよ」

偉い人より偉そうに答える孫を、冨美代が慌てて「これ」とたしなめる。

「ようし。出場資格のために必要な距離は、俺のところの大会にどんどん出て稼げばいい。万一それで足りなきゃ、海外のライドへも連れてってやろう。なあに、大丈夫さ。なんとかしようと本気で思えば、必ずなんとかなるもんだ」

「しかし漆原さん、いくら何でもそこまでご負担をおかけするわけには……」

言いかけた秀司を、漆原はてのひらで押しとどめた。

「負担などではないんです。むしろ、私の野望ともいえる計画に協力して頂いてるんですから、まりもくんにはただ感謝しかない」

「それにしても、」

「いや、ご心配なく。勉強のほうはきちんと面倒を見ます。こちらの事情でまりもくんを拘束してしまう間は、うちのほうで優秀な家庭教師を付けさせて頂きますよ」

岩館夫妻は目を白黒させ、はあ、と返事をするのが精いっぱいの様子だった。

＊

夕方になって浅野医師が腰をあげ、それを機におひらきになった。

浅野は再び漆原社長を送っていく予定だったのだが、秀司がぜひにと立候補して、岩館家の車で送ることになった。

まりもは自分だけでももう少し残って洗いものを手伝うと言ったが、

「いいよ、あとは私がやっておくから」

貴子が言うと、おとなしく帰っていった。祖父から、ランチで過ごす貴子一人の時間をあまり邪魔してはいけないと言われたのを思い出したものらしい。まりものそういう律儀で素直なところが、貴子はたまらなく可愛かった。

放牧地のほうから志渡が馬たちを呼び集めている声がする。手が必要かとクラブハウスの裏手にまわり伸びあがって見ると、どうやら山田が厩舎に入れるまで手伝ってくれているようだ。

丘の向こうから、まず黒っぽい巨体のラッキーセブンが、その後ろから栗毛のジャスティスや真っ白なファルコンが、そしてのんびり屋のメロディやミニチュアホースたちが駆けてくるのが見える。

全身が赤褐色をしたシャイアンの横には、同じ毛色のすんなりとした馬がもう一頭寄り添っている。スーだ。おととし貴子とまりもの目の前で生まれた子馬は、今や骨格も筋肉も立派に発達し、母馬とほぼ変わらないくらいの大きさとなっているのだった。

母馬と引き離す際には、志渡の方針で通常よりゆっくりと進めたものだが、まりもなど感情移入しすぎて、寂しがる子馬の世話をしながらしょっちゅう涙ぐんでいた。独り立ちした今でも、スーは母馬のそばがいちばん落ち着くらしい。長い首筋に鼻面を押しあてはむはむと口遊びをしては、シャイアンにじゃまくさがられている。あんなに素直で可愛げのある馬に育ったのはやはり、まりもが懸命に面倒を見たおかげかもしれない。志渡は、そろそろ本格的に鞍付けをしようと言っていた。スーなら案外、けろっと人を乗せそうだった。

二人の男たちが、まずは手前のほうの二頭に曳き手をつけて厩舎へ連れていくのを見送り、貴子はクラブハウスに入った。みんなに紙皿と割り箸を使ってもらったから、洗いものはほとんどグラスだけで済む。

流しの前に立ち、泡立てたスポンジで一つひとつ洗っていく。洗いあげたそれらを今度はふきんで拭きながらも、貴子はぼんやりと物思いに沈んでいた。

――テヴィス。

その言葉は、今では必ず漆原社長の声で脳裏に再生される。

馬に乗るまりもを、そもそもの最初から見守ってきた者として、一緒にアメリカへ行きたいのはやまやまだ。そばにいて微力でもクルーを務め、応援してやりたい。でも、どんなに考えてみても、無理な話だった。自分には看護師という仕事があり、患者に対する責任がある。夏の長期休暇など絶対に不可能だ。

漆原にも今日、そのことをそっと伝えた。彼はわかってくれたと思う。まりもが聞いたらきっとものすごくがっかりするだろうけれど、これぱかりは仕方がない。少なくとも志渡だけは一緒に行けるのだから――。

と、ふいに勢いよくドアが開き、貴子は飛びあがった。

入ってきたのは山田だった。

「あ、洗いもの終わっちゃった？　じゃあ拭くの手伝うわ」

いつのまにかすっかりくだけた口調になっている。

「いえ、大丈夫。もう少しだから」

「まあそう言わず」

「でも、馬は？」

「志渡さんがあとはもういいって」

乾いたふきんを取った山田が、貴子の右隣に並ぶ。そこに立たれるとかえって邪魔だし気詰まりなのだが、言えなかった。

左の奥は壁。背中側が食器棚。出口をふさがれる格好になっていると気づいたとたん、動悸が速くなっていく。

「ちょっと、ごめんなさい……」

貴子は、用事を思いだしたふりで山田の後ろをすり抜けようとした。

通れなかった。山田が一歩下がったからだ。偶然下がったのでないことは、こちらを見おろす視線でわかった。

「貴ちゃん」

なんで勝手にそう呼ぶの、と貴子は思った。

「貴ちゃんさ、いま誰か付き合ってる人とかいる？」

そんなこと、訊かれたくもないし答えたくもない。

「もしいないなら、こんど一緒にどっか行かない？」

貴子は右手を胸にあてた。懸命に呼吸を整える。

「そこ、通して」

「答えてよ。無理なら無理で、あきらめるから」

「無理」

「なんで。付き合ってるヤツいんの？」

「ねえ、お願い、通して」

「教えてくれてもいいしょ」

「無理ならあきらめるって言ったじゃない！」

「なんでだか聞かせてくれたっていいじゃない」

貴子は、胸にあてた手を握りしめた。苦しい。息が、苦し……。

大きな声で名前を呼ばれて初めて、自分が膝からくずおれてしまったことに気づく。グラスが落ちて砕ける音がした。視界の周囲が黒っぽくなり、どんどん気道が狭まる。息が深く吸えない。山田が両肩をつかむ。触られるとますます悪くなるばかりなのに、覆いかぶさるようにかがみこんで抱き起こそうとする。

「や、め……」

必死に振りほどこうとしたその時、志渡の声が聞こえた気がした。貴子はもがいた。こんな時だというのにへんに誤解されたくない一心で腕をつっぱり、山田の胸を押しのけた、とたんにすぐそばで志渡が怒鳴った。目の前で山田の胸ぐらをつかむ手が見え、貴子は声を絞り出した。

「ちが……うの、志渡さ……」

脂汗《あぶらあせ》がにじむ。志渡が何か言っている。頭上でばたんばたんと戸棚を開ける音がして、かがみこんできた志渡が貴子の口に何かを押しあてた。スーパーのポリ袋だ。すがりつくように手をのばし、鼻までかぶせる。

「ゆっくりだ、貴ちゃん。ゆっくり息しろ。ゆっくり。そう」

どれだけかかっただろう。いちばん苦しい時をようやく過ぎて、なおもしばらくたつと、少しずつ呼吸が落ち着いてきた。体から力が抜けていく。

「大丈夫か」と、志渡が言った。「そうか、よかった」

袋を口から離し、貴子は、くたくたと志渡の肩に頭をもたせかけた。

ぐっしょり滲《にじ》んだ脂汗が気持ち悪い。急に、汗臭いのではないかと気になって体を

離そうとすると、

「もうちょっと休んどけ」

硬い腕に頭を抱きかかえられた。呼吸がまた一段、深くなった。

「もしかして……過呼吸ってやつですか」

上のほうから山田の声が降ってくる。全身に力が入らず、反応することもできない。

「ああ。かわいそうにな、たまにこうなるんだ」

志渡がかわりに答える。

「俺、何にもしてませんよ」

「そっか。すまん、勘違いした」

「ただ話してただけなのに、いきなり」

「わかったって。俺が悪かったよ」

しばらくの沈黙の後、舌打ちの音がした。続いて、長いため息も。

「ったく。そういう仲なら先に言っといてほしいよな」

貴子より早く、志渡が顔を上げるのがわかった。

「それは違う」

「違わないって」

「違う！」

「志渡さん。あんたさ、今どんな目で俺を見てるか全然わかってないしょ。自分で鏡見てみろって」

志渡は、答えなかった。

荒々しい靴音が床を横切り、ドアが開き、また乱暴に閉まる。ややあって、タイヤが砂利を踏んで遠ざかっていく音がした。

「……ごめんなさい」

貴子はささやいた。声が、情けなく震えた。

漂う気まずさをごまかすように、志渡が苦笑する。

「ごめんはこっちのセリフだわ。山田の奴に、へんな誤解させちゃった。ごめんな」

「いえ。全然」

「なんであんな勝手な思い込みをしたかな。あるわけねえのに」

貴子は、ようやく体を起こしながら無理に笑ってみせた。

「そうですよね。だって志渡さんには……」

よけいなことを言ってしまいそうになり、あやういところで飲み下す。

「うん？　あ、おっと、大丈夫かい貴ちゃん、無理すんなよ」

流しのふちにつかまり、眩暈《めまい》をこらえながらゆっくりと立ちあがる。肘を支えようと伸びてきた志渡の手を、貴子はやんわりと押し戻した。

「大丈夫。ひとりで立てます」

2

札幌駅までで充分だからと、漆原がさんざん固辞したにもかかわらず、秀司はどうあっても空港まで送り届けると言って聞かなかった。うちの孫がこれだけお世話になっている恩人を、そんなところで放りだしたりしたら罰《ばち》が当たると言うのだった。

年寄りの運転はのんびりしていて、もしかすると電車で行くほうが早いような気もしたが、いちいち乗り換えて揺られてゆくよりは確かに楽だ。尖《とが》ったところのまるで無い秀司や冨美代のお喋りも、ふだんとは違う回路を揉《も》みほぐされるようで心地よい。高速道路をあまり高速でなく走る車の中で、漆原はこれも充分に意味のある時間と思うことにした。

「その、何とかいうアメリカの大会……」

秀司が口ごもるそばから、助手席のまりもが「テヴィスだよ」と助け船を出す。

「そう、その大会で、漆原さんは毎年続けて完走なさってると聞きました。現地にもそんな人はおらんそうで。いったいもう何回くらい？」

「今年の夏で七回連続になりました」

「なんと」

たいしたことじゃありません、と謙遜《けんそん》しながら、それがじつはたいしたことであるのを漆原自身よく知っている。

完走が世界一難しいとも言われるテヴィスのコースでは、たとえどれほど準備を万端に整えても何かしらのアクシデントが起こる。その突発的な出来事に対し、どう判断を下し、対応するか。乗馬そのもののテクニックや経験は必須だが、土壇場でどれだけ強く馬を信じ、馬に信じてもらえるかが、最終的な明暗を分ける。ベストを尽くしたからといって結果に結びつくとは限らない。あるところから先は天に任せるしかない部分があるのは、もしかすると人生そのものと同じかもしれない。

「そのあたりのことは、これまでいろんな大会を走ってきたまりもくんにも、そろそろわかってきたんじゃないかと思いますよ。な、そうだろう」

助手席の小さな頭が、誇らしげにこっくり頷く。

「たいしたもんだねえ、まりも」と、漆原の隣で冨美代が目を細めた。「私たちなんかには想像もつかんもんね。馬の背中から見える景色ひとつとっても、おばあには未知の世界だわ。そういう世界を、あんたはもういっぱい知ってるんだもねえ。いつまでもネンネのまんまかと思ってたけど、おばあなんかとっくに置いてきぼりだわ」

「そんなことないって」と、まりもは言った。「だってあたし、おばあみたいに美味しいごはん作れないもん。お鍋の中のことは、あたしなんかには未知の世界だよ」

大人たちが声を立てて笑うのを、まりもが不思議そうな顔で見回した。

「漆原さんもご存じの通り、この子はまあ、ただ一生懸命なだけが取り柄で……」

注意深く車線を変えながら秀司が言った。

「おまけに、こうと決めたら頑固なもんで、他のことはともかく馬だけは夢中で頑張っとりますが、東京の偉い社長さんにそこまで面倒みて頂くだけの価値があるのやら無いのやら、私ら夫婦にはさっぱりわからんのです」

「つまり？」

「どうして、そんなにまで良くして下さるんでしょうか」

バックミラーの中で、秀司と目が合う。隣からは冨美代の視線が注がれているのがわかる。

漆原は言った。

「私は、理屈の通らないことが大嫌いなんですよ」

二人とも、黙って次の言葉を待っている。

「さっきも話していたように、日本のエンデュランスはまだまだ停滞している。遅滞していると言ってもいい。私はね、外側から圧力をかけて、この国のエンデュランス界を動かしたいんです」

「失礼ながら、ご本業とはまったく畑違いでしょう」

「何の得にもならないと？」

「まあ、言うならそういうことです」

失礼なことを申しあげてすみません、と秀司が言う。

漆原は、いや、と首を振った。

「確かに、そのとおりですよ。うちの俳優たちの訓練だけ考えるなら、これまでの乗馬施設で充分だ。何も大金を投じて競技にまで手を出さなくても、という考えのほうがまともでしょう。しかしね、岩館さん。私は、アメリカで大会に出るようになってつくづく思ったんです。アメリカ人という連中は、ある部分ではまったくもって傲慢《ごうまん》で鼻持ちならんのだが、別の部分では驚くばかりの犠牲的精神を発揮してのける奴らでしてね。たとえば、テヴィス・カップ・ライドに最初に優勝杯を用意したロイド・テヴィスという男などは、当時〈ウェルズ・ファーゴ〉の社長だった」

「ウェル……？」

「金融会社です、アメリカ有数の。設立当初は運送会社だったとはいえ、田舎の乗馬大会なんぞとは何の関係もなかったわけです。しかしロイド・テヴィスはそのために尽力した。賞金も賞品もない、ただ一日かけてシエラネバダ山脈を越えて百マイルを走るというあのライドに、みんなの目標となる優勝杯を用意してやったんです。会社の宣伝なんてことより何より、彼自身がロマンを感じたからだろうと、私は思ってます。自分の血が燃えるという理由だけでそれに関わり、同じ志を抱く者たちがもっと自由に挑戦できるようにと、欲も得もなく心を砕く。アメリカという国に文句を付けたいところは山ほどあるが、そういうことが当たり前にできるところはじつに素晴らしいと思うわけですよ」

なるほど、と秀司がうなずく。

「しかし、そこまで大きいことをやるとなると、誰でもというわけにはいかんですわな」

「もちろん」

「私らみたいな人間は、毎日、自分とこの生活だけで汲々《きゅうきゅう》としとります」

秀司の口調には苦笑が混じっていた。

漆原は、少し考えて言った。

「おっしゃる意味はよくわかります。生活とは別のところに向けられる余力、犠牲にできるものの多寡《たか》は、人によって違う。ただ——幸いなことに今の私は、好きなことをしてもわりあいに許される立場にいる。そして、自分の金を自分の好きに遣って何が悪い、とも思います。実際、やると口に出したことはどんなに困難でも必ず行動に移しているし、そのために私自身が日々鍛錬を積んで成果も上げている。そうである以上、『あいつは金持ちだからできるんだ』といったような、やっかみ半分の中傷を受け付ける気はありませんね」

「そういうことを言う人がいるわけですか」

漆原は、苦笑いした。

「金があるからできる、というのは事実ですが、金のない人間が努力をしないことの言い訳にはなりません」

ノブレス・オブリージュ——などと、たとえばビジネス雑誌の取材などで水を向けられると、背中がこそばゆくなって思わず否定したくなる。高貴なる者の義務？　そんな大層なものではない、ただ好きなことを好き勝手にやっているだけだ、と。

自分ののめり込んでいるものの魅力を広く世間にも知らしめたいというのは非常に利己的な心の動きだが、個人の強い思いこそが時に、その世界を牽引《けんいん》し、育てることがある。ルネッサンス期に芸術が花開き、文化がめざましい発展を遂げたのも、金に糸目を付けない物好きな援助者の存在があればこそだ。常識的な人間ばかりでは何も動かない。何も変わらない。まともに考えれば馬鹿げているように思えることを、正真正銘の大真面目にやってのける者がいてこそ、時代は、世界は、変わってゆくのだ。

「口に出すとよけいに、誰も本気で信じてくれんのですがね」

漆原は言葉を継いだ。

「本当のところ、私はただ、いわゆる〈夢とロマン〉と呼ばれてるやつを追いかけたいだけなんですよ。織田健鉄が生きていたら一緒にやっていたはずのことを、私ひとりでもやり遂げてみたいというかね。テヴィスに出場するというのも、もとはと言えば健鉄の夢でしたから」

まあ、と冨美代が目を瞠る。

「そんなわけで――さしあたっては、まりもくんを主役にした企画番組を作らせようと思っています」

は？　と秀司の声がひっくり返った。

「番組とは……そのう、テレビのですか」

「そうです。タイトルは、そうだな、『遥かなるテヴィス』――リードは、〈世界一過酷な乗馬耐久レース、十五歳の少女の挑戦！〉とでもいった感じかな。北海道出身の一人の少女が、エンデュランスという競技、それも百マイルという長距離に果敢に挑んでいく。彼女が馬に乗るようになるまでの経緯や、その努力、葛藤《かっとう》、喜び、悲しみ、周囲の人々との絆《きずな》……そういったものがちゃんと伝わる良質な番組を作らせるつもりです。徹頭徹尾まっとうで真剣な、それこそドキュメンタリーの賞を狙えるくらいの代物《しろもの》をね」

バックミラーの中で、今度は秀司と富美代が目を見合わせた。

当のまりもは、相変わらずきょとんとして大人たちを見回すばかりだ。話の内容は理解できても、それがどれほど大きなことかはぴんとこないのだろう。

「私はね、岩館さん。もうずいぶんと長くこの業界にいて、自分で言うのも何ですが、常に第一線を走ってきました。テレビという媒体がどれほどの影響力を持つか、その素晴らしさと怖ろしさの両面を含めて、私ほどよく知っている人間はいない。だからこそ、できることがあると思っています」

秀司は黙っている。

「今の日本エンデュランス界は、私から言わせればまるで鎖国状態だ。中の一部の人間は思うとおりにやれて愉しいかもしれないが、道は世界のどこにも通じていない。一歩先を見据えて、このままではいかんと考える心ある人間もいるのに、今のままでどこが悪いと言う人間が、先へ進みたい者たちの道をふさぐ壁になってしまっているんです。そういう現状を打ち破っていくには、ちょっとした爆弾が要る。まずは、一般の人々にこの競技のことを知ってもらわなくちゃならない。観ていてわくわくするような番組を通して、競技の魅力だけにとどまらず、馬たちや、そこに関わる業界がいま抱えている問題点まで描いてみせる。白日の下にさらしてやれば、関わる人間の意識も少しは変わっていくかもしれない。いや、変わらざるを得なくなるでしょう。そのきっかけを、こっちから仕掛けて作り出してやりたいんです」

ハンドルを握る秀司の頭が、ゆっくりと頷いている。

「ま、勝手な話ですがね。私利私欲というわけではないので、許して頂きたい。いや、ある意味、私欲ではあるのかな」

漆原は口をつぐんだ。

やがて、ミラーに映る秀司の白い眉尻が、ふっと下がるのがわかった。

「羨ましいですわ」

「え」

「あんたさんの歳で、何の損得勘定もなくそれだけ夢中になれるもんがあるというのは、本当に羨《うらや》ましいですわ。それと、その情熱を尊敬します」

「物好きなだけですよ」

「それはそうかもしれんが」

さっくり言われ、漆原は笑った。

「うちの孫は……」秀司はちらりと助手席を見やりながら言った。「不憫《ふびん》にも、親との縁にはあまり恵まれませんでした。母親はずっと昔に出てったきりですし、父親はこの子をそれはもう舐め回すかのようにして可愛がっておったくせに、馬鹿が、うっかりあの世へ行ってしまった。したけどね、漆原さん。どういうわけか、まるで足りないぶんを補うみたいに、周りの人たちみんなが寄ってたかってこの子を可愛がって下さるんですわ。貴子さん然《しか》り、志渡さん然り。そうしてあんたさんが現れて、このネンネになんと世界を見せてやろうとまで言って下さる」

本当に、涙が出るほどありがたいことです、と秀司は言い、冨美代も頭を下げる。

漆原も、黙って礼を返した。

高速道路の頭上に、空港の表示が増えてくる。車の前が詰まり、秀司はスピードをまたいくらか落とした。

「ちなみに、その番組の企画の件ですが」漆原は言った。「じつはまだ、志渡くんや貴子くんには話していないんです」

「そうですか。私らからは、言いません」

「いや、それはいいんですよ。ただ、聞いたら彼らは何と言うだろうと思いましてね」

漆原は身を乗りだし、助手席を覗きこんだ。

「まりもくんは、どうだね」

「何が？」

「テレビに出るのはいやかね」

少女はわずかの間、前を向いたまま首をかしげて考えていた。それから、よくわかんない、と気の抜けることを言った。

「わかんないか」

「うーん……。でもまあ、ミニスカートとかはいて、並んで歌ったり踊ったりするんじゃなければべつにいいよ」

漆原は思わず上を向いて笑った。

「そんなことはさせないよ。しかし、めずらしいね。きみたちくらいの子はああいうのが好きかと思っていたよ」

「見るのはいいけど、自分がやるのはイヤ。だってあたし、全然女の子らしくないし」

「そんなことないだろう」

「そんなことあるよ」

まりもは妙に頑固だった。

ふと思いだして、漆原は言った。

「それはそうと、例の〈盆踊りおじさん〉のことだけどな。まりもくん、あの男のことどう思ってる？」

「どうって？」

「たとえば、もう会いたくないとか、逆に今度こそやっつけてやりたいとか」

少女は、また首をかしげた。今度はさっきよりも長かった。

「やっつけたいとかは、もう考えるのやめれって志渡さんに言われたからやめたけど……なんかね、かわいそうな人だなあって思う」

「うん？」

「だってあの人、友だちいないよきっと」

「ああ、なるほどな。それはそうだな」

「あとね。〈あんたバカでないの？〉って思う。せっかく志渡さんみたいな人と親友になれたのに、自分からダメにしちゃうなんてさ。どう考えたって、もったいないしよ」

「ふむ。志渡くんは、そのへんの事情をきみに話したのかね？」

「だいたいね」

「何て言ってた？」

「漆原さんは聞いてない？」

「ああ」

「じゃあ、あたしが勝手に喋るわけいかないしょ」

意表をつかれ、漆原は少女のつむじを見おろした。何の気負いもない、ただ当たり前に口からこぼれただけの言葉に、覚えず襟《えり》を正される。

「確かにそうだな。きみが正しい」

背もたれに再びよりかかり、漆原は静かに言った。

「いや、なんでそんなことを訊いたかというとね。これはまだ、人づてに聞いただけで確かな話ってわけじゃないんだが――」

「なに？」

「もしかすると来年のテヴィスに、高岡恭介のところの会員も出場するかもしれない」

まりもが、え、と体ごとふり返る。顔つきが変わっていた。

「狭い世界だからね。噂《うわさ》はすぐに伝わってくる」

「もし……もしそうなったら、盆踊りおじさんも行くってこと？」

「わからない。アメリカはちょっとばかり遠いからな。予算的に、選手本人しか行かないかもしれないし、あるいはそのへんの都合がつくなら高岡もクルーとして参加するかもしれない」

「志渡さんには、そのこと話した？」

「まだだ」

ふうん、と思案げに唸り、まりもはやがて再び前を向いた。

秀司と冨美代にはよくわからない話だったろうが、二人は遠慮して口をつぐんだままだ。申し訳なく思ったものの説明するのも難しく、漆原は黙って前を睨んだ。

高岡恭介がもしテヴィスに参加することになったら――。自分はもとより、志渡との間にもいろいろと確執のある高岡だ。向こうで顔を合わせてもとうてい和気藹々《わきあいあい》とはいかない。もともと日本人参加者が少ないだけに、気まずさも相当なものだろう。男三人が仏頂面で目をそらすくらいのことはどうでもいいが、その雰囲気がまりもにどう影響するかが心配だった。

大沢貴子がクルーに加われそうにないことが、こうなるとじつに痛い。まりもの貴子への信頼感は、師匠である志渡へのそれとは種類の違うものだが、強固であることにかけてはまさるとも劣らない。異国での真夏の百マイルを走る上で、貴子の存在は、特にメンタルの面でどれほど助けになるか知れない。

漆原以外の誰も、まだほんとうには理解していないことが一つある。テヴィスというコースでは、わずかでもよけいなことに気を取られたら文字通りの意味で命取りだということだ。

それでなくとも国内の大会とはまるで勝手が違う。現地ではすでに馴染《なじ》みとなったベテランのクルーが協力してくれるといっても、志渡たちの場合、言葉の壁もある。知らなかったからといって他の選手の妨げになるようなことはあってはならないが、漆原がずっとそばについてケアできるわけではない。とくにライドが始まってしまえば、まりもと自分、そして各々の馬の面倒を見るだけで精いっぱいだ。

何よりも、まずは優秀な通訳が必要だ、と漆原は思った。それも、ある程度は馬のことがわかっている人間を、早急に見つけなければ……。

と、ふいに閃《ひらめ》いた。

(理沙を巻き込むか)

――そうだ。それがいい。なぜもっと早く思いつかなかったのだろう。

女性誌の編集者がどれだけ責任ある立場かは知らないが、貴子と違って、明日をも知れない人の命を抱えているわけではない。何ヵ月も前から日程がわかっていれば、せいぜい一週間程度の夏期休暇は認めてもらえるだろう。認めてもらえなければ、そんな仕事は辞めてしまえと言ってやる。なに、かわりにうちの会社に来ればいいだけの話だ。

秀司がハンドルを切り、新千歳空港への出口をするすると下りる。礼を口にしながら、漆原は微笑した。壁をとりあえず一つクリアしたように思えて気分が良かった。

そう、昼間まりもに言ったとおりだ。

物事は、なんとかしようと本気で思えば、必ずなんとかなる。

3

最近まりもは、以前にも増して父親の蓮司のことを思いだすようになった。アパート前の駐車場を横切る時など、ふと、今はもうない蓮司のワゴン車を探してしまい、そうすると耳もとに声まで甦るのだ。

〈お前が『べつに』って言う時はたいてい何かある時だ〉

何にも考えていないようでいて、大事なところはちゃんと押さえているのが蓮司だった。いつだって、まりものいちばん欲しい言葉をくれた。

あの父親がもしひょっこり生き返ってきて今の自分を見たなら、いったい何と言うだろうとまりもは思う。

ずっと学校へ行けずにいることを、情けねえなぁおい、と荒っぽくどやしつけられるだろうか。それとも、お前はお前なりに精いっぱい頑張ってるもんな、と優しく頭を撫でてくれるだろうか。

どやされるのでも、叱りとばされるのでもよかった。蓮司に、帰ってきて欲しかった。いつかのあの日のように、目が覚めたら足もとに蓮司が立っていて、

〈父ちゃんはこれから遊園地へ行こうと思うのよ〉

そう言って笑ってくれたらどんなにいいかと思った。

札幌競馬場へ連れていってもらったあの日のことは、今でも鮮明に覚えている。落ちてきた鳥のヒナの匂いを嗅いだだけで何もしなかった、おとなしい黒馬。その馬が、最後のコーナーを回ったとたん、弾丸のように飛びだしてきてぐいぐいと馬群を抜き去り、目の前でゴール板を駆け抜けた時の、あの興奮、あの歓喜、あの感動……。思えば、あの日から自分は馬の背へと導かれていたのかもしれない。

(ねえ、父ちゃん)

仏壇にご飯を盛ってお供えする時など、まりもはよく心の中で父親に話しかけた。

(あたし、ほんとに馬に乗れるようになったんだよ。騎手じゃないけど。お金はぜんぜん儲からないみたいだけど)

父親にぶつけてしまった心ない言葉への後悔が、すっかり消えたと言えば嘘になる。だが、蓮司の性格からいって、あの世でいつまでも根に持っているとは思えなかった。むしろ、

〈は？　なんだお前、そんなことでうじうじ悩んでたんか。なまらはんかくせえ！〉

そんなふうに豪快に笑いとばされて終わり、という気がする。

だから、今さら何が辛いというわけではないのだ。愛情をありったけ注いでくれる祖父母もいれば、貴子も志渡も、漆原もそばにいてくれて、これで寂しいなどと言ったら罰が当たるとも思う。

ただ、それでもまりもは、時折たまらなく父親に会いたくなった。おじいとおばあには、お互いがいる。貴子と志渡も、なんでくっつかないのかわからないけれど、大事に想い合っていることはわかる。藤原奈々恵にだって、今や岸田大地がいる。——自分だけがひとりだ。

蓮司が生きていた頃は、こんなことを考えはしなかった。父親さえずっとそばにいてくれたら、自分で自分の体を傷つけるなど思いつきもしなかったかもしれない。

寒い夜、後ろから抱きかかえられて眠りに落ちる時の、あの絶対的な安心感。当時はただうるさいばかりだった蓮司のいびきや歯ぎしり。

二度と戻ってはこない。思い知れば思い知るほど、目と鼻の奥がむず痒《がゆ》くなり、心臓がきゅうきゅうと引き絞られるような心地がした。

＊

その年の暮れ、ひどく冷え込んだ朝のことだった。

スーが、死んだ。

馬の死因で最も多いのは、骨折による予後不良。その次が疝痛《せんつう》、つまり腸捻転《ちょうねんてん》などによる腹痛を伴う病気だ。スーの場合はある意味、その両方だった。

　馬は体格の割に胃が小さく、しかも食べたものを吐き戻すことができない。さらに小腸はおそろしいほど長く、くねくねと折りたたまれたそれが不安定な状態で体内に宙づりになっているため、捻《ねじ》れやすいばかりか、少し傷ついただけでも癒着《ゆちゃく》し、途中で詰まったりガスが溜まったりする。

スーもおそらく、腸に何かしらの問題が生じたのだろう。馬房で落ち着かなげに床を前掻きし、ごろりと横になってはしきりに左右に転がるので、志渡にもすぐに疝痛を起こしていることはわかったらしい。ただ、症状が軽ければ、馬は自分で治してしまう場合がある。スーがしたように、背中を下にして地面をごろごろ転がることで腸の位置を正すのだ。

とりあえずもうしばらく様子を見ようと判断した志渡は、いくらか症状の落ち着くのを見計らってスーを狭い馬房から連れだし、もっと自由に転がれる広い馬房へ移してやろうとした。

その時だ。ひときわ強い痛みがスーを襲った。突然、断末魔の悲鳴のごとくいなないて暴れだした若馬は、志渡の制止をすさまじい勢いでふりきると、厩舎の通路を外へ向かって駆け出し、凍りついたコンクリートの上でひづめを滑らせ、宙に浮いた次の瞬間、音をたてて床に叩きつけられた。

立てなかった。どうもがいても立ちあがれなかった。何度も何度もむなしく空を掻いて暴れた後、疲れ果てたスーは、何かを悟ったかのように志渡の前で首を横たえ、じっと動かなくなった。

大腿骨の粉砕骨折。呼ばれた浅野医師が、東京にいるシャイアンとスーのオーナー夫妻に電話で了解を取った上で、最期の注射を打った。

まりもは、翌日になってランチへ行き、初めてそのことを知った。笑わない志渡に厩舎へ連れていかれた時から、何かがおかしいとは感じていた。

志渡が、黙ってスーの馬房を指差す。中を覗き、敷き藁までがすっかり片付けられているのを見た瞬間、まりもは事情を飲みこんだ。

両目から鉄砲水のように涙が噴きだした。

夜になって、まりもをランチまで迎えに来てくれたのは、仕事の終わった貴子だった。志渡が焚《た》いてくれた薪《まき》ストーブのおかげでクラブハウスの中は暖かかったが、貴子はコートも脱がずにまりもを抱きしめてくれた。

何か言おうとすると、言葉より先に涙があふれてしまう。まぶたがぱんぱんに腫《は》れて、ちゃんと目が開かない。

やがて、耳もとで貴子がささやいた。

「……つらいね」

まりもは、泣きながら頷いた。一緒に母馬シャイアンのお産を見守り、スーの誕生の瞬間に立ち会い、まだ濡れたままの子馬の体を抱きかかえた貴子の今の気持ちは、自分のそれとそっくり同じ色と形をしていると思った。

「でもね、まりもちゃん。私たちより、もっとつらい人がいるよ。まりもちゃんにも、私にも懐いてくれてたけど、スーが世界でいちばん好きだったのはやっぱり……」

「――わかってる」

つぶやくと同時に、また涙がこぼれる。駄目だ。どこかが壊れてしまったみたいだ。

昼間の志渡を思いだす。志渡自身は、自分のつらさのことなど一言も口にしなかった。ただ、まりもの正面に座り、馬という生きものにとって肢を骨折するということがどういうことかをゆっくりと説明してくれた。

肢は、馬にとっての命だ。多くの場合、肢を折った競走馬などは、その場で安楽死させられる。稀《まれ》にオーナーの意向やファンからの嘆願などによって救われ、莫大《ばくだい》な費用のかかる治療を受けて回復した馬もいるが、それらはあくまでも奇跡的な例外であって、ほとんどは治らない。骨折の治療を始めても、途中で別の症状を併発して死に至ることが多いのだ。名馬と呼ばれたある競走馬など、暴れないように、折れた肢に負担がかからないようにと、幅広の腹帯で天井から宙づりにされた状態で治療を受けていたが、五百キロもの体重がかかる腹帯が擦《こす》れて皮膚が化膿し、健康な肢まで蹄葉《ていよう》炎《えん》を起こしてひづめから腐り、とうとうガリガリに痩《や》せ細って衰弱死してしまった。体重は二百キロ台にまで落ちていた。

〈それにな、まりも〉

と、志渡は最後に言った。

〈何より、たった一パーセントの奇跡を願って助けてやろうにも、俺には、一頭の馬にそれだけの治療を施してやれるだけの金が逆さに振ってもないのよ。もとより、オーナーにはそんなこと、どうするか訊いて決断を下させるだけ残酷だしな。なんとかしてスーのやつを助けてやりたかったけど、俺には、ああする以外にどうしようもな

かったんだ。……ごめんな〉

そうして、まりもの頭をそっと撫で、どこかへ出ていった。たぶん今も、厩舎に一人でいるのだった。

「志渡さん、そんなことまで話したの」

と、貴子が言う。

「……え？」

「自分には、いくら治してやりたくてもお金がなかったって」

「……うん。そう言ってた」

そう、と貴子はつぶやいた。ため息のようにふっと苦く微笑んで言った。

「ほんとうに、嘘のつけない人だね」

「……ん」

部屋の隅、鋳物《いもの》の薪ストーブの中で、小さく薪の爆《は》ぜる音がする。温まった床に寝そべっているチャンプが、眠そうにあくびをした。

「ねえ、まりもちゃん。『馬の祈り』って覚えてる？　あそこにかかってる、英語の詩の」

まりもは洟をすすった。

「覚えてるよ」

「理沙さんが、訳してくれたよね。うろ覚えだけど、たしか、最期はどうか苦しませないで、最も優しい方法で命を奪って下さい……って。スーも、きっとそう願ったと思う。だから、あの子が天国へ行けるように、一緒に神様にお祈りしよう」

まりもは、頷かなかった。

「大っ嫌い」

「え？」

「神様なんて、大っ嫌い」

斬りつけるようにくり返すと、貴子が驚いて体を離した。

「まりもちゃん？」

「だってさ、神様、父ちゃんの時だってあんなにお祈りしたのに聞いてくんなかったよ。どうか助けて下さい、父ちゃんを死なせないで、ってあれほど必死で祈ったのに、全然聞いてくんなかった」

ほとばしる激情のままに叫ぶ。声も、体もふるえた。

「スーだってさ、何にも悪いことなんかしてないのに、どうして死なせたりするのさ。あんなにいい子だったのに、ひどすぎるしょや。神様なんて、嫌い。どうせ、なまら根性の悪いやつにきまってる。大嫌い。大嫌い。大っ……」

だくだくと涙をこぼして言いつのるまりもを、貴子までがとうとう泣きだしながら再び抱きしめる。どんなにこらえようとしても後から後から涙はあふれ、その熱さに目頭が煮えてしまいそうだった。


あんまり泣きすぎると、人は体の芯が溶けてしまうものらしい。言葉少なな志渡に見送られて乗った帰りの車の中、まりもはまっすぐ座っていることさえできずに、しなびた風船のように助手席に寄りかかっていた。

窓の外、雪に覆われたあちこちの店の軒には、クリスマスらしい飾り付けがほどこされ、色とりどりのイルミネーションが点滅している。

雪の中で倒れて動けなくて、貴子に抱き起こされた日のことを思い出す。あれは、父親を亡くした年のちょうど今ごろだった。あの時は、もう二度とうちにお正月なんか来ないと思っていた。

「ねえ、貴ちゃん」

ささやくと、貴子がこっちを見るのが気配でわかった。

「うん?」

「あたしさ。なんか、馬に乗るの怖くなっちゃった」

貴子は何も言わなかった。

今までにも、乗っている馬が転びそうになったことは何度かある。雨にぬかるんだ山道でひづめがズルッと大きく滑り、人馬転しそうになった時など本当に怖かった。それでも、これまではただ想像するだけだったのだ。肢を骨折した馬の話は耳にしても、そうなったら怖い、かわいそう、と漠然と思い描いて怖れていただけだった。それが、スーが死んだ今、それらは突然、逃げられない現実になった。これまでが幸運だっただけなのだ。いつだって本当に起こり得るのだ。この先、万一サイファの肢が折れたりしたら……。考えるだけで、涸《か》れ果てたと思っていた涙がこみあげてくる。

信号で止まってはまた走りだすのを三回くらい数えてから、貴子がようやく口をひらいた。

「怖くて、当たり前なんじゃないかな」

とても静かな口調だった。

「っていうか、怖いのが正しいのよ。そういう怖さを感じない人は、きっと馬に対しても優しくないよ」

「……そっかな」

「そうだと思う。もちろん、選ぶのはまりもちゃんだよ。〈万一馬が肢を折ったりしたらかわいそうだからもう二度と乗らない〉っていう選択肢もある。乗るも乗らないもまりもちゃんの自由だし、誰も強制なんかしない。ただね。今この国にいる馬たちは、人が乗らなかったら生きていく道がないの。乗る人の人口が多くなればなるだけ、馬も生きていけるようになる。死ななくて済む馬が一頭でも増える。……なんて、これもみんな、志渡さんからの受け売りなんだけどね」

でもほんとのことよ、と貴子は言った。

すぐには消化しきれない言葉が、頭の中でぐるぐると渦を巻く。まりもは、二の腕の内側にそっと手を当てた。このところずっと我慢して、めったにカッターを持ちだしたりはしていないから傷痕はだいぶ薄くなってきているけれど、こうして服の上から触るのだけはいつのまにか癖になってしまっていた。

雪の中で貴子に助けてもらったあの日から、ちょうど丸三年。父親がいなくなっても、お正月はどうにか来ることがわかった。今では貴子が、炬燵のもう一辺を埋めてくれているおかげかもしれない。

だけど、とまりもは思う。

起こる時は、いつも突然なのだ。悲しい出来事というのは、人が油断して何の準備もしていない時に限って不意を突いてやってくる。

あの日のように。

今日のように。

まるできれいに描きあげた設計図を真ん中からびりびり引き裂くみたいに。

「貴ちゃん」

「うん？」

言いかけて、まりもは口をつぐんだ。

「――何でもない」

「なあに？」

「ううん。いい」

(貴ちゃんはさ、志渡さんのこと……)

そう訊こうと思って、やめた。人にはきっと、踏みこまれたくない領域というものがある。貴子の半分くらいしか生きていない自分だってそうなのだから。

見えない傷痕の上を、まだ力の入らない手でぎゅうっと握りしめる。

スー。やんちゃで、素直で、とても甘えん坊だったスー。どんなに痛くて苦しかっただろう。ほんとうは、どれほど生きたかったことだろう。最期の時にスーのつぶらな瞳に映った顔、耳に届いた声が、せめて彼女が大好きだった志渡さんのものだったらいい、とまりもは思った。

「ねえ、貴ちゃん」

「うん、なあに?」

「あたし……。あたし、もっと強くなりたい」

競技のことみたいに聞こえてしまったかもしれない。

言葉を足そうかどうしようかと迷ううちに、ハンドルを握っていた貴子の左手が伸びてきて、まりもの右手を包みこんだ。

4

こんな言葉がある。

〈馬には二種類いる。動くものに驚く馬と、動かないものに驚く馬だ〉

その性質を、臆病で神経質と断じるのは人間の基準に過ぎない。逃げ足の速さのほかに格段の武器を持たない彼らにしてみれば、そこまで敏感でなければ外敵から身を守って生き抜くことなどできなかったのだろう。

物音がするたび腰砕けになる馬。白いものや黒いものを見るとテコでも動かなくなる馬。ひらひらとはためくものに横っ飛びする馬。犬や鳥などが飛びだしてくると棹立ちになる馬。厄介《やっかい》だからといって、ならば呑気なほうが乗用馬として優秀かといえばそうとも限らない。めったに物事に動じないかわりに、肝腎《かんじん》の乗り手の指示にまで反応の鈍い馬もいる。人がそうである以上に、同じ性質の馬は一頭もいないのだ。

石狩平野が雪に覆われている間、漆原社長は何度かにわたってまりもと志渡を信州に呼び寄せ、天候に左右されない大きな屋内馬場でさらなる乗馬の訓練を積ませた。特に、初めて乗る馬の性格や癖を見抜き、できるだけ早く折り合いをつける練習は重要だった。

まりもも志渡も、これまでは当然、テヴィス・カップにはサイファに乗って参加するものと思っていた。志渡はそのためにこそサイファに入念なトレーニングとケアを施してきたし、漆原もまた、去年の暮れまではその心づもりでいたのだ。成田空港での検疫に必要な日数を含め、どれくらい前に馬をアメリカへ輸送すればいいか、スケジュールまで割り出していたくらいだった。

しかし、これまで漆原がテヴィス・カップの行われる現地で世話になってきた人々、すなわちテヴィスというライドにおける大ベテランたちは、揃《そろ》って懸念《けねん》を口にした。

曰《いわ》く、乗るのはまだ年端《としは》もいかない少女であり、彼女にとっては初めての海外戦なのだから、せめて馬くらいはコースに慣れていたほうがいい。特にテヴィスは、百戦錬磨のエンデュランス・ライダーでさえ、「こんなに難しいコースは世界中探しても他にない」と言うほど完走が困難なライドだ。毎年、出場人馬のゆうに五十パーセントが途中で失権・脱落し、ことによっては大怪我や死の危険もあり得る。乗り手の技術や運だけで走りきれるものではない、馬がコースを知っているかどうかが完走率を大きく左右するはずだ――。

特に心配して意見してくれたのは、漆原が初めてテヴィスへの挑戦を決めた時からサポートしてくれているギル・ハワードという男だった。彼と妻のメグは、二人ともエンデュランス界では誰知らぬ者のないライダーであり、漆原が毎年騎乗している馬も、ふだんから彼らに預けてトレーニングを行ってもらっているのだ。

悩んだが、何より安全と完走を第一に考えて、漆原は決断を下した。

まりもの乗る馬は現地で借りよう。そして、テヴィスまでの間にその馬に馴《な》れておくために、早くから彼女をカリフォルニアやネバダで行われるライドに参加させて、練習と経験を積ませよう、と。

海外でのエンデュランス・ライドに慣れさせるとともに、信州の乗馬クラブで開催している大会にも出場させて、テヴィスへの出場資格となる完走距離を着々と稼いでおかねばならない。これまで、サイファをはじめ〈シルバー・ランチ〉にいるおとなしい馬にしか乗ったことのなかったまりもを、もっと気性の荒い、言い換えれば上級者でなければ手に負えないような馬にも慣らしておくことが必要だった。

漆原は知人の経営する九州の乗馬クラブへまりもを連れていき、何キロも続く砂浜で、目をつぶって駈歩をする練習をさせた。わざわざ夜を選んで山へ分け入ったりもした。

シエラネバダ山脈の山中を走るテヴィス・カップの本番は、スタート時刻も夜明け前なら、ゴールも真夜中になる。通常の乗馬技術だけでは足りない。人間の視力では何ひとつ見えない暗闇の中にあって、すべてを馬に任せつつ、いつ何が起こってもその背中でバランスをとり続けることができないのなら、テヴィスの百マイルを完走することなど不可能だ。

まりもに求められているのは、どんな馬に乗ることになっても、そしてどんな状況にあっても、動じずに呼吸を合わせられる柔軟な技術と胆力だった。

貴子の携帯に思いがけない着信があったのは、札幌の街の寒さがいくらかゆるみつつある三月の終わりのことだった。

勤務中だった貴子は出られなかったのだが、あとから着信履歴を見た時は驚いた。こちらから事務連絡や報告のために電話をかけることこそあれ、漆原社長のほうから貴子宛にかかってくるのは初めてだったのだ。

まさか、まりもが怪我でもしたのだろうかと心配になって折り返しかけてみると、彼は仕事を邪魔したことを詫び、次の休みの日でいいから少しだけ時間を取ってほしいと言った。

「すまんが、折り入って相談があるんだ」

「私にですか？　志渡さんにではなくて？」

思わず訊き返すと、漆原は電話の向こうで苦笑した。

「そうだ。あんたにだよ、大沢さん」

新千歳空港の到着便出口で待ち合わせた。漆原の持ち物は財布と携帯だけだった。話が済めばとんぼ返りで東京へ戻ると言う。

構内のカフェの、窓から飛行機の離着陸が見渡せる席に陣取り、メニューをひろげもせずにコーヒーを頼むなり、漆原は口をひらいた。

「志渡くんは今日のことを何か言っていたかね」

「いえ。私からは何も話していません」

「ほう。どうして」

「社長は特に口止めなさいませんでしたけど、志渡さんにも相談したいことであれば、最初からランチへみえると思ったからです」

漆原の口もとがほころんだ。黙って二、三度うなずき、ふと真顔になって言った。

「単刀直入に言おう。あんたに相談したいと言ったのは、まりもくんのモチベーションをどうやって取り戻すかについてなんだ」

「モチベーション、ですか」

「あんたのことだから、もう気がついているだろう。年が明けてからこっち、まりもくんはエンデュランスに対して以前ほどの情熱を失ってしまっているように見える。彼女の可愛がっていた子馬があんなふうに死んでしまったことが、何らかの形で影響しているんだろうという想像はつくよ。だが、それが現実に今の彼女の精神状態とどう結びついているのか、そしてそれをどうケアしてやればいいのかが、俺にはいまひとつわからんのだ。あの子はいったい、いま何を望んでいるんだろう？」

貴子は、テーブルにのった水のグラスに目を落とした。構内は暖房が効いて暖かく、グラスにびっしりとついた水滴が自重に耐えかねて流れ落ちる。あの夜、まりもの頬を伝った涙を思い起こしながら、貴子はつぶやいた。

「何も、望んでないんじゃないかと思います」

漆原が、ん？と訊き直す。

貴子は目を上げ、言い直した。

「というか、望みたくないんだと思います。何かを強く望んだ後で、それが裏切られた時の絶望感……。今のまりもちゃんを縛っているのは、そういうものに対する怖れなんじゃないかと。死んでしまったスーは、彼女にとって、特別に思い入れのある子馬でした。何しろ、生まれた瞬間に立ち会ったんですから」

「あんただってその場にいたんだろう？」

「ええ。でも、前の年に父親を亡くしたばかりだったあの子にとって、新しい命の誕生に立ち会って、志渡さんからその子馬の成長をちゃんと見守ってやるように言われたことがどれだけ心の張りになっていたか。私も一緒にいて同じ経験を分け合いはしましたけれど、その意味の重さは全然……」

ぬるぬると濡れそぼった生まれたての子馬の体を抱きかかえながら、興奮にきらめく目を瞠っていたまりも。それまではただ周囲から守ってもらうばかりだった彼女も、日々大きくなっていくスーの面倒を見ることでだんだんと、誰かを守れる強さを自分のものにしつつあるように見えたのに。

「要するに、あれかね。期待してもどうせ裏切られるなら、最初から期待しなければいい、と。そのせいで競技への挑戦に対しても無気力になっている、ということかね。あんたの言いたいのは」

運ばれてきたコーヒーが二つ、互いの間に置かれる。ウェイトレスに軽く礼をして、貴子は言った。

「そう、ですね。単純に言えば、そういうことかと思います。ただ……」

「うん？」

「これはあくまでも私の考えでしかなくて、本人に確かめたわけではないんですけど――エンデュランスに関してだけ言うなら、まりもちゃんがここに至ってのめり込めなくなった原因は、もう一つある気がします」

漆原が身を乗りだした。

「何だ。勘でも当てずっぽうでもいいから言ってみてくれ」

「サイファです」

「なに？」

「テヴィスの本番で乗る馬が、サイファではなくなったからです」

「いや、しかしそれについては彼女も納得して……」

「ほんとうに？」

貴子は、漆原の小さな目を見つめた。

「ほんとうに、あの子が心の底からそれに納得していると思われますか？」

漆原は眉を寄せ、低く唸った。

エンデュランス競技を始めた当初から、すべての大会、すべての距離を、まりもは芦毛のアラブ馬、サイファとともに走り抜いてきた。

志渡の〈シルバー・ランチ〉に、試しに最初の三頭を預けた時点では、漆原の側にサイファをまりも専用の馬にしようという考えはまだなかったはずだ。だが、馬が合うとはまさにこのことだろうか、初めて二十キロのトレーニング・ライドに参加した時から、まりもはサイファを気に入り、サイファもまりもを受け容れて、一人と一頭の間には、各距離を走りきるごとに目に見えない絆が育っていった。

今では、ことサイファに関してだけだが、志渡よりもまりものほうがよくわかっていると言ってもいい。尾の振りあげ方、耳の動き、あるいは鼻息の一つだけで、その日の調子を言い当てられるほどだった。

「残念に思ってるのは、まりもくんや志渡くんばかりじゃない、俺も同じだよ。サイファでテヴィスに出場させてやれれば、どんなによかったかとは思う。しかし……」

「わかっています」

貴子は言った。

「もちろん、まりもちゃんだってわかってるんです、頭では。社長がどれだけ自分のために心を砕いて下さってるかも、安全な完走のために何が最善かも、よくよくわかっていて、それでも気持ちがうまくついてこないんだと思います。あの……こんなことを言うとお気を悪くされるかもしれないんですけれど」

「しないから、続けて」

「九州での練習から戻ってきた時に、まりもちゃんがぽつりと言ったんです。『なんだか違ってた』って」

「違ってた？　何が」

「馬がです。一頭一頭、もともとみんな違っているのが当たり前だということは、あの子もよく知っています。でも、そういう意味ではなしに、『志渡さんの育てた馬と全然違ってた』って。自分の指示の出し方がいけなかったのかもしれないけれど、なんだかどの馬に乗っても、こちらに完全に集中してくれなくて、性格がぼやっとしてつかみにくくて……互いに言葉が通じないような、間に薄い膜が張っているような感じで、歯痒《はがゆ》くてイライラしちゃった。そんなふうに言ってました」

漆原がまた唸る。

「たぶん、志渡さんの調教がちょっと特殊なんです。そのことは、志渡さんが自分で言ってましたから。これまで他ではなかなか試せなかったことを、ようやく持てた自分のランチで初めて形にしてるんだって」

「――ある意味、馬のガラパゴスだな」

貴子は思わず笑ってしまった。

「そうかもしれませんね」

「で、まりもくんは幸か不幸か、そもそもの初めから志渡くんの育てた馬にだけ乗ってきたと」

「ええ。まさに、幸か不幸か」

ふうむ、と唸ると、漆原は腕を組み、天井を仰いだ。

貴子は、冷めかけたコーヒーを一口飲み、窓の外へと目を移した。長く延びた滑走路を、今まさに飛び立とうとしてスピードを上げてゆく機体。入れ替わりに空の彼方《かなた》からは輝く機影がぐんぐん大きくなり、やがて横腹の文字が見て取れるほどにまで近づいてくる。

分厚いガラスに阻まれて音がほとんど聞こえないせいか、目に見えるものすべてに現実感がない。自分がなぜここにいるのかはもとより、どこの誰であるのかさえ、灰色の景色の中にふうっと溶けて薄まっていく。

呼ばれていることに気づくのが、数秒遅れた。

慌てて視線を戻すと、漆原はその小さな目で、およそ遠慮なく貴子を観察していた。

「すみません、ぼんやりして」

「いや。せっかくの休みに、呼び出したりしてすまなかったね。今日もこれからランチへ行くの？」

そのつもりです、と貴子は言った。

午後には東京の会員から、雪中外乗《せっちゅうがいじょう》の予約が入っていたはずだ。志渡がゲストに付き合えば、そのぶんランチの作業は滞《とどこお》る。寒い季節ほど、馬たちの体調に気を配ってやらなくてはならない。自分は乗らなくても行くだけは行き、出来ることを見つけては手伝う、それが貴子にとっていつしか最も心の落ち着く休日の過ごし方になっていた。

「あの、何か」

いつまでも漆原がじろじろと見ているので、居心地が悪くなってくる。

「つかぬことを訊くが……」ようやく腕組みを解いて、漆原は言った。「大沢さんは、どうして看護師になったの」

「え」

「何か、絶対にこの仕事でなければというような理由があったのかね」

貴子は、狼狽《うろた》えた。漆原から個人的な質問を向けられるのは初めてだった。

これまで人から訊かれた時には、子どもの頃から憧れていたからとか、人の役に立つ仕事がしたかったからと答えて済ませてきた。どちらもけっして嘘ではない。ただ、この社長がわざわざそんなことを訊くからには、通り一遍の答えでは足りない気がして言葉に詰まった。

〈お前なんかどうせ一生そのまんまだ〉

あの男が姿を消してから後も、母親に心を添わせることは出来ず、とにかく早く、一刻も早くあの家を出たかった。どん底まで貶められた自分を救ってやるためには、何とかして他人から必要とされる人間になるしかなかった。

けれど、そんなことを今この社長に話してもどうにもならない。話す気持ちにもなれない。志渡がどう思っているかは知らないが、この世で彼にだけ一部分を打ち明ける気持ちになれたのは、本当に、ほんとうに特別なことだったのだ。

逡巡《しゅんじゅん》は、実際には長くなかったはずなのだが、

「いや、まあいいんだ、そのあたりはじつはどうでも」

漆原はすぐに先回りして言った。

「ただ、あんたに一つ、提案があってね」

「提案？　何でしょうか」

「なあ、大沢さん。あんた、今の仕事を辞めて、うちのスタッフにならんかね」

訊き返すより先に、ぽかんと口を開けてしまった。

「……はい？」

声が裏返る。

「無茶な話に聞こえるかしらんが、俺だって一時の思いつきで言ってるわけじゃない。去年の秋口あたりからずっと考えてたんだ。そう、ランチでまりもくんたちと集まって、あのバーベキュー・パーティをやった時からね」

ああ、と胸に落ちるものがあった。それはちょうど、貴子が漆原に、とても残念だ

けれどテヴィスには同行できないと打ち明けた日だった。

「あんたが、今の仕事に心の底から喜びを感じて、この道のほかに自分を活かす道はないとまで思っているなら、俺は何も言わんよ。しかし、行きがかり上とはいえ、お互い縁あってこうしてエンデュランスの世界に足を踏み入れたんだ。もしもあんたが真剣に、馬に関わる世界で生きる道を探してみたいと思うんなら、俺のほうには手を貸す用意があるよ、ということを言っておきたかった。ただし、」

漆原は言葉を切り、目に力をこめて貴子を覗きこんだ。

「その気があるかないかの結論だけは、遅くても来月、四月の半ばまでに出してもらいたい。何せ、まずはこの七月末のテヴィスのために動いてくれる人間が欲しいのでね。あんたが駄目なら、他を当たらなくちゃならない。今の仕事の引き継ぎなんかがあってすぐには辞められないとしても、あんた自身にその意思があるかどうかだけは明確にしてもらわないと困る」

「ずいぶんと……」

「急かね」

「いえ。ずいぶんと、買いかぶって下さるんですね」

「買いかぶる?」

漆原は、おかしな形に眉を歪めた。

「こりゃ心外だな。人の真価を見抜く目がなくて、どうして俺のプロダクションが業界でトップになれると思う？」

「それはそうでしょうけど、でも」

「何だね」

「私なんか、馬に関しては本当に素人で」

「知ってるさ。誰だって最初はそうだ。俺もそうだった」

漆原はコーヒーカップを手に取ろうとし、すでに空であるのに気づいてやめた。貴子が店の者を呼ぼうとするのを止める。

「俺はね、大沢さん。本業とエンデュランスはまったく別物だと分けて考えてるが、かといってこっちをただの道楽とは思っていない。自分だけ愉しめればいいとも思わないかわりに、慈善事業だとも思わない。あのまりもくんを始めとして、世界の舞台へ送り出せるようなエンデュランス・ライダーをもっと生み出したいと本気で夢見ているし、そのためには、そういうことがきちんとビジネスとして成り立つんだというモデルを作りたいと考えてる。そうでなければ後に続く者が出てこないからな。この競技を始めた時以来、俺がしてきたような馬鹿ばかしい苦労を、これからの人たちにはさせたくないんだ。俺は、日本に本当の意味でエンデュランス競技を根付かせたいんだよ。そのために……」

言いながら、漆原は腕時計をちらりと覗いた。

「できることなら、あんたの協力が欲しいとは思ってる。とはいえ、あんたの人生だ。無理にとは言えないがね」

「どうして、私なんかをそこまで」

「理由は二つある。一つは、まりもくんがあんたのことを信頼しているからだ」

「それは、わかります。でも、もう一つは？」

漆原は、ふふんと笑った。

「あんたの馬の触り方を見てると、看護師にしておくには惜しいからだよ。当たり前だろう、そうでもなけりゃ、このやたらと忙しい時期に俺がこうしてわざわざ誘いに来るわけがないじゃないか」

貴子は声を失った。まさか、漆原が今日、自分にだけ会おうとした一番の目的は――。

漆原が再び時計を見て腰を上げる。

「ま、とりあえず、よく考えておいてくれよ」

そうして、慌てて立ちあがった貴子に向かってにやりとした。

「あんたの答によっては、志渡くんは地団駄《じだんだ》を踏むことになるかもしれんがな」

5

〈あたし――サイファがいい〉

まりもはなんと、自らはっきりとそう宣言したそうだ。

漆原からそれを聞かされた時、志渡は、驚きとともに、何とはうまく名づけられない手応えのようなものを感じた。

彼女なりに気を遣っていたか、言いだす前から我《わ》が儘《まま》だとあきらめていたか。どちらにしてもずっと長いこと心に溜めていたことだったのだろう、漆原がまりもに、

〈実現できるかどうかはともかくとして、きみ自身は本当のところはどうしたいの。話すだけ話してごらん〉

そう促したとたんに、彼女はほとばしるような勢いで言ったそうだ。

〈漆原さん、前に話して聞かせてくれたよね。アメリカは広いから、自分ちの庭で馬を飼ってる人たちもいっぱいいて、そういう人たちは子馬の頃から家族みたいにして

育てたその馬に乗ってテヴィス・カップに挑戦するんだ、って。だからこそ、馬を心から大事にしながら走るし、百マイルの道のりを一緒に完走できた時の感動も素晴らしいんだ、って。あたし、それってすごくわかる気がするの。サイファとあたしはそこまで長い付き合いじゃないけど、あたしはサイファに乗る時がいちばん楽しいし、サイファだってあたしを乗せてる時がいちばん嬉しそうだよ。そのことは、漆原さんもそばで見ててわかるでしょ？ 向こうにいる人たちが、初めてテヴィスに出るあたしのことを心配して、ためを思って言ってくれてるのはわかってる。よくわかってるよ。それでもあたし、サイファがいい。ほんとは、サイファに乗ってテヴィスに出たい〉

きっと、話している間じゅう、それこそ子馬のようなひたむきな目で社長のことを見つめていたに違いない、と志渡は思う。

その後、漆原が頭の中で何を考え、どう計算したかはわからない。何にせよ、彼が出した結論はこうだった。

サイファをできるだけ早くアメリカへ運んで現地の環境に慣れさせ、まりもにも渡米させて、一緒にテヴィスのコースの一部を走りながらトレーニングを積む。現地のハワード夫妻——彼ら自身もテヴィスを何度も完走しているのだが、その彼らの住まいと牧場が、実際のコースのまさにすぐそばにあるからこそ可能となるプランだった。

荒っぽい判断ではある。無謀な、と言ってもいい。

「だがな、初めてだったんだよ」

と、漆原は志渡に打ち明けた。

「まりもくんが自分から『テヴィスに出たい』とはっきり口に出したのは、俺の聞く限り、あれが本当に初めてだったんだ」

漆原のその感慨は、志渡にもよく理解できるものだった。あのまりもが何かに対してそこまではっきりと意思表示をしたのは、おそらく志渡のところで乗馬を習いたいと言ったあの時以来だったろう。

「もちろん、経験が物を言う部分は大きいさ。ベテランの忠告には謙虚に耳を傾けるべきだ。しかし、本番で実際に乗るのはまりもくんだからな。彼女がモチベーションを保てないようじゃ競技に出る意味はないし、むしろ本人の経験が少ないからこそ、彼女自身が安心して乗れないような馬では、たとえコースに精通していようと百マイルを共に走りきることは難しいかもしれない。自分の鼻の先も見えない漆黒の暗闇の中で、馬とふたりきりになってみろ。信頼だの絆だの、ふだんの生活では嘘くさくて口にする気にもなれないような言葉に、まるごと頼りたくなる瞬間が必ずめぐってくるんだよ」

　まりもを主役に、漆原が自らテレビ局側に持ちかけた番組企画は、いささかの紆余《うよ》曲折《きょくせつ》こそあったものの、ある一点を条件に通った。条件とは、この秋から局がスポンサーとなって製作する映画の主演に、漆原のプロダクション〈G／E〉《ゴールデン・エッグ》随一の看板女優を破格のギャラで差しだすことだった。

　局側はバーターのつもりだったのだろうが、漆原のほうはもとより予想の範囲内だった。そればかりか、まりもの番組のナレーションを同じく〈G／E〉所属の某人気タレントに担当させてはどうかと局側に申し入れ、これもまったく問題なく受け容れられた。

　弱冠十五歳の日本人の少女が、アメリカ伝統の乗馬耐久競技初出場で百マイルを完走、感動のゴール！　といった絵が撮れれば万々歳だが、そうでなくとも、今をときめくタレントの名前があれば、番組の大きな宣伝材料になる。漆原にしても、岩館まりもという素材を見いだし、サポートし続けてようやくここまでこぎ着けたのだ。せっかくエンデュランスを扱った番組を作って、視聴率が取れないのでは意味がない。

双方の利害が一致したというわけだった。

六月の終わりに、漆原はまりもを連れてサンフランシスコへ飛んだ。そこからは車で約二時間半、カリフォルニア州の州都サクラメントを通過してさらに内陸へ向かい、テヴィス・カップ・ライドのゴール地点となるオーバーンの町で長期の宿をとるという。ひとあし先に成田での検疫期間を終えて空輸されたサイファも、問題なく現地の牧場に着き、すでにトレーニングを開始しているとのことだった。

二人の後を追って、テレビ・クルーもじきに現地入りする手筈《てはず》になっている。練習段階からカメラにおさめ、ついでに周囲の街や自然の様子も紹介しようという心づもりらしい。

残るは、七月の下旬に日本からのクルー・スタッフが――つまり志渡と、通訳を任された近藤理沙、そして貴子の三人が渡米するのを待つばかりだった。

アメリカへは一緒に行けないと言っていた貴子が、突然行けることになった時、いちばん喜んだのはもちろんまりもだった。見知らぬ土地で過酷な競技に挑まねばならない少女にとって、そしてもちろん当の貴子にとっても、喜ばしいことには違いない。

けれど志渡は、正直なところ複雑な思いだった。

貴子が長く勤めていた病院をこの六月いっぱいで辞め、漆原のもとで馬に関わる新しい人生への一歩を踏み出すと決めたこと、それ自体に反対するつもりは毛頭ない。貴子にとってはまたとないチャンスだし、そういう形で漆原の目に留まったのも、彼女自身の持てる実力と、運を引き寄せる力ゆえだ。そんなに大きな決断を、誰にも相談せずに思いきって下した彼女の勇気にも感服する。しかし——。

（なしてそう水くさいのさ）

そもそも、本気で馬のことを勉強したらどうかと、最初に貴子に勧めたのは誰だったか。それを考えれば、せめて自分にくらいは、漆原から話を持ちかけられた時点で打ち明けてくれてもよかったのではないかと思えてならないのだった。

スタッフになるという結論を先方に伝える直前に、一応は先に教えてくれたものの、その時点で貴子がすでに何もかも決めてしまっていることは表情や口調からして明らかだった。こちらにしてみれば、ただ驚き、喜び、励ましてみせる以外に何ができただろう。

〈事後報告になっちゃってごめんなさい。迷っている間に志渡さんに相談なんかしたら、弱音と愚痴ばかりになって自分を嫌いになりそうだったから〉

いささかの恨み言さえも先回りして封じられた思いだった。

もし、もっと前の時点で相談を受けていたら、と思ってみる。自分はどうしていただろう。つねに人の命への責任を負う仕事をしている彼女に気後れして今までずっと言えずにいたことを、思いきって口に出してしまっていただろうか。

何しろ志渡としては、まさか貴子に病院を辞めるなどという選択肢があろうとは思ってもいなかったのだ。看護師を辞めて俺のランチのスタッフになってくれ？　言えるわけがない。

だが、漆原は言った。払える給料の差、という身《み》も蓋《ふた》もない事情はあるにせよ、およそ頓着《とんちゃく》なく聖域へ踏みこんだ漆原に、経営者として、男として、負けた、という悔しさがあった。

アメリカへの出立を週明けに控えた土曜日、志渡は、馬運車で二往復してランチの馬たちを日高へ運んだ。

留守のあいだの一週間ほど、毎朝毎晩、誰かに馬たちの面倒を見に通ってきてもらうのは難しい。それならばいっそ、と、かつて働いていた競走馬育成牧場の伝手《つて》を頼り、馬たちをすべて預かってもらう算段を付けたのだった。季節もいいし、放牧さえしておいてもらえばそれほど手はかからないだろう。

愛犬チャンプだけは、獣医の山田が面倒を見てくれることになった。

去年の秋のバーベキューでの一件以来、山田とはもう何度も会っている。最初のうちはいくらか気まずかったが、そこは男同士、ほどなく元に戻った。ああいった類の行き違いで互いの間にわだかまりを作りたくないという志渡の気持ちは、山田にも伝わっているようだった。

「志渡さん」

昨日チャンプを預けに行った時、山田は別れ際、思いきったように切りだした。

「俺なんかがこんなこと言うのは生意気ですけど……」

「うん？　何よ」

「生殺しみたいな真似は、やめたほうがいいっスよ」

何について言われているかに思い当たったとたん、ふっと苦笑いがもれた。

「そんなつもりは、ないんだけどもな」

「志渡さんになくたって、向こうはさあ」

やはりこの件になると鼻息が荒くなるのはどうしようもないらしい。

「っていうか、ほんとのところはどうなんスか。ちょっとくらい、うっすらとこう、恋愛感情みたいなもんはあるしょ？　たとえば俺とか、他の誰でもいいや、あのひとをかっさらってくとこを想像したら、イヤぁな気分になったりするしょ？」

うーん、と志渡は唸った。

「それが、ほとんどしないんだわ」

「マジっスか」

「マジっスよ」

おどけて言うと、山田がむっとなった。

「ごまかしてないスか」

「なんもごまかしてなんかねえって。その男がほんとに彼女を幸せにしてくれるんなら、俺としてはそいつと肩くんで美味い酒でも酌《く》み交《か》わしたいくらいなのよ。だからって彼女を泣かせたりしようもんなら、ボッコボコにぶん殴るどころか、まず生かしちゃおかねえけどもな」

山田がみるみる、げんなりとあきれた表情になった。

「どした？」

「……いいかげんにして欲しいよなあ、まったく」

苛立たしげに首を振り、靴先で土くれを蹴る。リードにつながれたチャンプが、足もとから不安げに二人を見あげてくる。

「あんたら、どっちも気がついてないんスか」

地を這うような声で山田は言った。

「二人っとも、はなから自分のことなんかほったらかして、相手の幸せのことっきゃ考えてないじゃないスか。これが親子や兄妹ならわかりますよ。けどそのどっちでもないんだもの、そんなもん、とっくに男と女の感情にきまってるしょ」

まったくの死角から一撃を食らった気がした。

志渡の狼狽を感じ取ってか、山田はひどく苦い顔で溜め息をついた。

「いや、たぶん、彼女のほうには自覚があるんだわ。ないのは志渡さん、あんたのほうだけっスよ」

真新しいパスポートを、もう何度目かでひらいてはぱらぱらと眺める。

志渡にとって、実のところ海外は初めての経験だ。何から何までわからないことばかりだった。

今回、サンフランシスコまでのチケットは、一週間の休暇を取って旅に同行する理沙がまとめて持っている。志渡と貴子が千歳からまず羽田へ飛び、そこに迎えに来ている理沙と一緒に成田へ向かう手筈になっている。

長らくこの仕事に就いてきて、志渡は、馬に関して迷ったことなどめったになかった。たとえ初めての事態に遭遇しても、どうすれば解決できるかはわかっていたし、げんに解決してきた。どうしようもないことはどうしようもないこととして、あきらめ、割り切る術も身につけた。

だが、それらすべては日本の中での話だ。馬の本場ともいえるアメリカで、言葉もろくに通じないのに、自分の知識や経験がどこまで通用するものかは見当もつかない。

これまでにテヴィス・カップ・ライドに出場した日本人は、漆原社長以外にも何名かいると聞いている。完走した者も、多くはないがいるらしい。だがその中に、英語が喋れない者がどれだけいただろうか。

はたして高岡恭介のやつは——と思わずにはいられなかった。英語など昔は二人ともどっこいどっこいだったが、袂《たもと》を分かってからのことは何も知らないのだ。

高岡が渡米したのかどうか、漆原からそれについての連絡はない。国内でも早いうちからエンデュランス競技に関わってきた高岡のところの会員が、本家本元のテヴィス・カップ・ライドに出場したいと望むのは自然なことだし、そうとなれば高岡自身がクルーとして付くのもまた当然の話ではある。

だが何もよりによって、と思いたくなる。よりによって、まりもが出場する年でなくとも……と。

もう二度と、競技に私情は持ち込むまい。その不毛さはいやというほど学んだはずだ。いくらそう自分に言い聞かせても、現地でまたあの男と顔を合わせた時のことを想像しただけで、腹は煮え、気はふさぐ。

高岡のほうもとっくに、こちらが出場することを知っているはずだ。全日本の時のように高岡自身が選手として出るわけではないにせよ、自分のところの会員が乗るからこそよけいに神経を尖らせているかもしれない。何しろテヴィスは彼にとっても初めての体験なのだから。

今年の出場人馬は世界八ヵ国からの参加者を含めて百五十組ほどだというが、少ない日本人選手同士が、互いに協力し合うことさえ難しいとはつくづく情けない話だった。

志渡は、煙草に火をつけ、煙混じりのため息をついた。チャンプの寝息が聞こえないだけで、クラブハウスはやけに静かだ。

ふと視線を上げると、壁のフックに引っかけた黒いカウボーイハットが目に入った。思えばそれは、もう十年以上も昔、高岡恭介とともに日高の馬具屋を覗いた時にふざけて揃いで買ったものだった。

客を外乗に案内するたび、アメリカ開拓時代の雰囲気を演出するためにかぶってきたそれが、急にちゃちなコスプレのように思え、いたたまれずに目をそらす。

〈逃げるのか〉

以前、ランチを訪れた同級生たちの姿を見るなり身を隠そうとした少女の背中を、そう言って呼び止めたことがある。よくもまあ、あんな偉そうなことを言えたものだ。この自分こそは、もう何年もずっと、ありとあらゆることからのらりくらりと逃げ続けているというのに。

と、携帯が振動して点滅し始めた。

ひらくと、貴子からのメールだった。明日の新千歳空港での待ち合わせ場所を確認するための、ごく短い文面。彼女のメールや電話がつねに素っ気ないほど簡潔なのは、こちらの時間を邪魔するまいという気遣いだ。そう、よくわかっている。何しろもう七年越しのつきあいになるのだ。

こんなに胸のざわつく夜には、あの柔らかな声をむしょうに聞きたい気がしたが、志渡は結局、電話をかけなかった。

了解、おやすみ、とだけ返信し、携帯を置く。

（生殺しみたいな真似は——か）

半人前の小僧だと、どこかで甘く見ていた山田から言われた一言が、思いがけず深いところに棘《とげ》のように刺さって抜けなかった。

第六レグ　限界

1

「貴ちゃん」

「ん、どうしたの？」

「おしっこしたい」

「え、また？　ついさっきも行ったのに？」

「うん、でもやっぱりもう一回行っときたいの。ついてきてくれる？」

「わかった。大丈夫、何回だって付き合ったげるよ」

声の調子で貴子が微笑んでいることがわかり、まりもはほっとした。隣をまさぐるようにして手をつなぐ。午前四時、気温は四度。二人とも指先が冷たい。

靴の下に踏みしめる地面は、針葉樹の葉が堆積しているせいでふかふかと柔らかく、小さな懐中電灯を灯して歩いても妙に心許《こころもと》なかった。スタート地点となるロビー・パーク。出場者とクルーは、前日からこの森の中にキャンプを張って準備する。頭上には、満天の星空がひろがっている。あたりはまだ暗く、懸命に目をこらしてようやく木々のシルエットがわかる程度だ。

だが、森にはすでにざわめきが充ち満ちていた。発電機の音、人々がテントを片付けながら朝食を用意する物音、そこかしこにつながれた馬たちの鼻息やいななき。百マイルへのスタートをいよいよ一時間後にひかえて、誰もが最後の準備を入念に整えているのだった。

大きな茂みの陰に隠れて、まりもは乗馬服のズボンを下ろした。緊張がゆるむのにしばらくかかった。ようやく足もとの松葉が濡れ、温かな湯気の匂いが立ちのぼる。スーが生まれた時の匂いを思いだし、まりもはちょっとぼんやりとした。

使ったティッシュはビニールの小袋に入れてポケットにねじこむ。この場に捨てるわけにはいかない。〈残していいのは足跡だけ、とっていいのは写真だけ〉――そう厳しく言われているのだ。

帰り道は、さすがに手をつなぐのは遠慮しておいた。

「うーん、背中が痛い」

と貴子が言う。

「なして？」

「寝袋の下に小石があったみたい。敷く時、気をつけてたんだけどな。まりもちゃんのほうは、しっかり眠れた？」

クルーはそれぞれが幾つかのテントに分かれて寝たが、少しでも体力を蓄えておかなくてはならないまりもと漆原は、この日のために用意されたキャンピング・トレーラーのベッドで寝た。それでもなかなか寝付けず、ようやくうとうとしたと思ったらもう起こされたのだったが、今さらそれを言ったところでどうにもならない。

「よく寝たよ」まりもは元気に声を張って言った。「夢も見なかったくらい」

よかった、と貴子は言った。

寝付けなかったのは、やはり興奮と緊張のせいだったと思う。トレーラーの外につながれた馬たちが物音をたてるたびに目が開いたし、浅い夢の中でも、木々の梢《こずえ》を揺らす風の音や、外をゆく誰かの足もとで枝がぱしんと折れる音などをいちいち耳が拾っていた。明け方、いっとき雨が降ったのも覚えている。トレーラーの屋根を叩く雨音を聞きながら、サイファがひづめを滑らせないようによく気をつけてやらないと、と思っていた。

志渡や貴子よりも一ヵ月ほど早くこちらへ来てからの練習は、まりもがあらかじめ覚悟していたよりもさらにハードなものだった。

まわりじゅうを言葉の通じない〈外人さん〉に囲まれて、毎日、ひたすら、馬に乗る。

日本から渡ったサイファと、漆原が乗るカメリアを預かってくれているのは、ギルとメグのハワード夫妻だ。彼らの助けを得て、漆原は毎日のように二頭の馬を馬運車であちこちへ運んでは、まりもと一緒に何時間かずつ騎乗した。ギルやメグまでが一緒に乗ることもあったし、たまに休む日があっても、ほとんどは馬のためであって乗り手のためではなかった。

晴れた日には、日中どれくらいの間隔で馬に水を飲ませなくてはならないかを真剣に探る。雨なら雨で、本番が悪天候だった場合を想定しつつ、雨具を着けてのトレーニングとなる。

本番さながらの外乗を日々くり返すうちに、まりもは、馬も人も日本での大会の時以上にこまめに水を補給しなくては、すぐに脱水症状に陥ってしまうということを体で覚えた。ふだんより雨具を一枚多く着るだけで、馬の反応が違って感じられることもわかった。

たとえ雨が降らなかったとしても、最初から薄着で乗るわけにはいかない。夜明け前と日が暮れてから後は、防寒着なしではいられない寒さだ。一方で日中は、肌をじりじりと灼く炎天の日射しに耐えなくてはならない。一日のうちの気温差、三十度以上。コースの高低差、二四〇〇メートル以上。馬にとっても乗り手にとっても、まさに過酷きわまりないライドだった。

競技に使われるコースの大部分は馬運車どころか小型の車すら入れない山道だから、前もって下見することができたのはスタートとゴール地点、それに本番でクルーが入れる二ヵ所のチェックポイント周辺でしかない。それでも、たとえほんの一部であれ実際のコースを走って慣れておくことは、何より馬と乗り手双方の精神面で大きな助けになるはずだと漆原は言っていた。

ほんとうだ、と今、すでにしてまりもは思う。もうあと一時間足らずで、この暗い中をスタートしていく怖ろしさと緊張はあっても、昼間走ったことのあるあの道だと思えば、ほんの少しだが気持ちが楽になる。

貴子と一緒にトレーラーのところまで戻ってくると、志渡がサイファにブラシをかけていた。漆原は少し離れた松の木にカメリアをつなぎ、理沙に手伝わせて馬装している。

まりもは黙って自分もブラシを手に取り、サイファの反対側に回った。貴子が、鞍《くら》下毛布《したもうふ》にゴミが付いていないかどうか点検を始める。

と、その時だ。

「あのう」

暗がりから男の声がして、三人はそれぞれにぎょっとなった。

相手がそばまで近づいてくると、ようやく顔が見て取れた。日本の大会でも何度か見かけたことのある、ひょろりと背の高い五十がらみの男性だった。

男性は橋本《はしもと》と名乗り、挨拶もそこそこに言った。

「テレビの取材が入ってるんですね。もしかして、こっちも映されたりするんでしょうかね」

どうでしょう、と貴子が答える。

「でも、日本から出場するのは橋本さんとうちの二人と合わせて三組だけですし、あり得るんじゃないでしょうか。あの、もしも映されては困るとかいった事情がおありでしたらおっしゃって下さい。ディレクターさんに伝えてもらうようにしますから」

「いや、僕はべつに、全然困らないんだけど……うちのクラブのボスの高岡さんが、ちょっとばかりヘソ曲げちゃってましてね」

志渡が目を上げる。

「何て」

「いや、それが、『こっちのことも映すつもりなら前もって一言あって然るべきだろう』みたいな。『挨拶にも来ない非常識な奴らには一切カメラを向けさせない』とかって息巻いちゃってて」

「あの、でも……」貴子が言った。「こうしてお目にかかるの自体、今が初めてですし。もし撮影隊がご挨拶に伺うにしても、選手の皆さんがスタートした後、いくらか落ち着いてからでないとかえってお邪魔なんじゃないかと」

「ですよねえ」

橋本は苦笑混じりに言った。

「すいません。何ていうかちょっとこう、難しいところのある人なんですよね。まあ、そちらさんのほうがよくご存じでしょうけども」

「え？」

「なんか高岡さん、だいぶ前にお宅さんとも、お宅の社長さんとも、一悶着《ひともんちゃく》あったみたいじゃないですか。そのへんの事情はよく知りませんけど、とりあえず僕自身は、今日はそういうこととは無関係にいきたいんで。それだけ、お伝えしておきたかったんです」

志渡も貴子も、返事をしなかった。返事のしようがなかった。

「まりもちゃん、だっけ？　お互い、完走めざして頑張ろう」

それじゃあどうも、テレビの人にもよろしく伝えて下さい、と離れていく橋本の背中は、すぐにまた暗がりへと溶けて見えなくなった。

サイファがその場で脚を踏み換え、ブルルルル、と鼻をふるわせる。

「何なの、あの人」と、まりもは思わず言った。「結局、何しに来たのかな」

「さあ」と、貴子も首をかしげる。「もしかして、あれかしら。うちのボスがややこしいこと言っても関係ないから、自分のことはテレビに出してねって言いたかったのかしら」

と、突然、志渡がくっくっと喉を鳴らして笑いだした。

けげんな顔で見やるまりもと貴子に向かって、咳払いで笑いを納めて言った。

「や、悪い悪い。なしてか急に、自分で自分が馬鹿ばかしくなっちゃったのよ。もう、どうでもいいしょや、ちっちゃいことは、ってな。こだわるのはやめだ、やめやめ」

まりもは眉を寄せた。

「わかんないよ。どういう意味?」

「うん? まあ何つうか、あれだ。俺はつくづく、仲間に恵まれたなあっていうような意味だわ」

まりもは頷いて言った。

「それならわかる」


出場人馬、百五十四組。

それだけの数が一斉にスタートを切るのはあまりに危険なので、全体はあらかじめ三つのグループに分けられ、午前五時を先頭に少しずつ時間をずらして出発するように定められていた。過去の完走実績や走行タイムからすると、漆原には第一グループに入る資格が充分にあるのだが、今回はまりもに合わせ、後方からゆっくり落ち着いて出発するつもりでいた。

入念に馬装を調《ととの》え、水や非常食などを鞍の後ろにくくりつけたカメリアとサイファに、それぞれがまたがる。

「まりもちゃん、頑張って!」

理沙が声をかけてくれた。

「パパ、ぜったい無茶しないでよ。まりもちゃんのペースでゆっくり行ってあげてよ」

「誰に向かって言ってるんだ」

あきれたように漆原が笑う。

選手たちが三々五々、スタート地点へと移動を始める。カメリアとサイファもすぐに、その大きな流れに呑みこまれた。

「楽しんでこいよ、まりも！」

「あとでね。待ってるからね」

志渡と貴子の声があっという間に後ろへ遠ざかってしまう。

暗闇の中にひづめの音が響く。人馬の黒い影が列をなして進む様は、まるで夜討ちをかける武者の列のようだ。

木々の梢に、真夏の月が見え隠れしている。今年はほぼ完全な真円に近い。この時季の満月はコマンチ・ムーンと呼ばれていて、テヴィス・カップは毎年、その満月に最も近い土曜日に開催されるのだ。

ここを出発してしまったら、三十五マイル、すなわち五十六キロも先のロビンソン・フラットまで、クルーの誰とも会うことはできない。

そう思うと急に心細くなって、まりもは首をねじり、後ろをふり返った。志渡と貴子の顔をもう一度見たくてたまらなくなる。

「怖いかい?」

後ろから漆原が言った。

「うん、ちょっと」

「それが自然だよ。今ここにいる全員、そう思ってるさ。大ベテランのギルでさえ、毎年スタートの瞬間には身震いすると言ってた」

行く先で誰かの声がしたかと思うと、順ぐりに列が止まった。どうやらこのあたりで、第三グループのスタートを待つことになるらしい。

すぐ前をゆく栗毛に近づきすぎないように、まりもはサイファを早めに止めた。にもかかわらず、何を嫌がったのか栗毛がどかどかと後ずさりしてくる。

「あ、やっ」

「危ない、よけて!」

慌てて左の手綱を引くより早く、後ろへ下がってきた尻がサイファの胸にどすんとぶつかった。驚いたサイファがわずかに前肢を浮かせたとたん、栗毛が目にも留まらぬ速さで蹴り上げた後肢《あとあし》が、まともにサイファの首の付け根に当たった。まりもの体にまで衝撃が伝わるほどの強烈な蹴りだった。

周囲の馬たちが暴れ、ばたばたと大きくたたらを踏む。後ろで誰かが一人落馬したらしく、さらに動揺の波が広がる。

漆原とまりもはかろうじて落ちずに馬を抑えきったものの、

「サイファはどうだ?」

「わかんない」泣きそうな声が出てしまった。「下りて見てやったほうがいい?」

「いや、危ない。そのまま乗ってなさい」

サイファのダメージが心配だった。この暗さでは、蹴られたところがどうなっているのかもわからない。出血していたらどうしよう。なんでもっとうまくよけてやれなかったのだろう。

と、アナウンスが流れた。前のほうの一群がいっせいに動きだし、周囲の馬たちも意気込んで走りだす。テヴィス・カップ・ライド、百マイルの旅へのスタートだ。

「よし、とにかく行こう!」

漆原の声が響く。

覚悟を決めて、まりもはサイファの手綱をゆるめた。

2

〈テヴィス・カップ・ライドは世界一過酷なエンデュランス・ライドだ。ゴールに到達することよりも、スタート地点に立つことのほうが大胆な勇気を必要とする。スタートラインに立ったとき、そこには感動とともに怖れがある〉

長年アメリカのエンデュランス界のために尽力してきた人物であり、今なお現役のライダーであるハル・ホールの言葉だ。過去に二十回以上もこのライドを完走し、しかもそのうち三回は優勝という輝かしい戦績を誇る彼でさえ、スタート前にはいまだに万一の覚悟を決めるという。

万一の、とはむろん、死のことを指す。冗談でも大げさでもない。テヴィスのコースの途中には、ほんのわずかに手綱さばきを誤っただけで、馬もろともはるか谷底へ滑落するしかない細い崖道が延々と続いているのだ。

芸能プロダクションを、それも日本で最も成功しているプロダクションの一つを経営する父親が、いい年をしてそんな危険な大会に挑戦したいと言いだしたとき、ただ一人の娘としてはたぶん止めるべきだったのだろう、と今になって理沙は思う。いや、止めはしたのだ。けれど父がまぎれもなく本気だとわかると、つい志渡銀二郎の名を出してしまった。

あのとき自分がよけいなことを言わなければ、儲からないまでも気ままにランチをやっていた志渡を巻き込むことはなかったろうし、学校に行けない少女を家族ごと振り回すこともなかったかもしれない。もっと些末《さまつ》なことを言うならば、自分だってわざわざ何ヵ月も前から休暇の日を指定され、アメリカのこんな山奥にまで連れてこられて、通訳だ何だとこきつかわれることもなかったろう。

だが、一方で、すべてはこうなる以外になかったのかもしれない、とも思う。仕事上の決断はもとより、その日食べるものから履く靴に至るまで、あの父親がこうと決めたら誰もそれを動かすことなどできなかった。理沙が子どもの頃からそうだった。他人に対しては寛容で、暴力をふるったこともなければ声を荒らげたこともほとんどないのだが、こと自身の決めたことに対してはおそろしく頑固で意志強固な男だった。

理沙は、自分の中にもそんな父親の血が濃く流れていることを知っていた。両親が離婚し、それぞれが別々に再婚した後でも、父親とこうして親しく行き来しているのはそのせいだ。結局のところ自分こそが父のいちばんの理解者であるという思いは、理沙にとってひとつの諦めであり、同時に自負でもあった。諦めのほうは時に愛しく、自負のほうはしばしば厄介だった。

勤めている出版社の上司も同僚たちも、馬のことなど何もわからない。何しろ理沙がいま所属しているのは、三、四十代の女性をターゲットにした女性誌の編集部だ。乗馬競技などというだけでも縁遠い話なのに、それがカリフォルニア州の山中で行われる聞いたこともない大会で、しかも馬場馬術でも競馬レースでもなく耐久競技であり、そこに出場する父親と少女を手伝いに行くために休みが欲しいのだ——と、理沙がいくら説明しても、相手はむしろ、ヒマラヤへ雪男を探しに行くと言われたほうがわかりやすいといった顔つきになっていく。

そして最後には、必ずと言っていいほど同じことを訊くのだった。

〈百マイルって、要するにどれくらいの感じ?〉

日本だったら、東京の日本橋から旧東海道を歩いてだいたい静岡の清水《しみず》港まで行くくらいの感じ、と理沙は答えることにしていた。

ただし、馬に乗るとはいえ、越えるのは箱根の山どころではない。コースとなっているシエラネバダ山脈は四〇〇〇メートル級の山々が連なる大山脈だ。その断崖絶壁の急斜面を横切り、峰の上をひた走り、さえぎるもののない炎天下を歩き続けるかと思えば、満月の光さえ射しこまない森の中へ分け入る。それも二十四時間以内に、自分の馬を故障させることなく。

そう聞いても、皆やはり腑《ふ》に落ちない顔をしていた。空調の効いた清潔なビルの中で、砂塵《さじん》の舞う灼熱の山道を想像しろと言うほうが無理なのだった。わざわざ好きこのんでそんなものに挑戦する人間のことなどなおさらだろう。

とはいえ、さすがに編集長だけは少し違っていた。理沙がまりもと一緒に撮った写真を見せ、テレビの取材も入る予定だと話すと、彼女は言った。

「なるほどね。なんだか不思議と絵になる子だものね。こういう子が学校に行けなくなるって、ちょっとわかる気がするな。……そうだわ。うちの読者にも、子どもの不登校で悩んでるお母さんってけっこういるじゃない。近藤ちゃん、あなたどうせ行くなら、この子のこと取材してきて記事にしなさいよ。そうね、写真も含めて、モノクロ四ページ」

校了の真っ只中にお休みを取る罪悪感も、それならちょっとは軽減されるでしょ、などと言われてしまうと、理沙としてはぐうの音も出ない。だったら少しくらいは取材費も出して下さいよ、と恨みがましく返しながら、ふと脳裏をよぎるものがあった。

以前、スポーツ誌の編集部で様々なアスリートを取材しては単発の記事を書いていた頃は、もっと長いものが書けたらいいのにとしょっちゅう考えていた。誰か一人のアスリートととことん深く向き合って、競技を知らない読者にも魅力を伝えつつ、その生い立ちから人となり、人生観や死生観まで浮かびあがらせるような骨太な読みものを作りあげてみたかった。

女性誌に異動して、扱う題材がまったく変わり、いつのまにかそんな考えも日々に紛れてしまっていたけれど——もしかしてこれはいい機会なのではないだろうか。与えられた四ページの仕事とは別に、自分自身の挑戦として、試しにもっと長いものを書いてみるのも悪くない。エンデュランスという一般にはまだ馴染みのない競技と、学校へ行けなくなった少女をめぐる、馬と人との熱い物語……。

頭の中に漠然とイメージを浮かべてみて、理沙は思わず苦笑してしまった。

却下だ、却下。いざ関わってくるのがあの父親や志渡であることを考えると、熱いというより、とんでもなく暑苦しい話になってしまいそうだった。

＊

最後の選手たちがスタートしたあと十五分間は、クルーの車はロビー・パークを動いてはいけないことになっている。まだそのあたりにいるかもしれない人馬への妨害にならないようにという配慮だった。

出場者にとってはもちろん絶え間ない緊張を強いられるライドだろうが、クルーの側にとってもまた、長い時間ひたすら気を揉むしかないというのは精神的に辛いものだ。いったん山の中へ入ってしまえば、本人たちとは通信の手段もない。次のクルー・ポイントまでの間は、コースの途中に設置された各チェックポイントで、どの選手がどこを通過したかの知らせが入ってくるのを確認する以外に無事を確かめる術はないのだ。

最後のグループがスタートし終わってしばらくすると、かすかに夜が明けてくる気配があった。松林の向こうの空が、漆黒から群青《ぐんじょう》へとほどけ始める。木々の幹の一本一本が見て取れるようになってゆく。

「悪いんだけど、頼んでいいかしら」

理沙を見つけて、メグが声をかけてきた。

「もちろんよ。何でも言って」

「次のクルー・ポイントのロビンソン・フラットはね、平地がすごく少ないの」

背が高く、燃えるような赤毛を後ろで束ねているメグは、理沙と、そばへ来た貴子を見おろして言った。

「クルーの車も乗り入れが禁止されてて、坂の下のほうに停めてそこから歩いていかなくちゃならないくらい。あなたのお父さんとマリモにいい場所を確保するために、私たちはトレーラーで先に行って、荷物を運んだりして場所取りをしておくわ。だからリサ、あなたとタカコはここを片付けて、後から来てくれない？」

「オーケー、任せて」

「テントは全部こっちに積んだから、あとは細かいキャンプ用品とゴミくらいかしら。あなたがたの車にナビは付いてるわよね？　だったら場所はすぐにわかると思うから。ああ、シドは借りていくわね、力仕事してもらうのに男手がないと」

矢継ぎ早に言いながら、メグは片手で軽々と抱えていた予備の鞍を馬運車の後ろへほうり込んだ。

理沙がテレビ取材班――ディレクターとカメラマンと音声担当の三人にメグの話を通訳してやると、彼らは自分たちの車で、先に出るトレーラーのほうについていくと言った。向こうでクルーの準備作業を撮りたいという彼らの望みをメグに伝える。

「了解。じゃあ、後はお願い」とメグは言った。「大丈夫、急がなくても時間はたっぷりあるから。先頭のライダーがロビンソン・フラットに入ってくるのが、たぶん九時半より後になるはずよ」

理沙は、薄明かりに腕時計を透かし見た。最後のグループがスタートしてから十分ほどたつが、それでもまだ四時間以上あるということか。

「クルーの仕事はどれも大変だけど、中でも一番ハードなのがただ待つってことなのよ」

しみじみとメグが言った。

規定の十五分が過ぎ、あたりの車が次々にエンジンをかけ始めるのを待ってから、トレーラーはゆさゆさと山道を出ていった。取材班の車もその後ろをついていく。

残された理沙と貴子は、起き抜けにみんなが食べた朝食の残骸を集め、鍋や食器の汚れを拭き取り、ゴミを仕分けして車に積みこんだ。食べ残しひとつ、置いていくわけにはいかない。環境汚染につながるだけでなく、人間世界にはこんな美味いものがあると味を占めてしまった野生動物は、次から人間の縄張りを侵すようになる。それはどちらにとっても不幸なことだ。

「何だか私たち、すごくいいチームワークじゃない？」

作業をほとんど終えて理沙が言うと、貴子が笑った。

「じつは私も同じこと思ってました」

少人数が協力して作業を進めるときは、相手と同じことをしても意味がない。相手の意図を読んだ上で、その流れを邪魔しないように別のことをしたほうが全体の作業はぐっと捗《はかど》る、ということを理解していない者は多い。ついつい、人のしていることを自分も手伝おうとしてしまうのだ。

なるほど、志渡がふだんから貴子の協力をありがたがるはずだと理沙は思った。石狩のランチでもこれだけ頭を使い気を遣って作業を手伝ってくれるなら、志渡がスタッフに欲しくなるのも無理はない。

まったくパパは、と溜め息をつきたくなる。自分で貴子を雇おうとする前に、ほんの一言、志渡の意向を訊いてやってもよかったではないか。

もちろん、そんなことを父親に言いはしない。どういう事情であれ、ぐずぐずと心を決めかねている男に対してひどく厳しいのが漆原だった。

〈ありゃあ、お前に脈はなさそうだぞ。あきらめろ〉

父親にそう言われたのは、もうずいぶんと前のことだ。志渡と貴子のことを念頭に置いて言っているのは明らかで、まったく大きなお世話だと思った。

言われなくても、理沙にはとっくにわかっていた。志渡が自分に親切なのは、それこそ〈ホスト役〉として、大事なゲストをもてなしてくれているだけのことだ。ざっくばらんに話をしてくれているようでも、ある部分から内側へは踏みこませてくれない。ランチの作業を安易には手伝わせようとしないのがいい例だった。

貴子があたりまえのように馬たちの放牧や厩舎の掃除などをしている姿を、クラブハウスから眺めながら、理沙は、せつない諦念に至った。競争相手が現れたときに、張り合うどころかむしろ気持ちが冷めて一歩引いてしまうところだけは、自分は父親よりも母親に似たのだと思った。

それでも、志渡と過ごす時間は純粋に楽しかった。仕事やプライベートで煮詰まって相談しても、耳に心地よいことばかりでなく、時には耳の痛いことまで言ってくれるのが嬉しかった。志渡と恋愛をするより、ずっと友人でいるほうが、自分の人生は豊かになるのではないか。そう思うのも決して負け惜しみではなかった。

東京での息つく暇もない日々からたまに逃れ、あの居心地のよい場所で豊かな時間を過ごさせてもらうために必要なのは、ゲストとホスト、そのバランスを崩さないでおくことだ。それを意識すればこそ、理沙はランチを訪れるとき、いつもあえて手土産を持って行くようにしているのだった。

「こっちは終わりです！」

目を上げると、ゴミ袋の口を手際よく縛った貴子が、車の後ろにそれを積みこむところだった。

「了解。こっちもこれで最後よ」

折りたたんだアウトドア用の椅子を細長い収納袋に入れ、後部座席の床に滑らせる。

見落としたものはないかと、貴子があたりを見回している。その後ろ姿を見ていると、理沙の中には急に歯痒さがこみあげてきた。

賢いひとだと思うのに、どうして志渡とのことになるとあんなに遠慮がちなのかがわからない。自己評価が低すぎるというのか、他人のSOSには敏感なわりに、自分のことをケアするのが下手すぎるのだ。

もしかすると今の若い女性には多い傾向なのかも知れない、とふと思ったとたんに、記事になるかもと考えてしまい、理沙は苦笑を浮かべた。

結局のところ、自分は仕事が嫌いではないのだ、と思ってみる。というか、仕事人間の自分を嫌いではないのだ。だったら恋などあきらめるしかないではないか。

ロビンソン・フラットまでは、貴子がハンドルを握ることになった。

行き先をナビ画面に入力してみると、馬たちより遠回りではあるが、車なら思ったほど時間はかからないことがわかった。四、五時間もかけて山道を揺られてゆく選手たちが気の毒になってしまうくらいだった。

ところがだ。メグの言葉どおりナビに従って走っていたのだが、途中から道がどんどん細く険しくなってきた。気づいた時にはすでに引き返すことさえできなくなっていた。

運転席の左側は、真上へ向かって垂直に切り立った崖。助手席の右側は、真下に向かって切れ落ちた底すらも見えない谷。タイヤの下は未舗装の砂礫《されき》の道だ。一応は車の轍が残っているものの、脇道もなければひらけた場所もないためにUターンがかなわない。前へ進むしかない。

理沙は、意味もなく車の床に足を踏ん張っていた。

「車幅が、わからなくて」貴子の声が震える。「こっちの岩壁ぎりぎりに進んでるんですけど、そっちはどれくらい残ってます？」

右側の窓越しにおそるおそる覗くと、崖の縁までほんの五十センチもなかった。ガードレールなどはもとよりない。冗談みたいにはるか下のほうの谷底に、細いリボンのような川が見える。下り坂でうっかりブレーキを強く踏めば、それだけでタイヤが砂礫の上を横滑りする。

じりじりと、歩くよりもゆっくり進み、わずかにひらけた場所に出たと思えば、目の前に鉄の吊り橋がかかっていた。谷底を見おろしながら向こう側へ渡る吊り橋だった。

「ごめんなさい、もう無理です」

貴子が呻いて、ハンドルに突っ伏した。

「私、ほんとは高所恐怖症なんです」

「えっ。だってここまで運転……」

「途中ではとても代わってもらえる状況じゃなかったから」

よろよろと降りて助手席に移った貴子のかわりに、今度は理沙がハンドルを握った。

吊り橋の上に、〈リミット二トン〉との表示板が掛かっている。まさかこの車は二トンもないはずだと思っても、鉄の橋がミシリと鳴るたびに尻の下がぞわりぞわりとする。

下を見ず、前だけをにらんでなんとか無事に向こう側へ渡り、再びこれまでと同じような崖道をじわじわと進んで、おおかた一時間ほどもかかっただろうか。ついに舗装された道に出た時は、二人とも全身ぐっしょりと汗に濡れ、半べそをかいていた。

何の変哲もないまっすぐな広い道を、並木の間からこぼれる明るい木漏れ日を、これほどまでに愛おしく思ったのは人生で初めてのことだった。

ようやくロビンソン・フラットにたどり着き、車を置いて坂道を登っていくと、どういうわけか、すぐ先を歩いていく先発隊の姿があった。

「あれ？　ずいぶん早かったんだな」

二人の顔を見るなり志渡が言った。彼らもたった今着いたばかりだと言う。

木陰に居場所を確保してから、ギルが持っていたテヴィスのコース図をひろげてみてわかった。どうやらあの車のナビは、ご親切にもロビー・パークからここまでを結ぶいちばんの近道を指し示してくれたらしい。それでもなお誰も使う者がいないほど危険な道だったというわけだ。

話を聞くと、メグは声をあげて笑った。

「あなたたちまでシルバーバックルがもらえそうな冒険ができたってわけね」

理沙と貴子は、黙って顔を見合わせた。わかってはもらえないだろうが冗談ごとではないのだと言いたかった。

改めて見回してみると、ロビンソン・フラットには人がひしめいていた。窪地《くぼち》のようになっている底の平たくなった場所は、獣医によるチェックや歩様検査のために囲われており、その周囲の、高い木々がそびえるなだらかな斜面のあちこちにクルーたちが場所取りをしている。出場人馬ひと組につき、クルーの数はまちまちだ。選手と二人だけで頑張っている組もあれば、家族や親戚総出で協力し合う組もある。

それ以外に、夥《おびただ》しい数のボランティア。揃いのTシャツを着た彼ら〈テヴィス・エンジェルズ〉は、毎年この大会のために六百人から八百人ほども集まり、百マイルにわたるコースのあちこちで選手と馬たちを助ける。クルーが選手に会える場所の限られているテヴィス・カップ・ライドにおいては、彼らの助けがどれほど大きな力になっているか知れなかった。

情報掲示板を見に行ったギルが戻ってきて、我らがライダーたちは暫定六十位と六十一位でチェックポイントを通過したようだと言った。

テレビカメラの回る中、水桶や椅子や食糧、馬たちに与える飼料やマグネシウムのアンプルなどを用意しながら待っていると、九時四十分を過ぎた頃になって先頭のライダーが入ってきた。

留守番のギルを残し、チェックポイントのゲート近くまで移動して待つ。次々に人馬がゲート・インしては拍手を浴びる。

十時半を過ぎてようやく、漆原とまりもが木立の奥から走ってくるのが見えた。理沙は思わずつま先で伸びあがっていた。二頭とも、軽快な速歩だ。歩様に問題はないように見える。

何度か経験を積んでいる父親はいたって元気だったが、まりもはさすがに疲れた顔をしていた。メグと志渡が走り寄り、常歩に落としてゲート・インした二人からそれぞれカメリアとサイファの手綱を受け取る。心拍計をあてて測るとすぐに落ちたらしく、そのまま獣医検査《ベトチエック》に直行するようだ。

理沙はまりものそばへ行き、ヘルメットを脱ぐのを手伝ってやった。貴子が反対側から覗きこんで訊く。

「どうだった？　痛いところとかない？」

「ん、大丈夫」

「怖くなかった？」

理沙も訊くと、小さい声が答えた。

「怖かった。崖っぷちの道が、ものすごく」

思い浮かべるだけでぞくぞくするほどよくわかった。

獣医によるチェックと歩様検査を問題なく通過して戻ってきた二頭を、志渡やギル、メグといったクルーがかわるがわるケアする。水を飲ませ、すぐにエネルギーになる消化のよい飼料を与え、筋肉をマッサージしながら休ませる。

スタートで他の馬に蹴られたというサイファの首の付け根は、少し腫れてはいたが今のところ大丈夫そうだった。事情を聞いた獣医も、気をつけながら先へ進んでいいと言ったそうだ。

馬が休む間に、乗り手の側も栄養を補給しなければならない。靴を脱いで氷水の桶に膝まで浸かった漆原が鮭のおにぎりを頬張る隣で、まりもはサンドイッチを食べ、バナナをかじった。

「まりもくんも足を冷やしておきなさい」

素直に靴を脱ぎ、氷水に足を浸したまりもが、歯を食いしばって叫ぶ。

「冷たいっていうより、痛いよ！」

「我慢する。三分間」

「ええっ」

「パパってば、荒行《あらぎょう》じゃないのよ」

思わず口をはさむと、父親は目をすがめて理沙を見た。

「うるさいね、お前は。こうしておくと後からの疲れが全然違うんだよ」

強制休止《ホールドタイム》の一時間はあっというまに終わった。

二人が再びそれぞれの馬にまたがり、スタートしていくのを、全員で見送る。志渡と貴子が口々にかける声に、少し気力を取り戻したまりもがけなげに笑ってみせる。次のクルー・ポイントは、五十一キロ先のフォレストヒルだ。順調にいったとしてもゲート・インは夕暮れ時だろう。

理沙は、隣に立つメグを見あげた。

「あなたの言うのがわかったわ。待つのが一番の大仕事だって」

メグは、ほどいていた赤毛を後ろへ振りやると、いかにもアメリカ人らしく片目をつぶって言った。

「イッツ・ライフ！」

3

朝まだ暗いうちに最初のロビー・パークをスタートした人馬は、しばらくの間だけ穏やかな山林の中を走る。

ロビー・パークの標高は約二二〇〇メートル。そこからものの十六キロほど進む間に、標高差にして三〇〇メートル以上を一気に下ることになる。つまり、ほとんどずっと下り坂ということだ。

山林を抜けるとあたりは峻険な山岳地帯となり、足もとは細かい砂利をばらまいたような砂礫《されき》の道に変わる。道の片側には常に、ライダーの肩をこするほど切り立った崖がそびえ、反対側はまっすぐに谷底へ切れ落ちている。その斜面の中腹を、すれ違うことなどかなわないほどの細道が延々と続く。まりもがこれまで何度も漆原から聞かされてきたとおり、少しでも手綱さばきを誤って踏み外せば死に直結する道だった。

けれど、

「大丈夫、自信を持って行きなさい」

後ろから投げかけられる漆原の声は力に満ちていた。

「馬だって落ちたかぁない。まりもくんが、ちゃんと乗ってさえいれば大丈夫だ」

「ちゃ……ちゃんと乗れてる？」

「何を言ってるんだ。乗れないようなライダーを、俺がテヴィスに連れてくるわけがないだろう」

「だって、わかんない。手綱がどうとか、もういちいち考えて乗ってないよ」

漆原は笑った。

「そういうのを人馬一体というんじゃないかな」

しばらくするとようやく太陽が昇ってきた。光は眩しいが、まだ肌寒く、上着は脱げない。

漆原に倣《なら》って、まりももジャンパーの下にポケットの沢山ついたベストを着ていた。これだけ長いトレイルでは、途中で何が起こるかわからない。一人だけはぐれて道に迷ってしまうかもしれないし、落馬して動けずにいる間に馬においていかれるかもしれない。様々なケースを考えて、ポケットには最低限の薬と非常食、小さなサバイバルナイフや紐《ひも》やビニールテープ、助けを呼ぶための笛などが入れてあった。

悪路をたどってスコー・バレーという谷底まで下りると、そこからはたちまち登りだった。全コースの中でいちばん標高の高い尾根まで、今度は七キロちょっとを進む間に、七七七メートルを登りきることになる。

「ゆっくりゆっくり行こう」と漆原は言った。「空気が薄いんだ。急いで登ると高山病みたいになる。こんな序盤でダウンするわけにはいかないからな」

時間をかけてようやく登りきったと思えば、頂上のエミグラント・パスを過ぎると再び下りになる。

いくら馬も落ちたくないとはいえ、裸馬ならともかく、背中に人が乗っているのだ。何もせずに馬だけに任せておくには限界がある。歩みを進めるうちには、何度かひづめが砂利の上をずるりと滑る瞬間があって、まりもはそのつど急いで手綱で馬の首を支え、バランスを取り戻した。そのたびに、一拍おいて、背中にじわりと嫌な汗がにじんだ。

しかし、どんな険しい道であっても、サイファは躊躇《ためら》いや動揺を見せなかった。三度の完走経験があるカメリアが一緒というのも大きいのだろうが、いきなり外国へ連れてこられても、生まれて初めてのコースを堂々と走ってくれるサイファに、まりもはつくづく惚《ほ》れ直す思いだった。

サイファで出場できてよかった。もしこれが別の馬だったら、崖っぷちの道の恐怖はどれだけ膨れあがっていたことだろう。

スタートから三時間あまりで、二人は二十一マイル地点にあるリオン・リッジというチェックポイントを通過した。その先には、テヴィス・カップ・ライド最大の難関といわれるクーガー・ロックがある。行く手をふさぐようにそびえる巨大な岩山が、道とてないゴツゴツとした岩肌をさらしている、その急斜面を馬に乗ったままよじ登っていく——まさに乗馬でのロック・クライミングだ。

あまりにも危険ではあるが、それだけにここを克服することは最大の栄誉でもあり、挑戦するライダーは多い。同時に、怪我をする馬もだ。

「漆原さんは、登ったことあるんでしょ？」

「ああ。だが、最初の時と二度目は迂回路を選んだよ。とにかく確実に完走したかったからね。今回もそうしようと思うんだが、まりもくんはどう思う？」

こういう時に、たとえ答が決まっていたとしても、ちゃんとこちらの意見を訊いてくれるのが漆原の素敵なところだとまりもは思う。

「あたしも賛成。サイファにこれ以上、痛い思いなんかさせたくないもん」

漆原は頷いた。

「賢い選択だな。よし、行こう」

カメリアの後についてサイファも、迂回路へ向けて走りだす。

二頭とも、いちいち足で合図しなくても、乗り手が「行こう」あるいは「ゴー」と言うだけで前へ出るようになっていた。同じように「トロット」と言えば速歩に、「キャンター」と言えば駈歩になる。調教や条件反射といったところを越えて、まりもにはそれが馬との間に生まれた何か特別なつながりのように思え、自分の声に対して敏感に反応してくれるサイファがますます愛おしかった。

とはいえ、太陽が高くなるにつれて肌を灼く日射しは強くなり、地面の照り返しもきつくなり、馬の足取りはだんだん重くなっていく。

まりも自身、ようやく最初のクルー・ポイントであるロビンソン・フラットに着く頃には、ももの内側に痛みを感じ始めていた。スタートで馬たちが暴れたときに、落ちまいとして変な角度で踏ん張ってしまったらしい。

痛いところはないかと貴子は訊いてくれたけれど、言ってどうにかなるわけではない。湿布を貼って治まる種類の痛みではなかったし、そんな場所をマッサージしてもらうのも恥ずかしい。この先どうしても我慢できなくなってきたら、サバイバルキットの中に入っている痛み止めを出してこっそり飲もうと思った。

タイム・キーパーがそれぞれの出発時間を厳しくチェックする中、みんなに手を振って別れ、再びスタートする。間もなく、またしても険しい下りになった。

獣医検査と強制休止時間まで定められているチェックポイントとはまた別に、コースの途中の随所には、馬の歩様に異状がないかだけを確認するゲート&ゴーと呼ばれるポイントが設けられている。ロビンソン・フラットを出たまりもたちは、時折ほかの人馬を追い越したり、あるいは追い越されたりしながらも、それらのポイントを一つずつ通り過ぎていった。

ラスト・チャンスという嫌な名前のポイントから先は、岩のごろごろとした道をひたすら下り続ける。足場の悪い下りの道は、馬の脚にとっていちばんの負担になるため、乗り手は腰を浮かせたり、降りて馬を曳いて歩くなどしてリスクを軽減するべく努めなくてはならない。

しかし背の小さいまりもは、いったん馬から降りると次にまた鞍の上によじ登るのが容易ではない。いつでも足台がわりの手頃な岩や切り株があるとは限らないのだ。

「乗っててていいから」

漆原はカメリアの手綱を曳いて歩きながら、馬上のまりもに言った。

「他のライダーよりずっと軽いんだ。馬にとっては蝿《はえ》がとまってるみたいなものさ」

そんなわけはないと思いながら、まりもは懸命に腰を浮かせた。ももや背中の筋肉が、いつしかぱんぱんに張って痛み始めていた。

と、行く手に人の背中が見えた。馬はいない。人が一人でとぼとぼと歩いている。

「ヘイ！　アーユーオーライ？」

漆原の大声にふり返った顔を見て、まりもはあっと叫んだ。

「あの人、あれだよ。橋本さんっていって、富良野のあの……」

ああ、と漆原が唸る。

追いつくと、橋本は消耗しきった顔で言った。

「放馬してしまいました……」

額や頬にこびりついた砂埃《すなぼこり》が、汗で流れてまだらになっている。

「落っこちたのかね」

「いや、曳いて歩いてたんです。そしたら、先へ行ったどこかの馬がいなないたとたんに、いきなり走りだして追いかけていってしまって」

一頭だけでいるのが寂しくなったのだろうか。

でもサイファだったら、たとえカメリアとはぐれてもそんなことしない、とまりもは思った。きっとあたしのほうを頼りにして、あるいは気にして、一緒にいてくれるはずだ。その場になってみないとわからないけど、たぶん、きっと。

「次のポイントまで一緒に行こう。そこまで行けば、大会スタッフが必要な手を打ってくれるはずだ」

「しかし、あなたたちにはタイムがあるでしょう」

「だからって、あんたをほっといて先へ行くわけにはいかんだろうが」

あきれたように漆原は言った。

「こういう時に助け合うのも、エンデュランスの大事な精神ってものだろう。あんたのところのボスには別の考えがあるかもしれんがね」

鞍にくくりつけてあった水を分けてやりながら、一キロほど橋本のペースに合わせて歩いただろうか。ふと、坂の下のほうから女性の呼ぶ声が聞こえてきた。耳を澄ませた漆原の顔が、ぱっと明るくなった。大声で何か叫び返しておき、橋本をふり向く。

「馬をつかまえてくれてるそうだよ。あんたのだろう、早く行きなさい」

えっと驚いた橋本が、礼も言わずに、岩だらけの坂道を転がるように走り下りていく。

「道が細いのが幸いしたな」見送りながら、漆原はまりもに言った。「前のライダーにつっかえて止まったんだろう」

「あの人、放馬したこと、盆踊りおじさんに言うと思う？」

「自分からは口が裂けても言わんだろうなあ」

「あたしもそう思う」

ようやく谷底のポイント、スウィンギング・ブリッジにたどりつくと、二人は馬を川の中に引き入れて脚を冷やさせ、鬱蒼《うっそう》とした緑に覆われた水場で十五分ほど休憩を取った。ヘルメットで水をすくって頭からかぶると、生き返ったような心地がした。

名前の通り、ゆらゆらと揺れる吊り橋を、曳き馬で慎重に渡る。そこから次のポイントのデッドウッドまでは再び急な登りだった。また嫌な名前だ。

足もとに気を配り、時計も睨みつつ、走れるところでは走る。赤茶けた大地に、まるで裸の人間の群れのように立ち枯れた木々が点在する。どこか他の惑星に来たかのような荒涼とした風景。まさに死の森《デッドウッド》としか言いようのない景色が続く。

チェックポイントを過ぎると、またしても渓谷の谷底へ向けて下っていく。馬もいいかげん嫌気が差すのだろう、途中でどちらかが立ち止まってしまうたびに、もう一方が前へ出て、なおも先へと歩みを進めた。四十度近い灼熱地獄の中で立ちつくしていては、あっというまに熱中症でダウンしてしまう。

すさまじく暑いのに、湿度が低いために汗などほとんどかかず、かいたとしてもすぐに蒸発する。知らないうちに脱水症状に陥ることのないよう、喉が渇いたと感じるより前に水を飲み、湧き水やせせらぎを見つけるたびに馬たちにも水を飲ませた。二人とも、漆原が日本から持参した熱冷まし用の冷却シートを首筋の動脈の上に貼っていた。それだけでもずいぶん違うのだ。

一歩一歩進みながら、あまりにも強く照りつける太陽にぼうっとしていると、足もとの砂利がずるっと滑る。日射しを遮るものはない。風もない。つづら折りの急な坂道を、ジグザグに行ったり来たり、時には後ずさりしてスイッチバックしながら登ったり下ったりする。

「そら、気をつけろよ、カメ。落っこちるなよ、カメ」

漆原がこまめに愛馬カメリアに声をかける。そうしながら、じつはまりもに言い聞かせているのだろう。

からからに乾ききった地面を馬のひづめが踏むたびに、白っぽい砂塵が舞い上がる。防塵マスクをすればしたで呼吸が苦しく、暑さは増す。

「もうちょっと速く行っていいぞ、カメ」

熱暑と緊張の連続に疲れきったまりもも、思わず力なく笑ってしまった。

「そんなふうに呼んだら、ほんとにのろまみたいで可哀想でしょ」

「なあに、いいんだ。こいつもうとっくに自分の名前はカメだと思ってる」

ふり返った漆原は、ふっと目を細め、マスクをはずした。

「楽しんでるか？」

急に訊かれて、答えが遅れた。

「うん」

「ここがいちばんしんどいんだ。頑張れ」

漆原にはみんなわかっているのだ。まりもは、こくりと頷いた。

「今年はまりもくんがいてくれるから、俺はずいぶん助かってる」

「どうして?」

「馬は群れの動物だろ。一頭だけで走るより複数で行くほうが楽なんだ。途中で行く気をなくしても、こうやってどっちかが前へ出ることで引っ張り合えるしな。それに、俺としては正直、まりもくんの前であんまりかっこ悪いところは見せられない、いいかっこしなくちゃいけないと思うと、いつもよりうんと頑張れるってわけだ」

「それって、やせ我慢って言うんじゃないの?」

まりもが訊くと、漆原は笑った。

「そうとも言うが、いいじゃないかそれで。〈武士は食わねど高楊枝《たかようじ》〉と言うだろう。誰だって、四六時中、理想の自分でいることなんかできやしない。かっこ悪くて情けない自分がいるのをわかっていながら、せめて周りの人間にはそれを見せまいとして歯を食いしばる意地みたいなものが、俺はけっこう大事だと思うんだな」

なんとなくだが、漆原の言おうとしている意味はわかるような気がした。

必死のやせ我慢を意地で保ち続けているうちに、それがいつのまにか本当になることはあるのかもしれない。いつか貴子に言った〈もっと強くなりたい〉という思いも、あきらめずに頑張って胸に抱き続けていたなら、いつかそうなれる時が来るかもしれない。

「日が傾けばずっと楽になるからな」

漆原が励ますように言った。

「俺はね、まりもくん。辛い、しんどいと感じる時ほど、天から意地悪く試されてるんだと思うことにしてる」

「天から？」

「そうだ。力を全部出しきってもいないうちに、負けを認めるのは癪だろう？　中途半端は悔しくないか？」

「……そうだね。悔しいね」

「じゃあ、一歩ずつでも前へ進むしかないな。なに、大丈夫さ。終わらない一日は絶対にないから」

4

夏の夕暮れがすぐそこに迫ったフォレストヒルの町には、華やいだ空気が満ちていた。

道の両側に急ごしらえの屋台が並び、夕涼みの人々が家の前や道ばたに椅子を出して、今か今かとライダーたちの到着を待つ。放し飼いの犬があたりを我が物顔に歩きまわり、肉やトウモロコシの焼ける匂いに鼻をひくつかせる。

おむつをあてたよちよち歩きの男の子が、口の周りを木苺《きいちご》の汁で真っ赤に染めているのを見て、貴子は思わず微笑んだ。

その木苺は、すぐそばの木陰で、二人の金髪の少女たちが小箱に入れて売っているのだった。自分たちで摘んだのだろう、札には大きく〈ひと箱25セント〉とクレヨンで書かれている。貴子が十セント硬貨をポケットから出して三つ渡し、お釣りはいらないと首を振ってみせると、年かさの少女が歌うように言った。

「ありがとう、これでキャンディを買うわ」

そうこうするうちに、やがて先頭のライダーの姿が並木道の向こうに現れて、あたりは温かい拍手と歓声に包まれた。

巨大なタンクを積んだ散水車が霧のようなシャワーを噴射する中をくぐり抜けながら、誇らしげな表情の女性ライダーが手を振って応えると、彼女のクルーだけではない、町中の誰もが笑顔で選手と馬をたたえ、ここまでたどり着いた苦労をねぎらう。

年に一度のテヴィス・カップ・ライドは、この町の住人にとってはお祭りのようなイベントなのだ。

三々五々、とはとても言えない。ぽつりぽつりと長い間隔を開けて、ライダーが一人、またしばらくたってから一人、という具合にゲート・インしてくる。

朝五時のスタートから十二時間以上が過ぎ、ここまで来ればコースの三分の二を走り終えたことになるのだが、長い旅路の間に百五十四組の人馬のすでに三割以上が獣医検査を通過できずに失権、脱落してしまっていた。前回のロビンソン・フラット同様、ここでも掲示板にライドの経過が記入されていくようになっている。それによれば漆原とまりもは、二人ともスウィンギング・ブリッジを無事に渡り、デッドウッドを過ぎ、ミシガン・ブラフも小一時間前に通過したようだった。ということはそろそろ姿が見えてもおかしくないはずだ。

やきもきしながら道の向こうばかり伸びあがって見ている貴子に、志渡が言った。

「大丈夫だって。メグも言ってたべ、ここまできたら完走はぐっと現実的になるって。この先は平坦だからだいぶ楽だって言うし」

「でも、真っ暗になったら何が起こるか……」

「それはしょうがない、まりもだって覚悟の上だもの。そんな青い顔してたら、逆にまりもに心配されちゃうよ」

仕方なく無理に笑ってみせると、志渡は、そうそう、と頷いて貴子の背中をさすってくれた。情のこもった仕草に、ようやく息が深く吸える気がした。

向こうの角を、次のライダーが馬を曳いて曲がってくるのが見える。橋本だ。常歩で進む馬の歩様を見るなり、ああ、と志渡が残念そうな溜め息をついた。明らかに前肢をかばって首が上下に揺れ動いている。手綱を曳く橋本の足取りもふらふらだ。

その時だった。すぐ後ろから舌打ちが聞こえた。

「ったく、あいつはまた馬ぁ壊しやがって」

貴子は思わずふり向きそうになったが、志渡はぴくりともしなかった。横目で見やると、ゆっくりと瞬《まばた》きをするのがわかった。

別の若い声が後ろで、「何があったんでしょうね」と言う。

「知らねえって。知りたくもねえよ。あそこまでひどくコズんじまうってことは、どうせ足もとの悪いとこで無茶苦茶に走らせるかどうかしたんだべ。わざわざアメリカくんだりまで来て、赤っ恥かいて帰るこっちの身にもなってもらいてえもんだわ」

志渡が、ようやく体ごと後ろを向いた。気づいた高岡恭介が、ぎょっとなって志渡を凝視する。

「……そうやっていつもいつも、見てもいねえことを見てきたように言いふらしてきたんだな」

再会の挨拶など、もちろんきれいに省略して、志渡は言った。

「お前の悪い癖だわ。何でも勝手に決めつけて、人の話はまるで聞かねえ」

高岡の形相がみるみる変わる。

何か言い返してくるかと思ったが、彼は再び舌打ちをすると視線を上げ、貴子の横を突き飛ばさんばかりの勢いですり抜けると、橋本からひったくるように手綱を受け取った。いたわりの言葉一つかけないまま、無言で広場のほうへ馬を曳いていく。若いスタッフがその後を追いかけ、足もとさえ覚束《おぼつか》ない橋本がとぼとぼとうなだれて続く。

貴子は、志渡に何と声をかけるべきかわからなかった。再び前へ向き直った彼を、こっそりうかがう。

と、その志渡がいきなり、「おっ、来た来た来た！」満面の笑みで大きく手を叩いた。「ほら貴ちゃん、来たぞ二人とも！」

そばで待機していたメグがすぐに夫のギルに合図し、受け容れの用意を整える。木陰にしゃがんでいたテレビ取材班も慌てて走り出てくると、こちらへ近づいてくる馬上の二人に向けてカメラと集音マイクを構えた。

沿道に並ぶ人々から、特にまりもに向かってひときわ大きな拍手が贈られる。日本からわざわざ参加している二人というだけで賞賛に値するのに、彼らにとってまりもは十五歳という年齢よりずっと幼く見えるのだろう。はにかむように手を振り返す彼女の表情も、疲れてはいたが晴れやかだ。

ここまで無事にたどり着いてくれただけで、もう充分すぎるほどだ、と貴子は思った。馬を歩かせて近づいてくる少女を見つめると涙が溢《あふ》れそうだった。

サイファから下りてよろけるまりもを、しっかりと抱きとめる。さっきと同じように、メグと志渡が口々に二人をねぎらいながら馬たちを引き受け、ギルや理沙と協力して鞍や腹帯などの馬具をはずし、すぐに獣医検査へと向かう。

「とにかく座ろう、まりもちゃん」

ぐっと寄ってくるカメラなど気にする余裕もなく、貴子はトレーラーの脇に出してあった椅子にまりもを座らせ、靴を脱がせて冷たい水に浸けてやった。隣の椅子に腰をおろした漆原の靴も脱がせ、同じようにする。されるがままの漆原が、ありがとう、と呻いた。彼もまた、さすがに疲れ果てていた。

「何が食べたい？　ハンバーガー？　サンドイッチ？　ケーキもあるよ」

まりもは首を横に振った。

「でも、何か食べておかないと。カレーライスは？」

まりもがかろうじて頷く。

「俺もそれをもらおう」

と漆原が言った。

馬たちは二頭とも、ほぼ問題なく獣医検査を通過した。ほぼ、というのは、サイファの首の付け根の腫れがやや気になるという獣医の所見によるものだった。たしかに貴子が見ても、ロビンソン・フラットの時より腫れが大きくなっているような気がする。険しい山道を登ったり下ったりするうちに、痛む部分にだんだんと無理がかかっていったのかもしれない。

心配したまりもが自分でマッサージしてやろうとするのを、メグが慌てて止めた。

「駄目だよ、ここではライダーは休むのが義務なの」貴子は言い聞かせた。「疲れが溜まって鞍の上でバランスを崩せば、サイファにはもっと負担がかかるんだからね」

漆原が促し、まりもは彼に倣ってトレーラーの中のベッドに横になった。再スタートまであと五十分ほどの間、ただ目をつぶっているだけでいいから、と言われてそうしたまりもが、ほんの数分後には寝息をたて始めたことを、理沙がそっと教えてくれた。

ゴールまで、あと約五十キロ。このフォレストヒルを無事に出発できさえすれば完走の確率はぐんと高まる、というのがライダーたちの間での共通認識らしい。

だが、ここでの獣医によるチェックと歩様検査でさらに多くの馬たちが失権となり、脱落組はとうとう四割にもなっていた。掲示板に貼りだされた出場者リストの名前の多くに、赤いラインが引かれている。橋本の名前も、やはり赤線の下に隠れていた。

「例年の完走率が五十パーセント、というのも無理ないわね」

一緒にリストを見ていた理沙が、沈んだ声で言った。昼間、あれだけ恐ろしい体験を共有したせいだろうか、互いの間にこれまでにない連帯感のようなものが通い合っている気がする。

二人でトレーラーへ戻る途中、栗毛の馬の首を撫でながらすすり泣いている若い女性ライダーを、一目で家族とわかるクルーたちが慰めていた。彼らもまた失権してしまったのだろう。

「……残念でしたね」

目が合って声をかけた理沙に、母親らしい女性が泣き顔で微笑んで何か言った。驚いた理沙が、素晴らしいことだと思うというような言葉を告げ、母親が礼を言う。

そばを通り過ぎた後で、理沙は貴子にも説明してくれた。

「獣医検査はパスしたんですって。でも、自分たちの判断で棄権することにしたそうよ。初めて診る獣医にはわからなくても、ずっと家族みたいにして育ててきた馬のことだから自分たちにはよくわかる。このままあと三十マイル以上も走らせるにはしのびないって」

貴子は、言葉が出なかった。

すでに陽は傾き、昼間の暑さは嘘のように去って、あたりには生ぬるい風が吹き始めている。午後六時五十分。空は今のところまだ明るいが、八時を過ぎれば日が暮れ、そこからはあっという間に暗くなるだろう。

時間が進むのが恨めしかった。せっかく寝入っているまりもを起こし、また馬に乗せるのが可哀想でならなかった。疲れきっているのは当然だが、もしかすると本当はゆうべ、ちゃんと眠れなかったのかもしれない。もっと気遣ってやれなかったものかと悔いてみても今さらだ。

間もなく、漆原ともども揺り起こされたまりもは、目をこすりながら起きあがったものの、思いのほかすっきりした顔をしていた。ほんの数十分の睡眠が大きな効果をもたらしたらしい。

ただ、泥と汗にまみれた服や下着を替え、靴下や靴を履こうとしてかがむ時、いちいち、うっと呻いて眉間に皺を寄せた。撮影スタッフのカメラは、その表情までも黙々と撮っている。

「体じゅう、あっちこっち痛いよ。休んだら固まっちゃったみたい」

馬が歩様検査で引っかかるのもきっとこういう感じなんだね、などと言いながら、まりもは志渡の助けを借り、苦労してサイファの背中に体を押し上げた。一人でよじ登る力はすでに残されていないのだった。

「もう、無理しないでいいんだからね」

腹帯やあぶみをもう一度チェックしながら貴子が見あげると、まりもはふふっと笑った。

「無理、するよ」

「駄目だってばそんな、」

「する。だってここまで来たら、ぜったい完走したいもの」

「まりもちゃん……」

やり取りを聞いていたはずの漆原は、それについては何も言わなかった。その場でくるりとカメリアに向きを変えさせると、「よし、行こうか」とだけ言った。まりもとサイファがすぐ後に続く。

薄紫色に暮れなずむ森へと分け入る背中を追いかけるように、「気をつけてね」理沙が声をかけた。「制限時間ぎりぎりになってもいいから、とにかく無事でゴールしてね」

制限時間なんか！　と叫びたくなるのを、貴子はぐっとこらえた。

〈だってここまで来たら――〉

そのまりもの気持ちも、痛いほどわかるのだ。

二つの背中が遠ざかるのを見守る。気がつくと、隣に志渡が立っていた。

「とうとう来ちゃったなあ、ここまで」

同じようなことを、しみじみと呟く。

「あとはもう、待つしか出来ないもんなあ」

そう言う志渡は、高岡の存在などすっかり脳裏から消去してしまったかのような晴れやかな表情だった。リストにあった橋本の失権を告げようかと思ったが、志渡もそれくらいはとっくに知っているに違いないと思い直す。

「正直、まりもがあそこまで必死になって頑張るとは思ってなかったわ」

「だから前に、私が心配して言ったじゃないですか。あの子、いざとなるとけっこう熱くなっちゃうたちだって」

けれど志渡は知らんふりで肩をすくめ、煙草をくわえた。

「よく覚えてるよ。貴ちゃんのほうこそ、俺がその時なんて答えたか覚えてるかい？」

――なんと答えたのだったか。

すぐには思いだせずにかぶりを振った貴子を見て、志渡は真っ黒に日焼けした顔をニヤリと歪めた。

「『だぁから面白いんだべや』つったんだべや」

5

完全に暗くなるまで駈歩で行くぞ、と漆原は言った。

目の前に延びる道は久しぶりに、ほんとうに久しぶりに平坦だった。馬たちにもいいかげん疲労は溜まっているはずなのに、二頭とも鎖から解き放たれたようにのびのびと走っている。

パカラン、パカラン、パカラン、すでに何組かの人馬を追い越した。心地よいリズムと振動に身をゆだねながら、まりもは胸の奥深くまで息を吸いこみ、息を吐いた。

体はほとんど限界まで疲れ、内ももばかりかあちこちが痛んでいた。けれど、心はどこまでも軽く晴れやかだった。

頭上には森の木々が枝のドームを差しかけている。その上には、水色と薄紫と茜色《あかねいろ》を混ぜ合わせた夕暮れの空だ。見あげれば、その空へと駆け込み、そのまま天上にまで翔《かけ》あがっていけるかのような浮遊感にどきどきする。

いま、自分はテヴィスの百マイルを走っているのだ――そんな実感が、今頃になってようやく湧いてきたのがおかしかった。

この日のために、この瞬間のために、あれほど大変な思いをして準備を重ねてきたのだ。それを思うだけで、もはや完走という目標以外の何もかもがどうでもよくなる。

今朝がた志渡がサイファにブラシをかけながら言った、ちっちゃいことなんかどうでもいい、こだわるのはやめだ、という言葉……あれが何に対する言葉だったかは志渡にしかわからないが、今のまりもには、まさにそれこそが自分の気持ちそのままだと思えた。

もうずっと長いこと、学校に行けない自分が嫌いだった。どんな理由があったにせよ、自分自身に刃《やいば》を向けてしまうなんて弱すぎる。わかっているのにやめられない自分が情けなくて、大事な人たちを悲しませてしまうことが苛立たしくて、もう何をどうしていいかわからなかった。何もかも、自分自身さえも、全部めちゃめちゃに壊してしまえたらいいのにと思った。

それでも何とか踏みとどまってこられたのは、こうして馬に乗っているときだけはすべてのことから解放されて自由になれるからだ。まったく違う自分に生まれ変われるはずはなくても、あんなに弱い自分が時にはこんなふうにもなれるという小さな希望に救われるのだ。

空の色がにじむように溶け合い、最後の光を放つ。奇跡みたいに美しい。吸いこまれそうだ。

ああ、父ちゃんに見せたい、と思った。

この特別な空も——特別な馬を駆る自分の姿も。

父親ならば何と言っただろう。なまらすげえよ、まりも、と褒《ほ》めてくれただろうか。俺の娘だとは思えねえ、などと変な自慢をして胸を張り、また頼まれもしないのにみんなに写真を見せまくったかもしれない。

パカラン、パカラン、パカラン、二頭それぞれの足もとで三拍子が重なり合う。空の彼方の輝きが弱々しくなり、色合いが鈍くなるとともに、あたりはたちまちすとんと幕が下りるように暗くなった。

漆原が、駈歩を速歩に落とした。しばしば常歩も織り交ぜながら、慎重に進む。暗いといったら本当に暗い。目をこらして慣れる暗さではない。一メートル先どころか、乗っている馬の頭も見えない。せっかくのコマンチ・ムーンの光など地上にはとうてい届かず、ほんの時折、鬱蒼と茂る木々の間からたまたま射しこんだ月明かりでさえ、頭絡や鞍の金具にチカリと反射するだけだった。

九州で練習をしたから、暗い中での走行はまったく初めてというわけではない。それに昼の炎天下に比べればずっと、馬の体力を温存できる。

だが、まりもはたちまち消耗していった。右も左も、上も下もわからない暗闇の中では、いつ何に身構えていいのかわからず、その結果すべてに対して身構え続けているために、体よりも心が磨《す》り減るのだった。

漆原がしょっちゅう声をかけてくれる。彼はもう何度かこの道を走っているだけに、見えなくてもいくらかは余裕があるらしい。

「初めての時は、俺でも意識が朦朧《もうろう》としていたよ」

真っ暗闇から漆原の声がする。それが後ろから聞こえてくるのか、それとも前からかもわからなくなる。

「大丈夫か？　乗りっぱなしで二十時間を越えると幻覚が見えてくることもあるというからな。何かおかしいと思ったらすぐに言うんだよ」

もしかしてこの声も幻聴なのだろうかと思うほど、現実感がなかった。単調な速歩のリズムのせいで、まりもはだんだんぼうっとしてきた。トランス状態というのか、目を開けたまま夢を見ているような感じだ。

と、馬が蹴つまずいてギクッとなった。慌てて手綱で支える。

いけない。暗いからといって、夜目の利く馬に任せきりでいればいいわけではない。サイファがいつ、どんな動きをしても合わせられるように気持ちを張っていなければ。うっかり落馬でもしてしまったら、この闇ではいくら白っぽいサイファでもつかまえられないだろう。漆原が呼んでくれても、方角さえわからないかもしれない……そう思うそばから、またすぐにぼんやりとしてしまう。

ひづめの音も、自分の呼吸音も、心臓の音も、何もかもがあたりの闇へ吸いこまれていく。

もう、あれからどれくらい走ったのかもわからない。いま何時頃なのだろう。真夜中を過ぎたと、ずいぶん前に漆原が言っていたようだけれど、勘違いかもしれない。聞こえたような気がしたのを、ただの空耳を、勝手に信じこんでしまっただけかもしれない。

夜明け前からずっと手綱を握りしめている両手の指はこわばり、宙に浮かせ続けていた両腕は痺《しび》れ、その腕を支えている両肩はギリギリと痛み、背中までがまるで一枚板のように張りつめている。走るのは馬だが、その上でずっとバランスをとり続けるというのは、ずっと全身の筋肉と神経を使い続けるということなのだ。

サイファの胴体をはさんでいるはずの両脚にも、まったく力が入らない。内ももは引きつれて痛み、あぶみを踏んでいる足の感覚もとうにない。どうしてまだ乗っていられるのかわからない。少しでもバランスを崩せば、そのままどちらの側にでも滑り落ちてしまいそうだ。

漆原がかけてくれる声に、返事をするのも億劫《おっくう》になっていく。

「あと少しだぞ」

もう聞き飽きたよ、とまりもは思った。少し少しって言って、いつまでたっても着かないじゃない。だいたい、何のために走ってるんだっけ。シルバーバックル？　そんなもの、欲しくなんかないよ。

と、どこからか人の話し声が聞こえてきた気がした。風の音か、幻聴か、それとも ついにゴールかと思ったが、そのどれでもなかった。

ロウアー・ロック・クオーリー。テヴィスのコース最後のチェックポイントだ。残すはあと十キロほど。時刻は夜中の一時を過ぎていた。

「よく頑張ったわね。さあ、あと少しよ」

ボランティアの中年女性が優しくかけてくれた言葉の意味は、まりもにもわかった。かえって泣きたくなった。もう、ただの一メートルだって〈少し〉なんかじゃない。一歩だって動きたくないのに。

「よし、行くぞ」

漆原が声を張る。

まりもは、食いしばった歯の間から声を押し出した。

「行こう、サイファ」

送り出してくれる人々の声が、再び後ろの闇へと遠ざかっていく。

視力が役に立たない暗がりの中では、本来ならば他の感覚が冴えるものなのかもしれない。だが、まりもはすでに限界を超えていた。げんに、おそろしくゆっくりとした常歩で進んでいたサイファが止まっただけで、ずるりと鞍から滑って地面に落ちてしまったほどだ。

どさっという音を聞いて、前をゆく漆原が慌ててカメリアを止めた、ようだ。

「どうした、まりもくん！　大丈夫か？」

「……だいじょうぶ」

少しも大丈夫ではなかったが、まりもは握っていた手綱を懸命にたぐりよせ、サイファの温かな前肢につかまるようにして立ちあがった。

「ちょっと、歩くね」

「わかった。俺もそうしよう」

「いいよ、漆原さんは下りなくて。また乗るの大変だよ？」

「何を言ってる。それより、きみが乗るとき押し上げてやらなきゃならんからな」

しばらく歩くと、わずかだが足裏の感覚が戻ってくるのがわかった。地面を踏みしめることで血の巡りがよくなったらしい。

それでも坂道は苦しくて、まりもはサイファの尻尾を握り、引っぱってもらいながら登った。そんな状態でも、「行こう」と言うだけで頑張って歩こうとしてくれるサイファに、胸がじんと熱くなる。

どれだけ歩いただろう。気がつくと、いつしか森を抜けていた。頭上を覆うものがなくなり、目の前に、月明かりに照らされた道が延びている。

漆原の助けを借りて、まりもはもう一度サイファの背中によじ登った。途中のチェックポイントは曳き馬で通過してもいいが、ゴールのフィニッシュ・ラインだけは騎乗した状態で越えなければならない。

ほとんど小猿のようにしがみついているだけのまりもを乗せて、サイファはゆったりとした速歩を始めた。しばらく歩いたおかげで、馬も回復したようだ。

やがて、行く手に見える丘の向こう側がぼんやりと明るくなってきた。朦朧としたまりもの目にも、それが錯覚ではないことが見て取れた。

カメリアに倣《なら》って常歩に落とし、一歩ずつ登っていく。頂上を越えたとたん、眩《まばゆ》いサーチライトが目を射た。逆光で何も見えないが、あの向こうがゴールだ。人が大勢集まっているのがわかる。

立ち止まり、まりもをふり返った漆原が、黙って笑う。まりもが懸命に笑い返すと、導くようにカメリアを進めて先にゴールした。

「さ、行こう」

てっきりサイファが前へ出るものと思ったまりもは、次の瞬間、つんのめるように馬の首に片手をついた。

動かない。

「サイファ？」

突っ立ったままだ。カメリアのすぐあとをついていくかのように見えたのに、フィニッシュ・ラインまでほんの十メートルほどを残して、サイファがまるきり動かなくなってしまった。

ライトの眩しさと、暗闇から聞こえる人々の声に臆したのだろうか。それとも、何か気に入らないものが前方にあるのか。

「ねえ、どうしたの？」まりもは、焦って言った。「行こうよ。ほら」

それでもサイファは動かない。まさか……腫れたところが痛むのだろうか？

ライトのそばで、貴子が叫ぶのが聞こえた。

「サイファ、おいで、こっち！」

志渡の声も聞こえた。

「腹を蹴れ、まりも！　思いっきり！」

けれど、脚にはもう何の力も残っていなかった。むなしく両脚をばたつかせても、サイファには何の合図も伝わっていないらしい。

まりもは、とうとう体を前に倒し、真っ白なたてがみに頬を押しあてた。そのまま遠のいてしまいそうな意識を必死につなぎ止めながら、愛馬の名前を呼ぶ。長い首の先で、耳が動いてこちらを向くのがわかった。

「サイファ。ねえ、あとちょっとなんだよ。ここまでずうっと、一緒に頑張ってきたじゃない」

ブルルル、と鼻息が響く。

「そうだよね。疲れたよね、痛いよね、ごめんね。でも、あと少しだから。ほんとうに、今度こそ、あとほんの少しだから」

抑えきれない感情がこみあげてきて、まりもは洟をすすった。

「……ね、ほら、行こう。ゴールしたら、好きなだけ休めるんだよ。ね、サイファ。あたしを、みんなのとこへ連れてって。お願い」

半泣きになってしまった声を振り絞り、もう一度、「お願い」と繰り返した時だ。首をスローモーションのように上下に揺すった白馬が、ゆらりと歩きだした。そのまま立ち止まることなく最後の数メートルを登りきり、四つのひづめが順繰りにフィニッシュ・ラインを越える。

かたずを呑んで見守っていた人々から大きな歓声が湧きあがった。志渡と貴子が駆け寄ってきて、まりもを助け下ろしてくれる。

ひときわ大きなメグの声が叫んだ。

"It should be proud of your horse and yourself, too!"

「……なんて、言ったの？」

理沙に訊くと、

「誇りに思うべきよ、って」

驚いたことに、理沙は泣いていた。

「あなたの馬も、あなた自身も、どっちも褒めてやんなさいって」

まりもは、頷いて微笑んだ。

手をのばし、百マイルをともにした相棒の首を撫でさすり、伸びあがってその耳にささやく。

「ありがとう。大好き、サイファ。大好き」

馬は、大きな頭を下げ、応えるかのように額でまりもの胸をぐいと押した。

腹帯を解き、鞍を下ろした志渡が、心拍計をあてるなり深く頷く。

貴子に抱きかかえられたまりもをふり返ると、志渡は、夜目にも目立つ白い歯をむき出して笑った。

「あとのことは任せとけ、まりも。どんな獣医だって文句のつけようもないくらい、立派に走ってみせてやるべや！」

エピローグ　空へ

北海道の秋は早い。八月が終われば、誰もがもう冬仕度のことを考え始める。漆原は、久しぶりに自ら石狩に向かっていた。アメリカから戻って一ヵ月が過ぎようとしていた。

まりもを取材した番組のディレクターが漆原に相談を持ちかけてきたのは、つい先週のことだった。

いい絵がたくさん撮れている、とディレクターは言った。テヴィスでのライド中の様子はもちろん、そこに参加する人々の抱えるドラマ、彼らと馬との悲喜こもごもを追う中で、エンデュランス乗馬という競技の魅力や独自性は充分に伝えることができていると思う。とくにゴールの後、獣医によるチェックと歩様検査を無事に通過してからのウイニング・ランは素晴らしかった。疲れきって痛む体を再び鞍の上に押しあげ、人々の声援と拍手を浴びながら四百メートルのトラックを一周するまりもの、清々《すがすが》しい笑みも、サイファの力強い走りも、じつに感動的で美しかった。

当然、番組のラストをそのシーンで飾るという選択はある。それが定石であることもわかっている。けれど、何かもう一つ食い足りないのだと彼は言った。

少女にとってテヴィスへの挑戦は一旦終わった。来年や再来年も挑戦するかどうかはべつにして、おそらく彼女自身は、これから先も馬にだけは乗り続けるだろう。ならば、その彼女の軀の奥底に燃える馬への変わらない想いを、あるいは馬と彼女の結びつきそのものを、象徴するような絵が撮りたい。なんとかそれを目に見える形にすることはできないものだろうか……。

漆原は考えた末、まりも本人には伏せたまま、志渡や貴子に会って相談してみることにしたのだった。

今や大沢貴子は、漆原の乗馬クラブの正社員だ。長年の病院勤務の生活リズムはまだ体から抜けきっていないようだが、現在のところは毎日、いわば出向社員として、〈シルバー・ランチ〉の手伝いをしている。もちろん住まいは札幌の、まりものご近所のままだ。

〈何かおかしいかね？〉

最初にその決定を伝えたとき、あっけにとられて口もきけずにいる志渡と貴子に、漆原は淡々と言ってやった。

〈俺の馬を志渡くんが調教してくれている以上、うちのスタッフをここに派遣して手伝わせるのは当然の措置だろう。文句があるなら、別のスタッフをよこそうか？〉

ともあれ、まりもの番組の件だ。

この日、漆原と志渡と貴子、三人寄って考えても、結局いいアイディアは浮かばなかった。

手がかりをくれたのは、少女の祖父母だった。

学校が休みの土曜日、まりもは朝食を気もそぞろで済ませるなり、貴子の車に乗りこんだ。

昨日の帰り道、藤原奈々恵や他の女子たちから、明日みんなで買いものに行かないかと誘われたのだが、この日ばかりはつき合うわけにいかなかった。彼女たちなりの気遣いはわかっていたけれど、何しろこの日は、ランチに加わったという新入りに初めて会いにいく予定だったのだ。

まりもが遠慮がちにわけを話すと、奈々恵はあっけらかんと笑って言った。

「わかったわかった、馬が相手じゃあたしらに勝ち目なんかないもね。気をつけて行っといで」

ほっとして、心の底から嬉しかった。

貴子の運転する車が坂道を上り始めると、まりもはシートベルトをはずした。車が停まるなり外へ出て走っていき、ランチのゲートを開け、車を通してから閉める。この役割にも、いつしかすっかり馴染んだ。

息をはずませて再び助手席に乗り込む。話の続きが気になってしょうがなかった。

「っていうことはじゃあさ、その新入りには、まだ志渡さん以外の誰も乗れないってこと？」

「そういうこと」と、貴子。「しばらくゆっくり調教し直さないといけないの」

「ふうん、なーんだあ」

残念だった。サイファはまだ検疫の手続きが済んでおらず、アメリカから戻ってきていない。新入りに乗ってみることができたら、少しは寂しさもまぎれると楽しみにしていたのに。

「志渡さんが言うにはね、まるっきりの新馬を乗用馬として調教するより、競走馬だった馬を再調教するほうが難しいんですって」

「なして？」

「背中に人が乗ったら全速力で走る、っていう考えを、一旦きれいに忘れさせなきゃいけないから」

「そっか。したけどサラって、長距離には向かないしょ？」

「たぶんね。でもその馬だけは、なんていうか、エンデュランスのためとかランチの外乗のためとかじゃなくて、ただ馬として大事に育ててやりたいんだって」

「へーえ」

タイヤが砂利を踏む音を聞きつけ、厩舎のほうからチャンプが走ってくる。真っ青な空いっぱいに赤とんぼが飛び交っている。

まりもが貴子と一緒に放牧場のほうへまわってみると、柵のところにいた志渡が、こちらに気づいて手を振った。

その隣には、馴染みのカメラマンがいるのが見える。そういえば貴子がさっき、テレビ・クルーがまたちょっとした補足ぶんの撮影に来ていると言っていた。べつにもう、気にもならない。テヴィスの間じゅうずっと張りつかれていたので、最近ではカメラが風景の一部のようになってしまっている。

志渡の後ろ、ひろびろとした牧草地のひときわ小高くなった稜線に、見慣れない馬がすっくと立っていた。

「あれがその新入り？」

志渡のそばへ駆け寄っていったまりもは、柵によじ登って目をこらした。

「うわあ、みごとに真っ黒だねえ」

「ああ。あっちこっち探してもらって、やっと見つけたんだわ」

「ああいう黒い馬を？」

「いや。お前にとっての特別な馬をさ」

まりもは、え、と志渡を見た。

「あたしにとって特別なのは、サイファだけだよ。あ、あと、スーもそうだったけど」

「そうかあ？」志渡が目尻に深い皺を寄せる。「よーく考えてみな。もう一頭いたしょや。なまら特別なのが」

眉根を寄せたまま伸びあがり、まりもは、遠くからこちらを見ている馬とまっすぐに見つめ合った。

額に星もない。肢に白《はく》もない。全身、まじりけのない、漆黒。

心臓を、蹴り上げられた気がした。

「……うそ。まさか」

って」

「もしかして、もうどっかいっちゃったかと思ったんだけどな。よかったわ、見つかって」

そのとたん、黒馬がたてがみをひと揺すりして駆けだした。

草と土くれを蹴立ててこちらへ向かってくる。ぐんぐん、ぐんぐん近づいて、まりものつかまっている柵にぶつかる寸前で身を翻《ひるがえ》し、今度は草地の中央に向かって疾走を始めた。

躍動する尻の筋肉。首筋の腱。きらめく瞳。ふくらんだ鼻孔。

あれからもう六年もたつのに、衰えなどまったく見られない。むしろ、はるかに充実しているほどだ。

〈でっかいんだぞう、馬ってやつは。つやつやしてて、真っ黒い目が優しくってさ。走ってるとこなんか、神様みたいにきれいなんだわ。まりも、見てみたくないか？〉

まりもは、こみ上げてくるものをこらえながら柵を握りしめた。

見てるよ、父ちゃん。

ああ、ほんとうにきれいだ。あたしの――あたしの、神様。

もうずっと長いこと、人が神様と呼ぶものを恨んでいた。あんなにまで祈っても父を奪い去り、祈る暇さえなくスーを取りあげたものに対して、腹を立て、憎み、あるいは存在そのものを否定していた。

けれど、今ならわかる。あの百マイルの終わりのほう、意識も朦朧としたまま馬の背にしがみついて走っていたときに、悟りなんてものじゃない、ただ夜の冷気が肌に染みてくるかのようにしてわかったのだ。

人の望みだとか、努力とか、献身とか、そういうものをどれだけ積み重ねても届かない場所というものがどこか天の高いところにあって、そこで決まってしまったことは、人がいくら残酷だと恨んだところでひっくり返るような種類のものではなくて……けれど、求めて、求めて、なお求めて、身体と心が限界と思っている頂きすらも越えたそのときに、ふっと手が届く瞬間があるのだ。ふだんの日々の中では決してたどり着けない、何かに。それこそ〈神様〉としか言いようのない、何かに。

望み通りになることなんて、この世にほんのちょっとしかない。

でもきっと、ほんのちょっとなら、ある。

だからこそ、最後の最後にあのフィニッシュ・ラインを越えたときには、まるで生まれたてのような混じりけのない心で、天の高いところへ向かって〈ありがとう〉と思えた。自分を乗せて百マイルを走ってくれたサイファに対する思いと、それはまったく同じものだった。

あのとき自分の心がたどり着いた場所は、たとえば命の危険のさほどない、テヴィス以外のコースをどれだけの距離走ったって到達することのできない場所だったろうと思う。

もう一度走れば、また手が届くのだろうか。天に向かって駆け上がっていくような、父とスーのいるところに近づけるような——いつもと同じでありながらまるきり違う自分に生まれ変わるような、あの不思議な感覚に。

目の前を駆け抜ける漆黒の風が、まりもの前髪を揺らす。

闇を煮詰めたようなその姿を見つめながら、まりもは、大きく息を吸いこんだ。

そうして、呼んだ。自分にとっていちばん懐かしい馬の名前を、声を限りに叫んだ。

ずっと昔、そんな名前で呼ばれていたことがあった気がした。

漆黒の馬は、キャンターをトロットに落としてからひらりと方向転換をした。

陽光が目を射る。記憶の断片がよぎる。どこかから落ちてきた毛玉のような小鳥。広々とした丸い場所。どよめく無数の人間、止まっているかのようだった他の馬たち、男の横で小さなこぶしを握りしめて叫ぶ幼い少女、その高く細い声援。

いま、草地の柵によじ登った少女が、再び息を吸いこむ。もう一度、さっきと同じ名を叫ぶ。

そうだ、ちょうどあんな声だった。今はまるで朝風のように水気を含んで聞こえるが、あのとき自分を駆り立てたのも、たしかあんなふうな……。

応えてみたくなった。

再び走りだす。徐々にスピードを上げていく。どんどん疾《はや》くなる。草地を端から端まで一直線に疾駆する。

いつ四肢が地面についているのか、自身にもわからなかった。地を駆けることと、空を翔ることの区別などなかった。

人の与えた名前から解き放たれて、駆ける。

馬という名の束縛からも自由になって、駆ける。
その自由すらも軽々とふりすてて、駆ける。
ただ命の弾丸となって、駆ける。
一瞬を永遠に変え。
永遠を一瞬に凝縮し。
駆ける。
駆ける。
天《あま》、翔る。

◆参考文献

『アラビアン・ホースに乗って　ふたりで挑んだ遥かなるテヴィス』
　蓮見明美著（洋泉社、宝島社文庫）
『美しい馬と生きて　アラビアン・ホースに乗ってII』
　蓮見明美著（洋泉社）
『遥かなるテヴィス　THE TEVIS CUP 2009』
　（DVD　アラビアン・ホース・ランチ監修）
『60歳で夢を見つけた　動物園長、世界を駆ける』
　増井光子著（紀伊國屋書店）
『完走することが勝つこと　エンデュランス・ライディング入門』
　田中雅文著（社団法人北海道うまの道ネットワーク協会）
『THEY CROSSED THE MOUNTAINS～The History of the Western States Trail』
『Tevis Cup 2000』
　（DVD　Western States Trail Foundation）
『馬と共に生きる　バック・ブラナマンの半生』
　バック・ブラナマン著　青木賢至・阿部和江訳（文園社）
『BUCK』
　（DVD　BUCK BRANNAMAN/Ifc Independent Film/SUNDANCE Selects）
『馬と話す男　サラブレッドの心をつかむ世界的調教師モンティ・ロバーツの半生』
　モンティ・ロバーツ著　東江一紀訳（徳間書店）
『競馬の動物学　ホース・ウォッチング』
　デズモンド・モリス著　渡辺政隆訳（平凡社）
『サラブレッドはゴール板を知っているか』
　楠瀬良編著（平凡社）

『馬の瞳を見つめて』
渡辺はるみ著（桜桃書房）
『新　馬の医学書』
日本中央競馬会競走馬総合研究所編（緑書房）

Special thanks to Harumi and Seiichi Hasumi, Ken Okugawa

解説

北上次郎

恥ずかしながら、「エンデュランス」を知らなかった。馬の長距離耐久レースである。距離は60キロから160キロとさまざまで、最大の特色は、馬への愛護精神が最優先されること。着順を競うレースではあるのだが、同時に、馬に肉体的ストレスを感じさせることなく走らなければならない。ゴール後の獣医検査に合格しなければ失格になるから、通常の競走とはまったく異なっている。つまり、速ければいいというものではない。

さらに誰もが出場できるわけではなく、トレーニング・ライドと言われる20キロを完走し、続いて40キロを2回完走し、60キロの1回目を完走できて初めて、着順を競う60キロの2回目、つまり競技への出場が許される。さらに、それを完走したものだけが80キロ以上の長距離競技に出場できる。その80キロ競技は14歳以上でなければ出場できないとか、ゴール後だけでなく途中で何度も獣医による心拍数や歯茎《はぐき》の色や歩き方などの健康チェックがあり、「すべて異常なし」と判断されないかぎりその先の競技を続行することが許されないとか、さまざまな制約がある。上位で完走した馬たちの中で、もっとも健康状態がよかった一頭には、ベスト・コンディション・ホース賞が与えられ、それは優勝以上に名誉ある賞だということが、このエンデュランスの本質を表している。

そのエンデュランス競技の中でもっとも有名なのがアメリカのシエラネバダ山脈で行われるテヴィス・カップ・ライドで、四〇〇〇メートルを超える大山脈の断崖絶壁の急斜面を横切り、峰の上をひた走り、さえぎるもののない炎天下を歩きつづけるかと思えば、満月の光さえ差しこまない森の中へ分け入っていく。「こんなに難しいコースは世界中探しても他にない」と言われるほどで、完走できるのは出場者のほぼ半分。本書の記述から次のくだりを引いておく。

コースとなっている山中の道は「トレイル」と呼ばれていた。十九世紀半ば、ゴールドラッシュに沸くカリフォルニア州へと一攫千金《いっかくせんきん》を夢見る人々が馬や幌馬車《ほろばしゃ》で旅をした、そのルートとなった山道を、彼ら出場者は一人と一頭で越えてゆくのだ。峻険《しゅんけん》な山々、切り立った崖《がけ》、谷底を蛇行する白い糸のような川、昼なお暗い森。あまりの過酷さに、かつていったいどれだけの者が旅の続行を断念し、また力尽きて死んでいったことだろう。

世界中には、サラブレッドが走る競馬だけでなく、さまざまな馬の競技があるということにも急いで触れておこう。トルクメニスタンの首都アシュハバートでは、世界でもっとも美しい馬と言われているアハルテケのレースが行われているし（高橋源一郎『競馬漂流記』）、モンゴルでは少年たちが乗っておよそ20キロの直線レース、ナーダムが行われている（椎名誠『草の海』）。さらに、戦前まで沖縄に存在した琉球競《りゅうきゅう》馬は、速さを競わず、その美しさを競ったという（梅崎晴光『消えた琉球競馬』）。こういうふうに、世界にはさまざまな馬の競技がある。ナーダムに特別の賞金がないように、琉球競馬も勝ったところで出るのは賞品のみで、このあたりの事情は過酷なレースであるエンデュランスも共通している。こちらも優勝したところで賞金は出ない。つまり、ナーダムも琉球競馬も、そしてエンデュランスも、勝者に与えられるのは栄誉だけなのである。

本書は、そのテヴィス・カップに一五歳の少女が日本から参戦する物語で、読み始めるとやめられなくなる。前半は、学校でいじめられている少女まりもと、子供のころのトラウマのために恋愛できない看護師貴子《たかこ》が出会う物語で、舞台は北海道の牧場。この設定から、大自然を背景に、傷ついたこの二人が寄り添って、そして癒《いや》されていくんだろうなと想像するのはたやすい。帯の惹句《じゃっく》を読まずにいきなり本文を読み始めたのでそう思ってしまったが、物語の半分弱のところで、芸能プロダクションの社長漆原《うるしばら》が登場し、「エンデュランスというのを知ってるかね」と言いだしたので、おやっと思う。ただの癒しの物語ではないぞ、とこのときようやく気がついた。

実はこの長編、冒頭は札幌競馬場のシーンである。九歳のまりもが父親に連れられて行った札幌競馬場で黒い馬を見るところからこの物語は始まっている。なぜこのシーンが必要なのか。つまり、帯の惹句を読まずとも本書のキーワードは馬であることが最初から明らかになっている。それで北海道の牧場が舞台になるのだ。物語の背景は、徹底的に、馬である。芸能プロダクションの社長漆原が登場する前から、それは暗示されている。それに気がつかないほうがおかしい。私がうかつであった。そしてゆっくりと物語にエンデュランスが登場してくる。この構成がいい。

私は競馬を始めて五〇年、いまでも毎週のように競馬場に通い、馬を見ている。その意味で馬は私の日常で欠かすことのできない生き物だ。ただし、競馬場にいるサラブレッド以外に接することはほとんどない。だからせめて、馬を描いた本、馬が出てくる本を見かけるたびに読みふけっている。二〇一三年に「馬に関する本　究極のブックガイド」と副題のついた『活字競馬』(白夜書房)という本を上梓した。これは小説からノンフィクションまで強い印象を残した競馬の本を紹介する書だが、本書が刊行されたのはそのブックガイドが出た20日ほどあとのことで、タッチの差で本書を紹介することができなかった。悔しかったのでここにこうして書いている次第である。

最後になったが、物語の中心にいるのはまりもと貴子だが(彼女たちがエンデュランスでどう変わっていくのかが本書のよみどころである)、それ以外にもさまざまな人物が登場して複雑に絡み合っていくことにも触れておきたい。詳述はしないけれど、まったくうまい。それらのドラマはたっぷりと読ませるので、あとは本文を当たられたい。これ以上の注釈は不要だろう。素敵なラストまで一気読みの傑作である、と書くにとどめておく。

本書は二〇一三年三月小社より刊行されました。

|著者|村山由佳　1964年東京都生まれ。立教大学文学部卒業。'93年『天使の卵《エンジエルス・エッグ》』で第6回小説すばる新人賞を受賞。2003年『星々の舟』で第129回直木賞、'09年『ダブル・ファンタジー』で第22回柴田錬三郎賞、第16回島清恋愛文学賞、第4回中央公論文芸賞をそれぞれ受賞。著書に「おいしいコーヒーのいれ方」シリーズ、『すべての雲は銀の…』『放蕩記』『天使の柩』『ありふれた愛じゃない』などがある。

天翔《あまかけ》る

村山由佳《むらやまゆか》

2015年8月12日第1刷発行

発行者――鈴木　哲

発行所――株式会社　講談社

東京都文京区音羽2-12-21　〒112-8001

電話　出版（03）5395-3510

販売（03）5395-5817

業務（03）5395-3615

Printed in Japan

講談社文庫

定価はカバーに表示してあります

デザイン―菊地信義

本文データ制作―講談社デジタル製作部

印刷―――株式会社KPSプロダクツ

製本―――加藤製本株式会社

ISBN978-4-06-293177-9

講談社文庫刊行の辞

二十一世紀の到来を目睫に望みながら、われわれはいま、人類史上かつて例を見ない巨大な転換期をむかえようとしている。

世界も、日本も、激動の予兆に対する期待とおののきを内に蔵して、未知の時代に歩み入ろうとしている。このときにあたり、創業の人野間清治の「ナショナル・エデュケイター」への志を現代に甦らせようと意図して、われわれはここに古今の文芸作品はいうまでもなく、ひろく人文・社会・自然の諸科学から東西の名著を網羅する、新しい綜合文庫の発刊を決意した。

激動の転換期はまた断絶の時代である。われわれは戦後二十五年間の出版文化のありかたへの深い反省をこめて、この断絶の時代にあえて人間的な持続を求めようとする。いたずらに浮薄な商業主義のあだ花を追い求めることなく、長期にわたって良書に生命をあたえようとつとめるところにしか、今後の出版文化の真の繁栄はあり得ないと信じるからである。

同時にわれわれはこの綜合文庫の刊行を通じて、人文・社会・自然の諸科学が、結局人間の学にほかならないことを立証しようと願っている。かつて知識とは、「汝自身を知る」ことにつきていた。現代社会の瑣末な情報の氾濫のなかから、力強い知識の源泉を掘り起し、技術文明のただなかに、生きた人間の姿を復活させること。それこそわれわれの切なる希求である。

われわれは権威に盲従せず、俗流に媚びることなく、渾然一体となって日本の「草の根」をかたちづくる若く新しい世代の人々に、心をこめてこの新しい綜合文庫をおくり届けたい。それは知識の泉であるとともに感受性のふるさとであり、もっとも有機的に組織され、社会に開かれた万人のための大学をめざしている。大方の支援と協力を衷心より切望してやまない。

一九七一年七月

野間省一